Edgar Wallace

John Flack

❧ Leseklassiker ❧

Edgar Wallace

John Flack

ISBN/EAN: 9783955631062

Auflage: 1

Erscheinungsjahr: 2013

Erscheinungsort: Bremen, Deutschland

@ Leseklassiker in Access Verlag GmbH, Fahrenheitstr. 1, 28359 Bremen. Alle Rechte beim Verlag und bei den jeweiligen Lizenzgebern.

Cover: Ausschnitt aus dem Gemälde von John Singer Sargent.

Inhaltsverzeichnis

Einleitung

Ehrlich gesagt ist es ungehörig, wenn nicht sogar gesetzeswidrig, dass die wenigen Personen, die das traurige Vorrecht besitzen, im Irrengefängnis von Broadmoor aus- und eingehen zu können, auf irgendeinen auffallenden Insassen besonders aufmerksam gemacht werden. Es war dann meistens jemand, der sehr berüchtigt gewesen war, oder dessen Verbrechen das allgemeine Interesse in höchster Spannung gehalten hatten, bis Gerichtsärzte und Gerichtshof ihn nach diesem Platz ohne Hoffnung verbannten.

Aber häufig wurde auf John Flack hingewiesen, wie er über den Gefängnishof schlich, die Hände auf dem Rücken, das Kinn auf die Brust gesenkt, ein langer, dürrer, alter Mann in seinem schlecht sitzenden Anzug aus grauem Stoff, der mit niemand sprach, und an den niemand das Wort richtete.

»Das ist John Flack ... *Der* Flack; der gerissenste Verbrecher der Welt ... »Klaps-John Flack« ... Neun Morde ...

Gefangene, die wegen Totschlags in Broadmoor gehalten wurden, waren in ihren seltenen, klaren Augenblicken stolz auf den alten John. Die Beamten, die ihn für die Nacht einschlossen und während seines Schlafes beobachteten, hatten wenig zu seinen Ungunsten zu sagen. Niemals gab er Veranlassung zu irgendeiner Störung, und in all den sechs Jahren seiner Gefangenschaft hatte er nicht einmal einen jener Tobsuchtsanfälle gehabt, die so oft einen armen, unbeteiligten Teufel ins Hospital und den rasenden Übeltäter in eine Gummizelle bringen.

Die meiste Zeit verbrachte er mit Schreiben und Lesen, er war eine Art Genie mit der Feder und schrieb mit außerordentlicher Geschwindigkeit. Hunderte von kleinen Schulheften hatte er mit seiner großen Abhandlung über »Verbrechen« ausgefüllt. Der Gefängnisdirektor ließ ihm seinen Willen, erlaubte ihm, seine Hefte zu behalten, in der Erwartung,

1

diese in gegebener Zeit seinem bereits sehr interessanten Museum einverleiben zu können.

Einmal gab ihm der alte Jack – es war ein außerordentliches Zugeständnis – eines seiner Hefte zu lesen, und der Direktor las und schnappte nach Luft. Der Titel lautete: »Wie raube ich ein Bankgewölbe aus, wenn nur zwei Wächter Dienst haben.« Der Direktor, ein ehemaliger Militär, las und las, hielt zeitweise inne und kratzte sich verblüfft hinter den Ohren; dies Schriftstück in der sauberen, deutlichen Handschrift John Flacks erinnerte ihn lebhaft an einen Divisionsbefehl zum Angriff. Keine Kleinigkeit war zu unbedeutend, um unerwähnt zu bleiben, jede Möglichkeit war vorausgesehen. Es war nicht nur die Zusammensetzung des Betäubungsmittels angegeben, das gebraucht werden sollte, um »den Außenwächter unschädlich zu machen«, es war sogar eine weitere Fußnote beigefügt, die hier wörtlich angeführt werden mag:

»Sollte das Betäubungsmittel nicht zu erhalten sein, rate ich, einen Vorstadtdoktor aufzusuchen und ihm folgende Krankheitserscheinungen anzugeben ... Der Arzt wird dann das gewünschte Betäubungsmittel in verdünntem Zustand verschreiben. Man verschaffe sich sechs Flaschen von dieser Medizin und wende dann folgende Methode an, um das gewünschte Betäubungsmittel auszuscheiden ...«

»Haben Sie viel von dieser Sorte geschrieben, Flack?« fragte der Beamte erstaunt.

»Wie *das*?« John Flack zuckte seine mageren Schultern. »Das mache ich zu meinem Vergnügen, bloß um mein Gedächtnis zu üben. Ich habe schon dreiundsechzig Bücher über das gleiche Thema geschrieben, und da gibt es keine Verbesserung mehr. Während der ganzen sechs Jahre, die ich nun hier bin, habe ich auch nicht eine einzige Verbesserung meines alten Systems austüfteln können.«

Scherzte er? War das ein Produkt eines kranken Gehirns? Der Direktor, wie sehr er auch an seine Pfleglinge und deren Eigenarten gewöhnt war, konnte sich keine sichere Meinung bilden.

»Wollen Sie vielleicht sagen, Sie haben ein Lexikon über Verbrechen geschrieben?« fragte er ungläubig. »Wo ist es denn?«

Statt jeder Antwort verzogen sich Flacks schmale Lippen zu einem höhnischen Lächeln.

Dreiundsechzig handgeschriebene Bände stellten das Lebenswerk John Flacks dar. Es war die einzige Leistung, auf die er selbst stolz war.

Als bei einer anderen Gelegenheit der Direktor wieder auf seine außergewöhnlichen schriftstellerischen Arbeiten anspielte, sagte er:

»Ich habe ein großes Vermögen in die Hände irgendeines geschickten Mannes gelegt – vorausgesetzt natürlich,« fügte er nachdenklich hinzu, »dass er ein resoluter Kerl ist, und dass die Bücher bald in seine Hände kommen – in diesen Tagen wissenschaftlicher Entdeckungen ist, was heute neu ist, morgen ja schon überholt.«

Der Direktor hatte seine Zweifel an dem Vorhandensein dieser gefährlichen Bücher, musste aber kurze Zeit nach dieser Unterhaltung seine Ansicht berichtigen. Scotland Yard, wo man selten, wenn überhaupt jemals, Phantomen nachjagt, sandte Oberinspektor Simpson, einen Mann ohne jede Fantasie, der diesem Umstande auch seine Beförderung verdankte. Seine Unterredung mit »Klaps-John Flack« war sehr kurz.

»Es handelt sich um deine Bücher, Jack,« sagte er, »es wäre bedauerlich, wenn sie in falsche Hände fallen würden. Ravini sagt, du hast fast hundert Bücher irgendwo versteckt.«

3

»Ravini?« Der alte John Flack fletschte die Zähne. »Hören Sie mal, Simpson! Sie glauben doch nicht etwa, dass Sie mich mein ganzes Leben lang an diesem verwünschten Platze festhalten können? Ja? ... Dann können Sie sich aber verdammt irren. In irgendeiner Nacht verschwinde ich stillschweigend – Sie können das dem Direktor erzählen, wenn Sie wollen – und dann werde ich mal mit Ravini unter vier Augen sprechen.«

Seine Stimme wurde laut und kreischend, und das alte wahnwitzige Flackern, das Simpson schon früher an ihm gekannt hatte, erschien wieder in seinen Augen. »Haben Sie jemals wache Träume, Simpson? ... Ich habe drei. Ich habe eine neue Methode ausgefunden, um mit einer Million verschwinden zu können. Das ist Nummer eins, ist aber nicht so wichtig. Kummer zwei hat mit Reeder zu tun. Meinetwegen können Sie I. G. alles wiedererzählen. Ich träume davon, dass ich ihn mal treffe – allein – in einer netten, dunklen, nebligen Nacht, wenn die Schutzleute nicht sagen können, aus welcher Richtung die Schreie kommen. Und mein dritter Traum ist Ravini. George Ravini hat eine Chance, und die ist, er stirbt, bevor ich hier rauskomme.«

»Du bist verrückt,« entfuhr es Simpson.

»Darum bin ich ja hier,« erwiderte John Flack wahrheitsgemäß.

Diese Unterhaltung und die mit dem Direktor waren die beiden längsten, die er im Laufe der sechs Jahre in Broadmoor gehabt hatte. Wenn er nicht schrieb, schlenderte er durch die Gefängnisanlagen, das Kinn auf der Brust, die Hände hinter dem Rücken verschränkt. Manchmal kam er an einen bestimmten Platz in der Nähe der hohen Umfassungsmauer, und man munkelte, – obwohl das sehr unwahrscheinlich erscheint – dass er Briefe hinüberwarf. Wahrscheinlicher ist es, dass er einen Boten gefunden hatte, der seine zahlreichen, chiffrierten Briefe nach der Außenwelt beförderte und kurze Antworten zurückbrachte. Er war sehr gut Freund mit dem

Aufsichtsbeamten seiner Abteilung, und eines Tages wurde dieser mit durchschnittener Kehle aufgefunden. Das Tor der Abteilung stand weit offen, und John Flack war in die Welt zurückgekehrt, um seine »wachen Träume« zu verwirklichen.

1

Zwei peinliche Gedanken beschäftigten Margaret Belman, während der Süd-Express sie dem Knotenpunkt Selford und der kleinen Nebenbahn, die von dort nach Siltbury kroch, entgegenführte. Der erste Gedanke hatte natürlich mit den durchgreifenden Änderungen zu tun, die sie vorhatte, und mit der Wirkung, die diese bereits auf Mr. J. G. Reeder, einen so gütigen Menschen in mittleren Jahren, gehabt hatten.

Als sie ihm mitgeteilt hatte, dass sie eine Stellung auf dem Lande suchte, hätte er doch wenigstens ein kleines Zeichen von Bedauern sehen lassen können: Eine gewisse Verdrossenheit wäre auf jeden Fall angemessen gewesen. Statt dessen hatte ihn aber diese Mitteilung sichtlich erfreut.

»Ich befürchte, ich werde nicht oft nach der Stadt kommen können,« hatte sie gesagt.

»Das freut mich aber wirklich,« hatte Mr. Reeder erwidert und noch irgendetwas Nichtssagendes über den Wert zeitweiliger Luftveränderung und den Vorzug, der Natur näher zu kommen, hinzugefügt. Er war tatsächlich viel heiterer geworden als in der letzten vergangenen Woche, und das war ziemlich kränkend.

Margaret Belmans hübsches Gesicht verzog sich, als sie an ihre Enttäuschung und ihren Ärger dachte. Alle Gedanken, ihre Bewerbung vielleicht doch noch aufzugeben, waren wie fortgeblasen. Sie bildete sich auch nicht einen Augenblick ein, dass ein Sekretärsposten mit sechshundert Pfund pro Jahr ihr so ohne Weiteres in den Schoß fallen würde. Für einen solchen Posten war sie ja völlig ungeeignet, hatte keinerlei Erfahrung im Hotelfach, und ihre Aussichten, angenommen zu werden, waren äußerst gering.

Und der Italiener, der so oft versucht hatte, ihre Bekanntschaft zu machen, war ja nur eine jener täglichen Unannehmlichkeiten, mit denen ein junges Mädchen, das für seinen Lebensunterhalt arbeiten muss, so vertraut ist, dass sie unter gewöhnlichen Umständen keinen zweiten Gedanken an ihn verschwendet haben würde.

Heute Morgen war er ihr aber bis nach dem Bahnhof gefolgt und hatte sicher gehört, wie sie ihrer Begleiterin sagte, sie würde mit dem 6 Uhr 15 Zug zurückkommen. Ein Schutzmann würde ja kurzen Prozess mit ihm machen – wenn sie sich den Unannehmlichkeiten eines öffentlichen Skandals aussetzen wollte. Aber jedes noch so vernünftige Mädchen schreckt vor einer derartigen, peinlichen Szene zurück, und sie musste eben diese Angelegenheit auf eigene Faust erledigen. Das war keine angenehme Aussicht, und dies alles genügte, ihr einen sonst vielleicht netten und interessanten Nachmittag zu verderben. Und Mr. Reeder –

Margaret Belman runzelte die Stirn. Sie war dreiundzwanzig Jahre alt, befand sich also in einem Alter, in dem jüngere Männer manchmal recht langweilig erscheinen. Andrerseits sind aber Männer in der Nähe der Fünfzig auch nicht besonders anziehend, und Mr. Reeders Bartkoteletten, die ihm das Aussehen eines schottischen Kellermeisters gaben, konnte sie schon gar nicht leiden. Er war ja zweifellos ein lieber Mensch –

In diesem Augenblick lief der Zug in die Station ein, und sie befand sich schon auf dem überraschend kleinen Bahnhof in Siltbury, ehe sie sich noch im Klaren war, ob sie in Mr. Reeder verliebt war, oder sich nur über ihn geärgert hatte.

Der Kutscher der Bahnhofsdroschke hielt sein unglücklich in die Welt blickendes Pferd vor dem schmalen Torweg an und zeigte mit der Peitsche.

7

»Das ist der bequemste Weg für Sie, Miss! Mr. Davers Bureau ist am Ende des Weges.«

Er war ein schlauer, alter Mann, der schon so manche Bewerberin um den Sekretärsposten nach Larmes Keep gefahren hatte, und er vermutete, dass diese hier, die niedlichste von allen, nicht als Gast kam. Erstens brachte sie kein Gepäck mit, und außerdem war der Fahrkartenkontrolleur hinter ihr hergelaufen, um ihr die versehentlich abgegebene Rückfahrkarte zurückzugeben.

»Soll ich nicht lieber auf Sie warten, Miss –?«

»Ach ja, bitte,« sagte Margaret Belman hastig, als sie aus dem altersschwachen Vehikel stieg.

»Sind Sie bestellt?«

Der Kutscher war eine stadtbekannte Persönlichkeit und beanspruchte als solche gewisse Vorrechte.

»Ich frage bloß, weil 'ne Masse junger Frauensleute nach Larmes Keep gekommen sind, ohne bestellt gewesen zu sein, und Mr. Daver wollte sie nicht empfangen. Die haben bloß die Anzeige rausgeschnitten und sind hergekommen. Aber in der Anzeige steht ›Schriftliche Bewerbungen‹. Ich glaube, ich habe so ein Dutzend junger Frauensleute hierher gefahren, die nicht bestellt waren. Ich sage Ihnen das nur zu Ihrem eigenen Besten.«

Das junge Mädchen lächelte.

»Sie hätten ihnen das sagen sollen, bevor sie vom Bahnhof wegfuhren,« sagte sie gut gelaunt, »und hätten ihnen so die Kosten für die Droschke ersparen können. Ja, ich bin bestellt.«

Von ihrem Standpunkt am Tor hatte sie einen guten Ausblick auf Larmes Keep. Es hatte keinerlei Ähnlichkeit mit

8

einem Hotel und noch weniger mit einer besseren Pension, die es doch sein sollte. Der Teil des Hauses, der ursprünglich das Verließ gewesen war, war deutlich zu erkennen, obgleich die steilen, grauen Mauern hinter Efeu versteckt waren, der auch einen Teil des in späterer Zeit angebauten Gebäudes bedeckte.

Sie sah über eine glatte, grüne Grasfläche, auf der einige Rohrstühle und Tische standen, zu einem Rosengarten hinüber, der jetzt noch im Spätherbst ein einziges Leuchten von Farben war. Dahinter befand sich ein Kranz von Fichten, der bis an den Rand der Klippen zu reichen schien. Sie sah ein Stückchen graublauer See und den leichten Rauchschleier eines Dampfers, der für sie unsichtbar war. Ein sanfter Wind trug den Duft der Blumen zu ihr, den sie entzückt einatmete.

»Ist es nicht wundervoll?« sie atmete tief.

Der Kutscher meinte, es wäre »nicht schlecht« und zeigte wieder mit seiner Peitsche.

»Es ist das kleine viereckige Haus dort – erst vor ein paar Jahren angebaut. Mr. Daver ist mehr Schriftsteller als Pensionsinhaber.«

Sie öffnete das eichene Tor und ging den Weg hinauf nach dem Allerheiligsten des schriftstellernden Pensionsbesitzers. Das unebene Pflaster wurde auf beiden Seiten von dichten Blumenbeeten eingefasst. Es war, als ob sie durch den Garten eines kleinen Landhäuschens ging.

Der Anbau hatte ein hohes Fenster und eine schmale, grüne Tür. Augenscheinlich war sie gesehen worden, denn die Tür öffnete sich, als sie ihre Hand nach dem Messing-Klingelzug ausstreckte.

Es war sicher Mr. Daver selbst. Ein großer, magerer Mann in den Fünfzig, mit einem gelben, koboldartigen Gesicht und einem

Lächeln, das allen Sinn für Humor, dessen sie fähig war, wach rief. Sie hätte am liebsten laut aufgelacht. Die lange Oberlippe hing über die untere hinweg, und trotzdem das Gesicht schmal und faltig war, sah er aus wie einer jener wunderlichen und komischen Glücksgötzen. Die runden, braunen Glotzaugen, die gerunzelte Stirn, ein Haarschopf, der aufrecht auf dem Wirbel seines Kopfes stand, verstärkten noch sein koboldartiges Aussehen.

»Miss Belman?« fragte er mit einer gewissen Hast.

Er lispelte etwas und hatte eine Art, seine Hände zu verschränken, als ob er die größte Besorgnis hätte, dass sein Wesen missfallen könnte.

»Kommen Sie bitte in meine Höhle,« sagte er und legte auf das letzte Wort einen solchen Nachdruck, dass sie beinahe gelacht hätte.

Die »Höhle« war ein sehr bequem eingerichtetes Studierzimmer, dessen eine Wand hinter Büchern verschwand. Er schloss die Tür hinter ihr und schob ihr mit einem leisen, nervösen Lachen einen Stuhl hin.

»Ich freue mich, dass Sie gekommen sind. Hatten Sie eine angenehme Reise? Aber sicherlich, nicht wahr? Und London? – heiß und schwül – leider, kann ich mir denken. Wollen Sie nicht eine Tasse Tee trinken? – Aber natürlich!«

Er stieß Fragen und Antworten so schnell heraus, dass sie keine Möglichkeit hatte, eine Antwort zu geben, und er hatte das Telefon ergriffen und schon Tee bestellt, ehe sie noch irgendeinen Wunsch geäußert hatte.

»Sie sind jung – sehr jung,« er schüttelte traurig seinen Kopf. »Vierundzwanzig – nicht wahr? Können Sie Schreibmaschine schreiben? Was für eine lächerliche Frage!«

»Es ist sehr liebenswürdig von Ihnen, Mr. Daver, mich zu empfangen,« sagte sie, »und ich kann auch keinen Augenblick annehmen, dass ich Ihren Ansprüchen genügen werde. Ich habe gar keine Erfahrung im Hotelwesen und nach dem Gehalt, das Sie aussetzen, muss ich annehmen ...«

»Immer ruhig,« sagte Mr. Daver und schüttelte feierlich seinen Kopf. »Gerade das brauche ich. Arbeit gibt es sehr wenig, aber auch das ist mir zu viel. Meine Privatarbeiten« – er deutete mit der Hand auf ein Stehpult, das mit Papieren bedeckt war – »nehmen mich außerordentlich in Anspruch. Ich brauche eine Dame, die die Bücher führt – meine Interessen wahrnimmt. Jemand, dem ich trauen kann. Ich verlasse mich auf Gesichter. Sie auch? – Ich glaube, ja. Und auf die Handschrift? – Sie doch auch! ... Drei Monate lang habe ich annonciert. Mit fünfunddreißig Bewerberinnen habe ich sprechen müssen! – Einfach unmöglich – und ihre Stimmen – schrecklich! Ich beurteile Menschen nach ihrer Stimme – Sie sicherlich auch. Als Sie am vergangenen Montag telefonierten, sagte ich mir gleich: die Stimme!«

Er hatte seine Finger so fest ineinander verflochten, dass die Knöchel ganz weiß waren, und diesmal konnte sie das Lachen nicht verbeißen.

»Aber Mr. Daver, ich weiß ja gar nichts von dem Hotelfach. Ich glaube ja sicher, dass ich es lernen könnte, – und ich möchte die Stellung natürlich schrecklich gern haben. Das Gehalt ist ja furchtbar anständig.«

»Furchtbar anständig,« wiederholte er brummend, »wie merkwürdig die beiden Worte nebeneinander klingen! – Meine Haushälterin. Sehr freundlich von Ihnen, Mrs. Burton, dass Sie den Tee bringen.«

Die Tür hatte sich geöffnet, und eine Frau mit einem silbernen Teebrett kam herein. Sie war sehr adrett in Schwarz gekleidet. Ihre matten Augen blickten kaum nach Margaret hin, als sie demütig wartete, während Mr. Davor sprach.

»Mrs. Burton – diese junge Dame ist die neue Sekretärin unserer Gesellschaft. Sie muss das beste Zimmer im Hause haben – das blaue Zimmer. Aber – warten Sie mal!« er biss sich besorgt auf die Lippen – »vielleicht lieben Sie Blau gar nicht?«

Margaret lachte.

»Mir ist jede Farbe recht,« sagte sie, »aber ich habe mich doch noch gar nicht entschieden –«

»Gehen Sie, bitte, mit Mrs. Burton mit. Sehen Sie sich das Haus an – Ihr Büro – Ihr Zimmer. – Mrs. Burton!«

Er wies auf die Tür, und ehe das junge Mädchen wusste, was sie eigentlich tat, war sie schon der Haushälterin durch die Tür gefolgt. Ein schmaler Gang verband Mr. Davers Privatbüro mit dem Haus, und Margaret wurde in einen großen, hohen Raum geführt, der die ganze Breite des Hauses einnahm.

»Der Bankettsaal,« erklärte Mrs. Burton mit dünner Stimme, die durch ihre Eintönigkeit auffiel, »wird jetzt als Gesellschaftszimmer benutzt. Wir haben nur drei Pensionäre. Mr. Daver ist sehr eigen. Im Winter haben wir 'ne Masse Gäste.«

»Drei Gäste ... Das ist nicht sehr rentabel.«

Mrs. Burton schnüffelte.

»Mr. Daver will ja gar nicht, dass sich das bezahlt macht. Ihm liegt hauptsächlich an der Gesellschaft. Er hat ja doch nur darum aus Larmes Keep eine Pension gemacht, weil es ihm Vergnügen macht, Leute kommen und gehen zu sehen, ohne dass er gezwungen ist, mit ihnen zu sprechen. Es ist eben sein Steckenpferd!«

12

»Ein teures Steckenpferd,« sagte Margaret, und Mrs. Burton schnüffelte wieder.

Auf der anderen Seite der großen Halle lag ein kleiner und viel gemütlicherer Salon mit großen, hohen Flügelfenstern, die auf den Rasenplatz hinausgingen. Außen, vor dem Fenster, saßen drei Personen beim Tee. Eine von ihnen war ein ältlicher Geistlicher mit einem strengen, harten Gesicht. Er aß Toast (geröstetes Brot), las ein klerikales Blatt und hatte anscheinend seine Nachbarn vergessen. Die Zweite war ein junges Mädchen, ungefähr in Margarets Alter, mit einem sehr blassen Gesicht, aber trotz ihrer Blässe von außerordentlicher Schönheit. Ein Paar große, dunkle Augen betrachteten einen Augenblick den Neuankömmling und kehrten dann zu ihrem Gegenüber, einem militärisch aussehenden Mann in den Fünfzig, zurück.

Mrs. Burton wartete, bis sie die breite Treppe nach dem Oberstock hinaufgingen, ehe sie die drei Personen vorstellte.

»Der Geistliche ist ein Dekan aus Südafrika, die junge Dame ist Miss Olga Crewe und der andere Herr ist Oberst Hothling – alle sind Pensionäre. Hier ist Ihr Zimmer, Miss.«

Es war in der Tat das Juwel eines Zimmers; die Art Zimmer, wie Margaret es sich immer erträumt halte. Es war in auserlesenem Geschmack möbliert und hatte, wie alle anderen Zimmer in Larmes Keep, einen eigenen Baderaum. Die Wände waren bis zu halber Höhe getäfelt, die Decke von schweren Balken getragen. Sie vermutete, dass sich unterhalb des Parkettfußbodens der ursprüngliche Steinboden befand.

Margaret blickte um sich herum und seufzte. Es würde sehr schwer werden, diese Stellung abzulehnen, und warum sie überhaupt daran denken sollte, den Posten nicht anzunehmen, konnte sie um alles in der Welt nicht verstehen.

»Es ist ein wundervolles Zimmer,« sagte sie, und Mrs. Burton blickte gleichgültig im Zimmer umher.

»Es ist sehr alt,« sagte sie. »Ich kann alte Häuser nicht leiden. Früher habe ich in Brixton gewohnt ...«

Sie hielt plötzlich inne, schnüffelte in missbilligender Weise und klapperte mit den Schlüsseln, die sie in der Hand hielt.

»Es gefällt Ihnen doch?«

»Gefallen? Sie meinen, ich nehme die Stellung an? Ich weiß noch nicht.«

Mrs. Burton blickte wieder im Zimmer umher. Das junge Mädchen hatte den Eindruck, als wollte sie versuchen, irgendetwas zum Lob von Larmes Keep zu sagen – irgendetwas, das sie bestimmen sollte, die Stellung anzunehmen. Schließlich sagte sie:

»Die Kost ist gut,« und Margaret lächelte.

Als sie durch die Halle zurückkam, sah sie die drei Personen, die sie schon beim Tee gesehen hatte. Der Oberst ging allein, der Geistliche und das blasse Mädchen schlenderten über den Rasenplatz und sprachen miteinander. Mr. Daver saß an seinem Pult, hatte die Stirn auf die Hand gestützt und kaute an seinem Federhalter, als Mrs. Burton die Tür hinter ihnen beiden schloss.

»Das Zimmer gefällt Ihnen? ... Selbstverständlich. Sie treten an – wann? ... Ich denke, Montag in acht Tagen. Eine wirkliche Erlösung! Haben Sie mit Mrs. Burton gesprochen?« Er drohte schelmisch mit dem Finger. »Aha! Jetzt begreifen Sie. Es ist einfach unmöglich. Kann ich es ihr überlassen, eine Herzogin zu empfangen, oder einen Fürsten zu verabschieden? Kann ich es ihr überlassen, die kleinen Streitigkeiten zu schlichten, die natürlich zwischen Gästen vorkommen? Sie haben ganz Recht ... das kann ich nicht. Ich muss eine Dame hier haben ... ich muss, ich muss.«

Er nickte nachdrücklich, seine verschmitzten, braunen Augen waren auf die Ihrigen geheftet, und die überhängende Oberlippe verzog sich zu einem entzückten Grinsen.

»Meine Arbeit leidet, wie Sie sehen; ständig herausgerissen zu werden, um Unwichtigkeiten, wie zum Beispiel Aufspannen eines Tennisnetzes zu erledigen – einfach unerträglich!«

»Sie schreiben wohl sehr viel?« gelang es ihr einzuwerfen. Sie hatte das Gefühl, dass sie ihre Entscheidung bis zum allerletzten Augenblick hinausschieben müsste.

»Sehr viel. Kriminalistik. Ah, das interessiert Sie wohl? Ich arbeite an einer Enzyklopädie des Verbrechens,« sagte er nachdrücklich, beinahe dramatisch.

»Des Verbrechens?«

Er nickte.

Das ist eine meiner Liebhabereien. Ich bin ein reicher Mann und kann mir Liebhabereien gestatten. Das Haus hier ist auch eine davon. Ich verliere jährlich ungefähr viertausend Pfund daran, aber das macht mir nichts aus. Ich suche und wähle mir meine Gäste aus. Wenn mich einer langweilt, sage ich ihm, dass er gehen muss – dass sein Zimmer anderweitig vergeben ist. Könnte ich das mit meinen Freunden oder Bekannten so machen? ... Sicherlich nicht. – Die Leute interessieren mich, füllen mein Haus, leisten mir Gesellschaft und amüsieren mich. Wann treten Sie an?«

Sie zögerte.

»Ich denke ...«

»Montag in acht Tagen. Ausgezeichnet!« Er schüttelte ihr kräftig die Hand. »Sie brauchen sich hier nicht einsam zu fühlen. Wenn meine Gäste Ihnen langweilig werden, laden Sie Ihre eigenen Freunde ein. Sie können als Gäste meines Hauses kommen. Also bis Montag!«

Sie ging den Gartenweg zu dem wartenden Droschkenkutscher hinunter, verwirrt und unentschlossener denn je.

»Haben Sie die Stelle erhalten, Miss?« fragte der freundliche Kutscher.

»Ich glaube, ja,« entgegnete Margaret.

Sie warf einen Blick nach Larmes Keep zurück. Die Rasenplätze waren verlassen, aber dicht in ihrer Nähe sah sie die Figur einer Frau auftauchen, nur für einen kurzen Augenblick, und dann verschwand diese hinter einem Gürtel von Lorbeerbäumen, der parallel mit der Umfassungsmauer des Grundstücks lief. Augenscheinlich führte ein wenig betretener Fußweg durch die Büsche, und Mrs. Burton hatte dies Versteck aufgesucht. Sie hatte die Hände vor das Gesicht geschlagen und stolperte blindlings vorwärts, und zu seinem Erstaunen hörte das junge Mädchen, wie sie schluchzte.

»Das ist die Haushälterin – sie ist etwas übergeschnappt,« sagte der Kutscher gelassen.

2

George Ravini war kein hässlicher Mann. Seiner eigenen Meinung nach, die natürlich voreingenommen war, war er mit seinem kurz gelockten, braunen Haar, seinen schönen napoleonischen Gesichtszügen, seiner schlanken Gestalt und guten Haltung außerordentlich anziehend. Und wenn zu seinen natürlichen Vorzügen noch der beste Anzug, den Savile Row liefern konnte, der fleckenloseste aller grauen Hüte, der Malakka-Stockdegen, auf dem eine seiner weiß behandschuhten Hände wie auf dem Griff eines Rapiers ruhte, die glänzendsten aller Lackschuhe und die feinsten grauen Seidensocken hinzukamen, dann war das Bild prächtig eingerahmt und verschönert. Aber der schönste Schmuck von allem waren George Ravinis Glücksringe. Er war abergläubisch und hatte eine große Vorliebe für Amulette. Den kleinen Finger seiner rechten Hand schmückten drei goldene Ringe, und jeder Ring trug drei große Diamanten. Ravinis Glücksringe waren in Saffron Hill sprichwörtlich geworden.

Gewöhnlich trug er das halb amüsierte, halb gelangweilte Lächeln eines Mannes zur Schau, für den das Leben keine Geheimnisse mehr barg, und dem es auch nichts Neues mehr bringen konnte. Und dies Lächeln war auch zum Teil gerechtfertigt, denn George wusste so ziemlich alles, was in London vorging, oder was sich möglicherweise ereignen konnte. In einer kleinen Einzimmerwohnung in Saffron Hill hatte er das Licht der Welt erblickt, hatte den engen Horizont, der seine Kindheit umgab, erweitert und sich herausgearbeitet. Aus dem Arme-Leute-Kind, das sein Lager mit dem dressierten Affen seines Vaters teilen musste, war ein eleganter Kavalier geworden, Inhaber einer vornehmen Wohnung in Half Moon Street, nicht nur Inhaber der Wohnung, sondern auch Besitzer des Blocks, in dem diese sich befand. Sein Guthaben in der Continentalbank war sehr zufriedenstellend; er besaß Hypotheken, die ihm mehr, als er nötig hatte, einbrachten; ein noch größeres Einkommen gewährten ihm die beiden Nachtklubs und Spielhäuser, die unter seiner Leitung standen, ganz abgesehen von den

Nebenverdiensten, die ihm von einem Dutzend der verschiedensten Quellen zuflossen. Ravinis Wort war Gesetz von Leyton bis Clerkenwell, seinen Befehlen wurde im Fitzroy Square unbedingt Folge geleistet, und kein andrer Bandenführer in London hätte sich erlauben dürfen, sein Haupt ohne Georges Einwilligung zu erheben. Er würde Gefahr laufen, eines Tages schön bandagiert im »Saal der Unglücksfälle« im Middlesex-Hospital aufzuwachen.

Er wartete geduldig in der großen Halle des Waterloo-Bahnhofes, sah von Zeit zu Zeit nach seiner goldenen Armbanduhr und betrachtete mit wohlwollenden und gönnerhaften Blicken den Strom des Lebens, der durch die Bahnhofssperren flutete.

Die Bahnuhr zeigte auf ein Viertel nach sechs; er blickte noch einmal auf seine Uhr und musterte dann die Menge, die von dem Bahnsteig 7 herabkam. Nach einigen Minuten Suchens sah er das junge Mädchen, rückte an seiner Krawatte, setzte seinen Hut ein wenig schief und schlenderte ihr langsam entgegen.

Margaret war zu sehr mit ihren eigenen Gedanken beschäftigt, um an den eleganten, jungen Mann zu denken, der schon so oft versucht hatte, – und zwar unter dem alten Vorwand, »sie müssten sich früher schon mal getroffen haben« – mit ihr in ein Gespräch zu kommen. In der Aufregung über ihren Besuch in Larmes Keep hatte sie tatsächlich die Existenz dieses zudringlichen Anbeters oder die Möglichkeit, dass dieser bei ihrer Rückkehr von ihrer Reise auf sie warten könne, völlig vergessen.

Ravini blieb stehen und wartete, bis sie herankam, wobei er ihr beifällig entgegenlächelte. Er liebte schlanke Mädchen von ihrer Art: Mädel, die sich ziemlich einfach kleideten, schöne Strümpfe und unauffällige kleine Hüte trugen. Er lüftete seinen Hut; die Glückssteine blitzten wunderbar.

»Oh!« sagte Margaret Belman und blieb ebenfalls stehen.

»Guten Abend, Miss Belman,« sagte George und ließ lächelnd seine weißen Zähne sehen. »Glücklicher Zufall, Ihnen wieder zu begegnen.«

Als sie an ihm vorbeiging, fiel er in gleichen Schritt mit ihr.

»Ich wünschte, ich hätte mein Auto hier; ich hätte Sie nach Hause fahren können,« begann er zu plaudern. »Ich habe einen neuen zwanziger Rolls – wirklich ein netter, kleiner Wagen. Ich brauche ihn nur wenig – ziehe es vor, von der Half Moon Street zu laufen.«

»Gehen Sie jetzt nach der Half Moon Street?« fragte sie schnell.

Aber George war ein Mann von Erfahrung.

»Ihr Weg ist auch der meine.«

Sie blieb stehen.

»Wie heißen Sie?« fragte sie.

»Smith – Anderton Smith,« antwortete er ohne Zögern. »Warum wollen Sie das wissen?«

»Ich möchte es dem nächsten Schutzmann erzählen, dem wir begegnen,« sagte sie, und Mr. Ravini, dem solche Drohungen nicht unbekannt waren, lächelte.

»Machen Sie sich nicht lächerlich, kleines Mädel,« sagte er. »Ich tue nichts Böses, und Sie wollen doch Ihren Namen auch nicht in den Zeitungen sehen. Außerdem würde ich einfach sagen, Sie hätten mich aufgefordert, mitzukommen, und wir wären alte, gute Freunde.«

19

Sie sah ihn fest an.

»Ich werde vielleicht sehr bald einen Freund treffen, der sich nur sehr schwer davon überzeugen lassen wird,« sagte sie. »Bitte, lassen Sie mich in Ruhe.«

George aber erklärte, dass er das Vergnügen ihrer Gegenwart vorzöge.

»Was für eine törichte, junge Dame Sie doch sind!« begann er. »Ich erweise Ihnen doch weiter nichts, als die gewöhnlichen Aufmerksamkeiten – –«

Eine Hand packte seinen Arm und drehte ihn langsam herum – und das am helllichten Tag auf dem Waterloo Bahnhof, vor den Augen von mindestens zweien seiner Kumpane. Mr. Ravinis Augen blitzten drohend.

Und doch schien sein Angreifer ein höchst harmloser Mann zu sein. Er war schlank und sah ziemlich melancholisch in die Welt. Er trug einen Gehrock, der fest über der Brust zugeknöpft war, und einen hohen, harten Filzhut mit flachem Deckel. Auf seiner etwas starken Nase saß – ein wenig schief – ein einfacher Stahlklemmer. Ein Paar strohfarbener Koteletten zierten seine Wangen, und an seinem Arm hing ein lose zusammengerollter Regenschirm. Diesen Einzelheiten schenkte aber George keine besondere Aufmerksamkeit, er kannte sie zur Genüge, denn Mr. I. G. Reeder, Detektiv der Staatsanwaltschaft, war ihm sehr gut bekannt ... die Kampflust verschwand aus seinen Augen.

»Aaaach, Mr. Reeder!« sagte er mit einer Herzlichkeit, die beinahe aufrichtig klang. »Das ist aber eine angenehme Überraschung. Darf ich Ihnen Miss Belman vorstellen – wir wollten gerade zusammen nach –«

»Aber doch nicht nach dem Flotsam Club zum Tee?« murmelte Mr. Reeder mit schmerzlichem Tonfall, »Und auch nicht nach Harrabys Restaurant? Sagen Sie bloß das nicht, Georgio! Du liebe Güte! Das hätte aber interessant werden können!«

Er strahlte den finster blickenden Italiener an.

»Im Flotsam Club hätten Sie der jungen Dame zeigen können, wo Ihre Freunde erst vorgestern den jungen Lord Fallon um dreitausend Pfund erleichtert haben – wie man mir erzählt hat. Und bei Harraby hätten Sie ihr das interessante, kleine Zimmer zeigen können, wo die Polizei immer durch eine Hintertür hineinkommen kann, wenn Sie es für vorteilhaft halten, einen Ihrer Freunde zu verraten. Sie hat wirklich was versäumt!« George Ravinis Lächeln stand mit seiner plötzlichen Blässe nicht im Einklang.

»Hören Sie mal. Mr. Reeder –«

»Tut mir leid, Georgio« Mr. Reeder schüttelte traurig seinen Kopf. »Meine Zeit ist kostbar. Ich kann Ihnen gerade noch eine Minute opfern, um Ihnen mitzuteilen, dass Miss Belman eine ganz besonders gute Freundin von mir ist. Sollte sich ihr Erlebnis von heute wiederholen – wer weiß, was da alles passieren könnte; wie Ihnen bekannt sein dürfte, bin ich ein boshafter Mensch.« Er sah den Italiener nachdenklich an. »Ich möchte wissen, ob es wirklich Bosheit ist, die mich hindert, Ihnen eine sehr interessante Enthüllung zu machen, die mir auf der Zunge liegt. Das menschliche Gemüt ist ein eigenartiges und kompliziertes Ding, Mr. Ravini. Na ja, ich muss weiter. Grüßen Sie Ihre Zunftgenossen, und wenn Sie merken, dass einer der Herren von Scotland Yard Ihnen nachgeht, seien Sie ihm nicht weiter böse. Er tut ja nur seine Pflicht. Und vergessen Sie nicht meine – na ja – Warnung betreffs dieser jungen Dame.«

»Ich habe nichts zu dieser Dame gesagt, was ein Herr nicht sagen dürfte.«

Mr. Reeder schielte Ravini an.

»Sollten Sie das getan haben, können Sie darauf rechnen, dass Sie mich heute Abend wiedersehen – und dann werde ich wohl nicht allein kommen. In dem Fall,« – sein Ton wurde ganz vertraulich – »würde ich genug kräftige Leute mitbringen, die Ihnen die Schlüssel zu Ihrem Schließfach im Fetter Lane Stahlkammer-Depot abnehmen werden.«

Mehr sagte er nicht, aber Ravini taumelte bei dieser Drohung. Ehe er sich wieder gefasst hatte, waren Mr. I. G. Reeder und sein Schützling in der Menge verschwunden.

3

»Ein interessanter Mann,« sagte Mr. Reeder, als ihr Wagen über die Westminster Brücke fuhr. »Er ist wirklich der interessanteste Mensch, den ich im Augenblick kenne. Das Schicksal wollte es, dass ich in dieser Weise auf ihn stoßen musste. Ich möchte aber, er würde keine Diamantringe tragen.«

Er sah seine Begleiterin verstohlen an.

»Nun, hat Ihnen ... hm ... das Haus gefallen?«

»Es ist wunderschön dort,« sagte sie ohne große Begeisterung, »aber es ist ziemlich weit weg von London.«

Er sah auf einmal niedergeschlagen aus.

»Haben Sie die Stellung nicht angenommen?« fragte er besorgt.

Sie wandte sich halb zu ihm und sah ihn fest an.

»Mr. Reeder, ich glaube wirklich, Sie sehen mich lieber gehen als kommen!«

Zu ihrer Überraschung bekam Mr. Reeder einen ganz roten Kopf.

»Wie ... hm ... natürlich möchte ich das ... nicht, meine ich selbstverständlich. Aber es scheint doch eine sehr gute Stellung zu sein, auch wenn es nur vorübergehend sein sollte.« Er blinzelte sie an. »Ich werde Sie vermissen, wirklich, ich werde Sie sehr vermissen, Miss – hm – Margaret. Wir sind so gute« – er verschluckte etwas – »Freunde geworden, aber das ... eine gewisse Angelegenheit bedrückt mich – ich meine, ich bin ziemlich beunruhigt.«

Er sah von einem Fenster nach dem anderen, als ob er einen Lauscher auf dem Trittbrett des Wagens vermutete, und sagte dann mit gedämpfter Stimme:

»Ich habe niemals mit Ihnen, meine liebe ... hm ... Miss Margaret, über die unangenehmen Einzelheiten meines Berufes gesprochen; da gibt es nun, oder vielmehr, da gab es mal einen Herrn mit Namen Flack – F-l-a-c-k,« buchstabierte er. »Erinnern Sie sich nicht?« fragte er eindringlich, und als sie den Kopf schüttelte: »Ich hoffte, Sie würden sich des Namens erinnern. Man liest ja so viel über solche Sachen in der Zeitung. Aber vor fünf Jahren waren Sie ja noch ein Kind –«

»Sehr schmeichelhaft,« lächelte sie, »aber vor fünf Jahren war ich schon eine erwachsene junge Dame von achtzehn Jahren.«

»Tatsächlich?« fragte Mr. Reeder leise. »Das wundert mich aber! Nun ... Mr. Flack war eine jener Personen, von denen man so häufig in den Sensationsromanen liest, deren Verfasser die Möglichkeiten und Tatsachen des menschlichen Lebens wenig berücksichtigen. Ein Meister des Verbrechens, der Gründer einer ... hm ... Gesellschaft, oder, wie der gewöhnliche Mann sagen würde, einer Verbrecherbande.«

Er seufzte und schloss die Augen. Einen Augenblick dachte sie, dass er für den gottlosen Sünder betete.

»Ein glänzender Verbrecher – es ist schrecklich, es einzugestehen, aber ich habe wirklich eine widerwillige Bewunderung für ihn. Sie sehen, ich bin selbst ein wenig verbrecherisch veranlagt, wie ich Ihnen ja schon oft gesagt habe. Aber er war wahnsinnig.«

»Alle Verbrecher sind wahnsinnig; Sie haben mir das ja so oft erklärt,« sagte sie etwas schroff, denn es gefiel ihr gar nicht, dass die Unterhaltung von ihren eigenen Angelegenheiten abschweifte.

»Aber er war wirklich wahnsinnig,« sagte Mr. Reeder sehr ernst und tippte bezeichnend an seine Stirn. »Gerade sein Wahnsinn war seine Rettung. Er führte die tollsten Dinge aus, aber mit der Schlauheit des Wahnsinnigen. Er schoss mit kaltem Blute zwei Polizisten nieder – mitten am Tag in einer der belebtesten Straßen der City und entkam. Wir haben ihn schließlich gefasst ... natürlich. Solche Leute werden bei uns immer gefasst. Ich ... hm ... half dabei. Aus dem Grunde dachte ich an unseren Freund Georgio; denn es war Mr. Ravini, der ihn an uns für zweitausend Pfund verriet. Ich vermittelte das Geschäft, Mr. Ravini ist ja selbst ein Verbrecher und ...«

Sie starrte ihn mit offenem Munde an.

»Der Italiener? Das ist doch nicht möglich!«

Mr. Reeder nickte.

»Mr. Ravini stand mit der Bande von Flack in Verbindung und erfuhr zufällig, wo der alte John Flack sich aufhielt. Wir fassten den alten John, während er schlief ...« Mr. Reeder seufzte wieder. »Er äußerte sich sehr bitter über mich. Leute, die verhaftet werden, übertreiben sehr häufig die Fehler der ... hm ... derjenigen, die sie verhaften.«

»Ist er vor Gericht gekommen?« fragte sie.

»Er kam wegen Mordes vor Gericht,« sagte Mr. Reeder. »Aber natürlich ... er war ja wahnsinnig. Schuldig, aber geistesgestört lautete das Urteil, und er wurde nach dem Irrengefängnis von Broadmoor geschickt.«

Er suchte gedankenlos in seinen Taschen, brachte ein zerdrücktes Päckchen Zigaretten hervor, nahm eine heraus und bat um die Erlaubnis, rauchen zu dürfen. Sie betrachtete den Glimmstängel, der traurig von seiner Unterlippe herabhing. Seine Augen starrten düster durch das Fenster auf das Grün des Parks, durch den sie fuhren, und er schien gänzlich in die Betrachtung der Natur versunken zu sein.

»Was hat aber das alles mit mir, mit meiner neuen Stellung zu tun?«

Mr. Reeder wandte sich ihr zu.

»Mr. Flack war ein sehr rachsüchtiger Mensch,« sagte er. »Ein wirklich ausgezeichneter Mann - es tut mir leid, das zugeben zu müssen. Und nun hat er begreiflicherweise etwas gegen mich ... und wie er nun einmal ist, wird er sehr bald herausgefunden haben, dass ich ... hm ..., dass ... hm ... Sie mir ziemlich nahe stehen, Miss - Margaret.«

Jetzt ging ihr ein Licht auf, ihre ganze Haltung ihm gegenüber änderte sich, und sie packte seinen Arm.

»Jetzt verstehe ich - Sie wollen mich aus London weghaben, falls sich irgendetwas ereignet. Aber was kann sich denn ereignen? Er ist doch in Broadmoor, nicht wahr?«

Mr. Reeder kratzte sich am Kinn und betrachtete interessiert das Droschkendach.

»Vor einer Woche ist er dort ausgebrochen. Ich glaube, er wird in diesem Augenblick in London sein.«

Margaret Belman rang nach Atem.

»Dieser Italiener ... Ravini meine ich ... weiß er das?«

»Er weiß es noch nicht,« sagte Mr. Reeder vorsichtig, »aber ich glaube, er wird es sehr bald erfahren – ja, er wird es bald erfahren.«

Eine Woche später – Margaret Belman war voll böser Ahnungen abgereist, um ihre neue Stellung anzutreten – – waren Reeders sämtliche Zweifel betreffs John Flacks Aufenthalt verschwunden.

*

Zwischen Margaret Belman und Mr. Reeder war eine leichte Verstimmung entstanden, und zwar beim Lunch am Tag ihrer Abreise von London. Im Scherz fing es an – obwohl Mr. Reeder nichts weniger als zum Scherzen aufgelegt war, – und zwar mit einem kleinen Vorschlag, den sie machte. Mr. Reeder widersprach. Woher sie jemals den Mut nahm, ihm zu sagen, dass er altmodisch wäre, wusste Margaret nicht – aber sie tat es.

»Natürlich könnten Sie sich Ihren Bart abnehmen lassen,« sagte sie spöttisch, »Sie würden zehn Jahre jünger aussehen.«

»Ich glaube nicht, meine liebe ... Miss ... hm ... Margaret, dass ich zehn Jahre jünger aussehen würde,« sagte Mr. Reeder.

Eine gewisse Spannung war geblieben, und sie fuhr in etwas unbehaglicher Stimmung nach Siltbury. Trotzdem sprach ihr Herz mehr für ihn, als sie sich klar machte, dass sein Wunsch, sie von London fortzubekommen, nur von der Sorge um ihre eigene Sicherheit diktiert worden war. Erst als sie sich ihrem Bestimmungsort näherte, kam es ihr zum Bewusstsein, dass auch er sich in großer Gefahr befand. Sie musste ihm gleich schreiben und ihm erzählen, wie leid ihr der Zwischenfall tat. Sie überlegte, wer diese Flacks wohl sein könnten, der Name war ihr bekannt, obwohl sie in der Zeit, wo diese Bande von sich reden machte, wenig oder gar nicht darauf geachtet hatte.

Mr. Daver – er sah mehr als jemals einem Kobold ähnlich – hatte bei ihrer Ankunft eine kurze Unterredung mit ihr. Er brachte sie selbst nach ihrem Büro und erklärte ihr kurz, was sie zu tun hatte. Das war weder schwer noch verwickelt, und mit Erleichterung sah sie, dass sie praktisch nicht das Geringste mit der Leitung von Larmes Keep zu tun hatte. Diese lag in den bewährten Händen von Mrs. Burton.

Das Hotelpersonal war in zwei kleinen Häuschen, ungefähr eine Viertelmeile vom Hause entfernt, untergebracht, und nur Mrs. Burton wohnte im Hauptgebäude.

»Da bleiben wir mehr unter uns,« sagte Mr. Daver, »Dienstboten sind eine scheußliche Plage. Sie geben mir doch Recht? ... Das dachte ich auch! ... Falls man sie in der Nacht braucht, kann man beide Häuser anrufen, und Grainger, der Portier, hat einen Schlüssel für das Außentor. Das ist doch eine ausgezeichnete Einrichtung, die sicher Ihren Beifall findet? ... Natürlich stimmen Sie mir bei.«

Die Unterhaltung mit Mr. Daver war ein wenig einseitig. Er beantwortete alle seine Fragen selbst.

Er wollte gerade das Büro verlassen, als ihr sein großes Werk einfiel.

»Mr. Daver, wissen Sie vielleicht etwas über die Flacks?«

Er runzelte die Stirn.

»Flachs? ... Warten Sie mal; was meinen Sie mit Flachs?«

Sie buchstabierte den Namen.

»Ein Freund von mir erzählte mir neulich davon,« sagte sie. »Ich dachte, Ihnen würde der Name bekannt sein. Das ist eine Verbrecherbande ...«

28

»Flack! ... Aber sicher kenne ich den Namen! ... Du meine Güte, wie interessant! Sie sind also auch Kriminalist? John Flack, George Flack, Augustus Flack ...« – er sprach rasend schnell, als er die Namen an seinen langen, vom Tabak gelb gefärbten Fingern abzählte. »John Flack ist im Irrengefängnis, seine beiden Brüder entwischten nach Argentinien. Schreckliche Kerle, schreckliche, ganz schreckliche Kerle! Was für eine wundervolle Organisation ist doch unsere Polizei. Und Scotland Yard erst! ... Einfach großartig! ... Sie stimmen mir doch bei? ... Aber zweifellos ... Flack!« Er runzelte die Stirn und schüttelte den Kopf. »Ich dachte, diese Gesellschaft mit ein paar kurzen Paragrafen abzutun, aber mein Material ist leider noch nicht vollständig. Kennen Sie sie denn?«

Sie schüttelte lächelnd den Kopf.

»Nein, ich habe nicht den Vorzug.«

»Fürchterliche Geschöpfe,« fuhr Mr. Daver fort. »Erstaunliche Kreaturen! Wer ist denn Ihr Freund, Miss Belman?... Ich würde mich freuen, ihn kennenzulernen. Er könnte mir vielleicht mehr über diese Leute erzählen.«

Margaret hörte diese Worte mit Bestürzung an.

»O nein. Es ist sehr unwahrscheinlich, dass Sie ihn treffen werden,« sagte sie hastig, »und ich glaube auch nicht, dass er darüber sprechen würde, falls Sie ihm begegnen würden – es war vielleicht falsch von mir, ihn überhaupt zu erwähnen.«

Diese Unterhaltung musste Mr. Daver sehr beschäftigt haben, denn am Abend, als sie ihr Büro verließ, um nach ihrem Zimmer zu gehen – sie war sehr müde – klopfte er an ihre Tür, öffnete diese auf ihre Aufforderung hin und blieb auf der Schwelle stehen.

»Ich habe die Berichte über die Flacks noch einmal durchgelesen,« sagte er, »und es ist überraschend, wie wenig Material über sie vorhanden ist. Ich habe einen Zeitungsausschnitt mit dem Bericht, dass John Flack tot ist. Das war der Mann, der nach Broadmoor geschickt wurde. Ist er eigentlich tot?«

»Ich könnte es Ihnen wirklich nicht sagen,« sagte sie, nicht ganz der Wahrheit gemäß. »Er wurde mir gegenüber nur gelegentlich erwähnt.«

Mr. Daver kratzte sich am Kinn.

»Ich dachte, man hätte möglicherweise Ihnen ein paar Einzelheiten erzählt, die Ihnen ... als Laie ... sozusagen ...« er kicherte ... »unwichtig erschienen, die aber für mich –«

Er zögerte erwartungsvoll.

»Das ist alles, was ich weiß, Mr. Daver,« sagte Margaret.

Sie schlief fest in dieser Nacht; das entfernte Rauschen der Wogen, die den langen Strand der Siltbury Bucht heraufrollten, sang sie in traumlosen Schlummer.

Ihre Arbeit begann erst nach dem Frühstück, das sie in ihrem Büro einnahm, und bestand hauptsächlich im Kontrollieren der Rechnungen. Anscheinend hatte aber Mrs. Burton bis jetzt diesen Teil der Verwaltung unter sich gehabt, sodass wahrscheinlich erst am Monatsende, wenn Schecks ausgestellt werden mussten, ihre Arbeit schwerer werden würde. Ihre Arbeitszeit war hauptsächlich mit Korrespondenz ausgefüllt. Einigen hundertvierzig Bewerberinnen um ihren Posten musste geantwortet werden, hierzu kam noch eine Anzahl Briefe von Leuten, die in der Pension wohnen wollten. Alle diese Briefe mussten Mr. Daver vorgelegt werden, und es war auffallend, wie wählerisch Mr. Daver war. Hier ein Beispiel:

»Se. Ehrwürden John Quinten? Nein, nein. Wir haben schon einen Pastor im Hause. Das genügt. Schreiben Sie ihm, es täte uns sehr leid, aber es wäre alles besetzt. Mrs. Bragley möchte ihre Tochter hierher bringen? Auf keinen Fall! Ich will nicht durch Kindergeschrei gestört werden. Sie geben mir doch Recht? ... Ich sehe, Sie denken auch so. Wer ist diese Frau? ... ›Zur Nachkur hierher kommen?‹ Das heißt, sie ist krank ... Ich kann aus Larmes Keep kein Sanatorium machen. Sie können all den Leuten schreiben, dass bis nach Weihnachten alles besetzt ist. Nach Weihnachten können sie kommen – ich verreise dann.«

Die Abende gehörten ihr. Sie konnte, wenn sie wollte, nach Siltbury gehen, das mit Stolz zwei Kinos und eine Pierrot-Gesellschaft aufwies, und Mr. Daver stellte ihr das Hotelauto für diesen Zweck zur Verfügung. Sie zog es aber vor, durch das Gelände zu wandern. Das Besitztum war viel größer, als sie angenommen hatte. Auf der Südseite des Hauses dehnte es sich eine halbe Meile weit aus. Die Grenze nach Osten bildeten die Klippen, an denen entlang eine Mauer aus Feldsteinen in Brusthöhe aufgeführt war. Und das aus sehr gutem Grund, denn die Klippen fielen hier senkrecht zweihundert Fuß auf die unterliegenden Felsen ab. An einer Stelle hatte ein kleiner Erdrutsch stattgefunden, hatte den Wall mit fortgerissen, und man hatte die Lücke durch einen provisorischen Holzzaun abgeschlossen. Der Versuch war gemacht worden, einen Neunlochgolfplatz einzurichten, aber anscheinend war Mr. Daver dieser Sache überdrüssig geworden, denn das Gelände stand kniehoch unter wogendem Gras. An der Südwestecke des Hauses, ungefähr hundert Yards entfernt, befand sich ein dichtes Rhododendrongebüsch, und das durchforschte sie, als sie einem kleinen gewundenen Pfad folgte, der sie bis in die Mitte des Gehölzes führte. Ganz unerwartet kam sie auf einen alten Ziehbrunnen. Das Mauerwerk lag in Trümmern; der Brunnenschacht war mit Brettern zugedeckt. An dem vom Wetter mitgenommenen Schutzdach über der Winde hing eine kleine hölzerne Tafel – augenscheinlich als Aufklärung für die Besucher:

»Dieser Brunnen wurde von 935 bis 1794 benutzt.
Er wurde von den gegenwärtigen
Besitzern des Grundstücks
im Mai 1914 aufgefüllt.
Für diesen Zweck sind
einhundertundfünfunddreißig Wagenladungen
Sand und Steine gebraucht worden.«

Für Margaret war es ein angenehmer Zeitvertreib, an diesem alten Brunnen zu stehen, und sich die hörigen und barfüßigen Bauern vorzustellen, die Jahrhunderte hindurch an der Stelle gestanden hatten, wo sie sich jetzt befand. Als sie aus dem Gebüsch heraustrat, stieß sie auf Olga Crewe, das Mädchen mit dem blassen Gesicht.

Margaret hatte weder mit dem Pastor noch mit dem Obersten gesprochen; sie hatte diese weder gemieden, noch diese sie. Olga Crewe hatte sie nicht mehr gesehen, und sie würde ihr auch jetzt aus dem Weg gegangen sein, wenn das junge Mädchen nicht zu ihr herübergekommen wäre.

»Sie sind die neue Sekretärin, nicht wahr?«

Ihre Stimme war sehr musikalisch, lockend. »Süßlich« war Margaretes erste Empfindung.

»Ja, ich bin Miss Belman.«

Das junge Mädchen nickte.

»Meinen Namen kennen Sie ja, wie ich annehme? Werden Sie es hier nicht schrecklich langweilig finden?«

»Ich glaube nicht,« lächelte Margaret. »Es ist ein wunderschönes Stückchen Erde.« Olga Crewes Augen überflogen die Landschaft mit kritischem Blick.

»Ja, das ist es sicher. Sehr schön ... Aber man wird im Laufe der Jahre auch der Schönheit überdrüssig.«

Margaret horchte erstaunt auf.

»Sind Sie schon so lange hier?«

»Eigentlich bin ich hier schon seit meiner Kinderzeit. Ich dachte, Joe hätte Ihnen das schon erzählt; er ist ein unverbesserlicher, alter Schwätzer.«

»Joe?« Sie stand vor einem Rätsel.

»Der Droschkenkutscher. Er sammelt alle Innigkeiten und verbreitet sie auch weiter.«

Sie blickte auf Larmes Keep und runzelte die Stirn.

»Wissen Sie, wie man früher dies Haus zu bezeichnen pflegte, Miss Belman? ... Das Haus der Tränen – Le Château des Larmes.«

»Warum?«

Olga Crewe zuckte ihre hübschen Schultern.

»Ich nehme an, so eine Art Überlieferung, die bis in die Tage des Barons Augernvert, der das Haus baute, zurückreicht. Die Einheimischen haben den eigentlichen Namen in Larmes Keep – das Verließ der Tränen – umgewandelt. Sie müssten sich mal die unterirdischen Gefängnisse ansehen.«

»Gibt es denn welche?« fragte Margaret überrascht.

»Wenn Sie die Verließe gesehen hätten, die schweren Ketten und die Ringe in den Mauern, die Spuren der bloßen Füße auf den abgewetzten Fliesen, dann könnten Sie erraten, wie der Name entstanden ist.«

Margaret starrte auf das Verließ zurück. Die Sonne versank hinter seinen Mauern, und dieser hohe, massive Steinhaufen, der sich scharf gegen das rote Licht der sinkenden Sonne abzeichnete, gewährte einen düsteren, unheilvollen Anblick.

»Direkt unheimlich,« sagte sie und schauderte. Olga Crewe lachte.

»Haben Sie schon die Klippen gesehen?« fragte sie, und führte sie den Weg zurück bis zu dem langen Brustwall. Dort standen sie eine Viertelstunde und blickten, die Arme auf die Brüstung gestützt, in die Dämmerung unter sich.

»Sie sollten sich gelegentlich jemand nehmen und sich um das Kliff herumrudern lassen. Es ist wie durchlöchert von Höhlen,« sagte sie. »Eine, direkt am Rande der See, geht bis unter das Verließ. Wenn die Flut außergewöhnlich hoch steigt, steht sie unter Wasser. Ich wundere mich eigentlich, dass Daver kein Buch darüber schreibt.«

In ihrer Stimme lag ein ganz feiner Ton von Hohn, der aber Margaret nicht entging.

»Da muss der Eingang sein,« sagte sie, und zeigte auf einen Wirbel im Wasser, der bis an das Kliff zu laufen schien.

Olga nickte.

»Bei Hochwasser würden Sie das nicht bemerken,« antwortete sie. Dann drehte sie sich plötzlich um und fragte, ob Margaret schon den Badeplatz gesehen hatte.

Dieser war ein langes Viereck, von hohen Buchsbaumhecken geschützt und gänzlich mit blauen Kacheln ausgelegt; eine verführerische Einladung zum Bade.

»Außer mir benutzt es niemand. Daver würde schon bei dem Gedanken hineinzuspringen, tot umfallen.«

Jedes Mal, wenn sie Mr. Daver erwähnte, drückte ihr Ton kaum verhüllte Verachtung aus. Sie war aber auch nicht barmherziger, wenn sie die anderen Gäste erwähnte. Als sie sich dem Hause näherten, bemerkte Olga ganz unvermittelt:

»Wenn ich Sie wäre, würde ich Mr. Daver nicht zu viel erzählen. Überlassen Sie ihm das Reden.«

»Was meinen Sie damit?« fragte Margaret gelassen; aber in diesem Augenblick ließ Olga sie ohne jedes weitere Wort stehen und ging auf den Oberst zu, der, eine Zigarre im Munde, ihnen entgegensah. Das Haus der Tränen!

Margaret dachte an diesen Namen, als sie sich am Abend entkleidete und trotz all ihrer Selbstbeherrschung überlief sie ein leiser Schauder.

4

Der Polizist, der an der Bennet Street Ecke Hyde Lane stand, hatte sein Reich für sich allein. Es war gegen drei Uhr an einem trüben Frühlingsmorgen; kein Lüftchen wehte, und es war unangenehm schwül. Irgendwo im Süden Londons entlud sich ein Gewitter; man hörte den Donner in unregelmäßigen Zwischenräumen grollen. Gute und Böse in Mayfair schliefen – mit Ausnahme von Mr. I. G. Reeder, dem Hüter des Gesetzes und dem Schrecken der Verbrecher. Der Schutzmann Dyer sah das gelbe Licht hinter dem Schiebefenster und lächelte wohlwollend.

Die Nacht war so still, dass er bei dem Geräusch eines Schlüssels in einem Türschloss über seine Schulter blickte, weil er glaubte, es käme von dem Hause direkt hinter ihm. Aber diese Tür blieb verschlossen. Dagegen sah er aber eine Frauengestalt auf der obersten Stufe des Treppenabsatzes fünf Häuser weiter weg erscheinen. Sie war spärlich bekleidet.

»Schutzmann!«

Die Stimme klang leise, gebildet und sehr dringlich. Er ging schneller auf sie zu, als man dies im Allgemeinen von Polizisten gewöhnt ist.

»Irgendetwas nicht in Ordnung, Miss?«

Ihr Gesicht, er war erfahren genug in diesen Dingen, war »zurechtgemacht«; die Wangen waren stark geschminkt und die Lippen für jemand, der sich fürchtete, – überraschend rot. Er nahm an, dass sie unter normalen Verhältnissen hübsch war, konnte sich aber über ihr Alter kein Urteil bilden. Sie trug einen langen, schwarzen Schlafrock, der bis zum Kinn hinauf geschlossen war. Außerdem bemerkte er, dass die Hand, die sich am Treppengeländer festhielt, im Licht der Straßenlampen funkelte.

»Ich weiß nicht... genau. Ich bin allein im Haus, und mir war, als... hätte ich etwas gehört.«

Drei Worte in einem Atem. Augenscheinlich war sie in großer Angst.

»Haben Sie keine Dienstboten im Haus?«

Der Schutzmann war überrascht und ein wenig unruhig.

»Nein. Ich bin erst gegen Mitternacht von Paris zurückgekommen – wir haben das Haus möbliert gemietet – und ich befürchte, die Dienstboten haben sich im Datum meiner Rückkehr geirrt. Ich bin Mrs. Granville Fornese.«

Er entsann sich dunkel dieses Namens, er musste ihn irgendwann schon mal gehört haben – er klang vornehm, wie der Name einer hochstehenden Persönlichkeit. Und Bennet Street war eine Gegend wo »solche« Leute wohnten.

Der Polizist starrte forschend in den dunklen Vorraum.

»Wenn Sie Licht machen wollten, Madam, will ich mal nachsehen.«

Sie schüttelte den Kopf; er fühlte beinahe, wie sie zitterte.

»Das Licht ist nicht in Ordnung... und das hat mich ja so entsetzt. Als ich um ein Uhr zu Bett ging, funktionierte die Beleuchtung noch. Irgendetwas weckte mich auf... ich weiß nicht, was es war... ich schalte die Lampe auf meinem Nachttisch ein... und sie brennt nicht. Ich hatte in meiner Handtasche eine kleine Taschenlampe... die fand ich glücklicherweise und machte Licht.«

Sie hielt inne und zeigte ihre Zähne in einem gezwungenen Lächeln. Dyer sah, wie ihre dunklen Augen ins Leere starrten.

»Ich sah... ich weiß nicht, was es war... einen schwarzen Schatten, wie wenn jemand an der Wand entlang kroch. Auf einmal war er verschwunden... Und die Tür von meinem Zimmer stand weit offen... Und ich hatte sie doch zugemacht und abgeschlossen, als ich zu Bett ging.«

Der Schutzmann öffnete die Tür ganz weit und ließ den Schein seiner Lampe in den Gang fallen. An der Wand stand ein kleines Tischchen und auf diesem ein Tischtelefon. Er trat in die Halle und nahm den Hörer auf. Der Apparat funktionierte nicht.

»Ist das...«

Er hielt plötzlich inne und lauschte.

Irgendwo über sich hörte er ein schwaches aber anhaltendes Geräusch – das Knacken einer lockeren Diele. Mrs. Fornese stand immer noch in der offenen Tür, und er ging zu ihr zurück.

»Haben Sie einen Schlüssel für die Haustür?« fragte er, aber sie schüttelte ihren Kopf.

Er fühlte an der Innenseite des Schlosses, fand die Riegelsicherung und schob diese hoch.

»Ich muss von irgendwo anders telefonieren. Es ist besser, Sie ...«

Was war das Beste für sie? ... Er war ein einfacher Schutzmann und stand einer heiklen Situation gegenüber.

»Können Sie nicht einstweilen woanders hingehen ... zu Bekannten?«

»Nein,« sagte sie entschieden und fügte dann hinzu: »Wohnt denn nicht Mr. Reeder gegenüber? Irgendwer hat mir erzählt ...«

Im Haus auf der anderen Seite der Straße brannte Licht. Mr. Dyer sah unsicher nach dem erleuchteten Fenster. Es war allgemein bekannt, dass dort die elegante Wohnung eines Mannes war, der im Rang über dem Polizeioberst stand. Bennet Street Nr. 7 war vor kurzem in einzelne Wohnungen aufgeteilt worden, und in eine von ihnen war Mr. Reeder aus seiner Wohnung in der Vorstadt gezogen. Warum er gerade in dieser vornehmen und eleganten Gegend gemietet hatte, wusste kein Mensch. Die Verbrecherwelt hielt ihn für fabelhaft reich; zweifellos lebte er in guten Verhältnissen.

Der Schutzmann zögerte, suchte dann in seinen Taschen das kleinste Geldstück des Königreiches, ging über die Straße und warf den halben Penny gegen das Fenster – die Dame war in der Türschwelle stehen geblieben. Eine Sekunde später öffnete sich das Fenster.

»Entschuldigen Sie, Mr. Reeder, könnte ich Sie mal einen Augenblick sprechen?«

Der Kopf und die Schultern des Mannes verschwanden, und in sehr kurzer Zeit erschien Mr. Reeder in der Tür. Er war so vollständig angezogen, dass man glauben konnte, er hätte diese Aufforderung erwartet. Der Gehrock war fest zugeknöpft, der Hut saß auf seinem Hinterkopf und auf seiner Nase balancierte der Kneifer, durch den er niemals blickte.

»Irgendetwas nicht in Ordnung, Schutzmann?« fragte er freundlich.

»Könnte ich mal Ihr Telefon benutzen?... Da drüben wohnt eine Dame – Mrs. Fornese... sie ist ganz allein... hat jemanden im Hause gehört... ich auch...«

Er hörte einen kurzen Schrei... einen Krach und fuhr herum. Die Tür von Nr. 4 war geschlossen und Mrs. Fornese verschwunden.

In sechs Sprüngen war Mr. Reeder über die Straße und an der Tür. Er bückte sich, drückte die Klappe des Briefkastens zurück und lauschte. Kein Geräusch als das Ticken einer Uhr ... ein schwacher, seufzender Ton.

»Hm!« Mr. Reeder kratzte nachdenklich seine lange Nase. »Hm ... wollen Sie mir, bitte, diese ganzen ... hm ... Vorgänge noch einmal erzählen?«

Der Beamte wiederholte die Geschichte mehr zusammenhängend.

»Sie sperrten das Schloss, damit es nicht zuschnappen konnte? Sehr vernünftig!« Mr. Reeder runzelte die Stirn. Ohne ein weiteres Wort ging er über die Straße und verschwand in seiner Wohnung. An der Rückwand seines Schreibtisches war ein kleines Fach, das er aufschloss. Er nahm einen ledernen Werkzeugbehälter heraus, rollte ihn auf, suchte drei kleine merkwürdige Stahlinstrumente, die beinahe wie kleine Haken aussahen, heraus, setzte einen in den hölzernen Griff und ging zu dem Schutzmann zurück.

»Ich fürchte, das ist ... ich will nicht sagen ›gesetzeswidrig‹, denn ein Mann in meiner Stellung ist nicht imstande, eine gesetzeswidrige Handlung zu begehen ... wollen wir sagen ›ungebräuchlich‹?«

Während der ganzen Zeit, in der er in leiser und wie um Verzeihung heischender Weise sprach, arbeitete er an dem Schloss herum, indem er das Instrument bald in dieser, bald in jener Richtung drehte. Endlich fasste der Haken, mit einem kleinen »Schnapp« drehte sich das Schloss, und Mr. Reeder stieß die Tür auf.

Er nahm die elektrische Taschenlampe aus der Hand des Polizisten und ließ einen weiten Lichtkreis durch die Vorhalle schweifen. Nichts rührte sich. Er leuchtete nach der Treppe und lauschte, mit gesenktem Haupt. Er vernahm keinen Laut und ging geräuschlos weiter in die Halle hinein.

Der Gang führte an dem Fuß der Treppe vorbei und endigte an einer Tür, die wahrscheinlich zu den Dienstbotenräumen im Hause führte. Zum Erstaunen des Schutzmanns war es diese Tür, die Mr. Reeder zuerst untersuchte. Er drehte den Türknopf, aber die Tür öffnete sich nicht; dann beugte er sich nieder und schielte durch das Schlüsselloch.

»Es war jemand ... oben,« begann der Schutzmann mit achtungsvollem Zögern.

»Es war jemand oben,« wiederholte Mr. Reeder abwesend. »Sie hörten eine Diele knacken, glaube ich.«

Er ging langsam nach dem Fuß der Treppe zurück und blickte hinauf. Dann leuchtete er mit seiner Lampe auf den Fußboden der Vorhalle.

»Keine Sägespäne,« sagte er zu sich selbst, »das kann es also nicht sein.«

»Soll ich nach oben gehen, Sir?« fragte Dyer und hatte seinen Fuß schon auf der untersten Treppenstufe, als Mr. Reeder ihn mit einer Kraft, die man in einem so müde aussehenden Manne nicht vermutete, zurück riss.

»Lieber nicht, mein Freund,« sagte er fest. »Wenn die Dame oben ist, muss sie unsere Stimmen gehört haben. Sie ist aber nicht oben.«

»Denken Sie, dass sie vielleicht in der Küche ist?« fragte der verdutzte Polizist.

Mr. Reeder schüttelte traurig den Kopf.

»Leider versäumen unsere modernen Frauen ihre Zeit nicht in der Küche!« sagte er, und stieß einen ungeduldigen, glucksenden Laut aus, ob als Protest gegen das Seltenwerden der häuslichen Tugenden der heutigen Frauen, oder ob das ›tschk'd‹ einen anderen Grund hatte, war schwer zu sagen. Er war von seinen Gedanken völlig in Anspruch genommen.

Er leuchtete wieder nach der Tür.

»Das dachte ich,« sagte er, und seine Stimme klang erleichtert. »Da stehen zwei Spazierstöcke in dem Garderobenständer. Wollen Sie mir mal einen geben, Schutzmann?«

Der Beamte gehorchte verwundert und brachte Mr. Reeder einen langen Stock aus Kirschbaumholz mit gebogener Krücke, den er im Licht der Lampe untersuchte.

»Verstaubt und von dem früheren Bewohner zurückgelassen. Die Spitze anstelle einer Zwinge beweist, dass er in der Schweiz gekauft wurde. Wahrscheinlich haben Sie kein Interesse für Detektivgeschichten und haben niemals von dem Mann gelesen, dessen Methode ich hier nachmache?«

»Nein, Sir,« erwiderte Dyer, der nichts von alledem begriff.

Mr. Reeder untersuchte den Stock noch einmal.

»Es ist jammerschade, dass es keine Angelrute ist,« sagte er. »Bleiben Sie hier stehen und rühren Sie sich nicht.«

Dann kroch er langsam auf den Knien die Treppe hinauf und fuchtelte dabei mit seinem Stock in der lächerlichsten Art und Weise hin und her. Er hielt ihn mit ausgestrecktem Arm in die Höhe und schlug beim Hinaufkriechen gegen unsichtbare Hindernisse. Er kroch höher und höher, und sein Schattenbild zeichnete sich scharf gegen den Schein der Lampe in seinen

Händen ab. Der Schutzmann Dyer sah ihm mit offenem Mund zu.

»Könnte ich denn nicht ...«

Weiter kam er nicht. Eine ohrenbetäubende Explosion erfolgte. Die Luft war plötzlich mit Rauch- und Staubwolken angefüllt; er hörte das Krachen von Holz, und der beißende Geruch von etwas Brennendem kam zu ihm. Verwirrt und unfähig, sich zu bewegen, starrte er Mr. Reeder an, der auf einer Stufe saß und kleine Holzsplitter von seinem Rock absuchte.

»Ich glaube, Sie können jetzt ohne jede Gefahr heraufkommen,« sagte Mr. Reeder sehr ruhig.

»Was ... was war das?« stotterte der Schutzmann.

Der geschworene Feind aller Verbrecher staubte zärtlich seinen Hut ab, was aber Dyer nicht sehen konnte.

»Sie können heraufkommen.«

Mr. Dyer lief die Treppe hinauf und folgte dem anderen über den breiten Treppenflur, bis dieser stehen blieb und im Schein der Lampe einen merkwürdig aussehenden und allem Anschein nach selbst angefertigten Selbstschuss betrachtete, dessen Mündung so durch das Treppengeländer gerichtet war, dass sie die Treppe deckte, die er heraufgekommen war.

»Quer über die Stufen,« erklärte Mr. Reeder eingehend, »war ein schwarzer Faden gespannt, sodass jeder, der an den Faden rührte oder ihn zerriss, den Selbstschuss zum Entladen bringen musste.«

»Aber ... aber ... die Dame ...?«

Mr. Reeder hüstelte.

»Ich glaube nicht, dass sie noch im Haus ist,« sagte er in immer gleichem, freundlichem Ton. »Ich nehme vielmehr an, dass sie durch die Hintertür entwischte. Da ist doch ein Wirtschaftseingang, nicht wahr? Sie tut mir eigentlich leid – dieser kleine Zwischenfall ereignete sich zu spät für die Morgenausgaben, und sie wird leider bis zu den ersten Sportberichten warten müssen, bevor sie erfährt, dass ich noch am Leben bin.«

Der Schutzmann atmete tief auf.

»Ich glaube, ich muss das erst mal zu Rapport bringen, Sir.«

»Das glaube ich auch,« seufzte Mr. Reeder. »Und rufen Sie bitte Inspektor Simpson an und sagen Sie ihm, er soll hierherkommen, ich möchte ihn gern sprechen.«

Der Beamte zauderte wiederum.

»Halten Sie es nicht für besser, dass wir erst das Haus durchsuchen? ... Vielleicht haben sie die Frau aus dem Weg geschafft.«

Mr. Reeder schüttelte den Kopf.

»Da ist nicht eine einzige Frau aus dem Weg geräumt worden,« sagte er entschieden. »Das Einzige, was wirklich beseitigt worden ist, ist eine der Lieblingstheorien Mr. Simpsons.«

»Aber, Mr. Reeder, warum ist denn diese Dame an die Tür gekommen ...?«

Mr. Reeder tätschelte ihn wohlwollend auf den Arm – wie eine Mutter ihr Kind tätschelt, das eine närrische Frage stellt.

»Die ... hm ... Dame hat eine halbe Stunde an der Tür gestanden,« antwortete er sanft, »eine geschlagene halbe Stunde,

44

mein lieber Freund, und hoffte – wider alle Hoffnung, wie man sich vorstellen kann – dass sie meine Aufmerksamkeit auf sich lenken würde. Ich habe sie nämlich von einem Zimmer aus beobachtet, das ... hm ... nicht erleuchtet war. Ich habe mich nicht sehen lassen, weil ich den .. hm ... lebhaften Wunsch habe, noch eine Zeit lang am Leben zu bleiben.«

Mit diesen dunklen Worten verschwand Mr. Reeder in seinem Haus.

5

Mr. Reeder hatte es sich bequem gemacht, trug ein Paar merkwürdig bemalte Samtpantoffeln, eine Zigarette hing zwischen seinen Lippen, und er setzte dem Detektiv-Inspektor, der ihn in aller Frühe aufgesucht hatte, seine Gründe für gewisse Schlussfolgerungen auseinander.

»Ich nehme auch nicht einen einzigen Augenblick an, dass mein Freund Ravini die Hand dabei im Spiel hat. Er arbeitet nicht so ... hm ... fein, außerdem hat er wenig oder gar keine Intelligenz. Sie werden finden, dass dieser Schlag schon seit Monaten geplant ist, obwohl er erst heute ausgeführt wurde. Bennet Street Nr. 307 gehört einem alten Herrn, der hauptsächlich in Italien lebt. Er hat das Haus schon seit Jahren möbliert vermietet; erst seit einem Monat steht es leer.«

»Sie nehmen also an, dass die Leute, wer sie auch immer sein mögen, das Haus gemietet ...«

Mr. Reeder schüttelte den Kopf.

»Sogar das bezweifle ich. Höchstwahrscheinlich haben sie eine Erlaubnis, das Haus zu besichtigen, und sind auf irgendeine Weise den Verwalter losgeworden. Sie wussten, dass ich heute Nacht zu Haus sein würde, weil ich immer zu Haus bin ... hm ... wenigstens meistens, seit ...« Mr. Reeder hustete verlegen. »Eine gute Bekannte von mir hat kürzlich London verlassen, und ich gehe nicht gern allein aus.«

Und zu Simpsons Schauder flog ein rosiger Schein über Mr. Reeders nüchternes Gesicht.

»Vor einigen Wochen,« fuhr er fort mit einem kläglichen Versuch, unbefangen zu erscheinen, »aß ich gewöhnlich auswärts, ging in ein Konzert, oder sah mir eines jener wundervollen Melodramen an, für die ich eine besondere Vorliebe habe.«

»Wen haben Sie in Verdacht?« unterbrach Simpson, der nicht mitten in der Nacht aus dem Bett gerufen worden war, um die Vorzüge von Melodramen zu erörtern. »Die Gregorys oder die Donovans?« Er nannte zwei Banden, die ausgezeichnete Gründe hatten, mit Mr. Reeder und seinen Methoden unzufrieden zu sein.

Mr. Reeder schüttelte seinen Kopf.

»Keine von beiden. Ich glaube, oder vielmehr: Ich bin ganz sicher, dass wir für diese Sache hier auf alte Geschichten zurückkommen müssen.«

Simpson riss die Augen auf.

»Sie meinen doch nicht Flack?« fragte er ungläubig. »Der hält sich versteckt ... So bald fängt der nicht wieder an.«

Mr. Reeder nickte.

»John Flack. Wer denn sonst könnte ein solches Unternehmen geplant haben? ... Diese künstlerische Vollendung! Und dann, Mr. Simpson« – er beugte sich zu ihm und tippte ihm auf die Brust – »seit Flack nach Broadmoor geschickt wurde, ist kein größerer Einbruch mehr in London vorgekommen. In einer Woche werden Sie den größten von allen erleben. Die Quintessenz aller Einbrüche. Sein wahnwitziges Hirn bereitet ihn jetzt vor.«

»Er ist erledigt,« sagte Simpson stirnrunzelnd.

Mr. Reeder lächelte schwach.

»Wir wollen abwarten. Die kleine Affäre von heute Nacht ist ein Probeschuss – ein reines Nichts. Aber ich bin ganz froh, dass ich in diesen Tagen nicht ... hm ... auswärts esse. Andrerseits ist aber unser guter Freund Georgio Ravini dafür bekannt, nur auswärts zu speisen – würde es Ihnen etwas ausmachen, das Polizeibüro in der Vine Street anzurufen, ob dort Rapporte über einige Unglücksfälle eingelaufen sind?«

Vine Street, wo man über die Lebensweise von so manchen Leuten genau unterrichtet war, teilte sofort mit, dass Mr. Georgio Ravini die Stadt verlassen hätte; man nahm an, er wäre in Paris.

»Du lieber Himmel,« sagte Mr. Reeder in seiner nachlässigen, gleichgültigen Weise. »Das ist aber vernünftig von Georgio, und es wäre noch viel vernünftiger, wenn er ganz dort bleiben würde.«

Mr. Simpson stand auf und schüttelte sich. Er war ein starker, beherzter Mann, der diese Angewohnheit hatte.

»Ich will nach dem Präsidium gehen und Rapport erstatten,« sagte er. »Vielleicht ist es doch nicht Flack gewesen. Er ist der Anführer von einer Bande und kann ohne seine Leute nichts machen. Und die sind ja in alle Welt zerstreut, die meisten von ihnen in Argentinien ...«

»Ha, ha!« lachte Mr. Reeder, aber ohne jedes Anzeichen von Belustigung.

»Worüber lachen Sie denn, zum Teufel?«

Der andere entschuldigte sich sofort.

»Das war mehr ein ... hm ... wenn ich so sagen darf ... ein ... hm ... skeptisches Lachen. Argentinien! Gehen denn Verbrecher wirklich nach Argentinien ... ausgenommen natürlich in den wunderbaren Romanen, die man in der Eisenbahn liest? Eine

Überlieferung, mein lieber Mr. Simpson, die bis zu jenen alten Zeiten zurückgeht, wo zwischen den beiden Ländern keine Auslieferungsverträge bestanden. In alle Welt zerstreut! ... Möglich ... Ich warte auf den Tag, wo ich sie alle unter einem Dach zusammen habe. Das wird ein sehr angenehmer Morgen für mich sein, Mr. Simpson, wenn ich durch die Galerie laufen und durch die kleinen Judasse[1] blicken kann und sehe, wie sie Postsäcke nähen – es gibt keine beruhigendere Beschäftigung als Näharbeit! – In der Zwischenzeit passen Sie aber ja auf Ihre Banken auf – der alte John Flack ist siebzig Jahre alt und hat keine Zeit mehr zu verlieren. Die nächste Zeit, bevor viele Tage vergangen sind, wird es erleben, wie in der City von London Geschichte gemacht wird. Ich möchte wissen, wo ich Mr. Ravini finden kann?«

*

Georgio Ravini gehörte nicht zu denen, deren Glückseligkeit von der guten Meinung abhing, die andere von ihm hatten.

Sonst würde er wohl sein ganzes Leben in jämmerlicher Trübsal verbracht haben. Und in Bezug auf Mr. Reeder – er erörterte das Thema dieses interessanten Polizeibeamten bei einem Glas Wein und einer guten Zigarre in seiner Wohnung in der Half Moon Street. Es war ein in die Augen fallender, sogar etwas protzenhafter, kleiner Haushalt. Mr. Ravinis Motto war: Das Beste vom Besten – und davon so viel, wie irgendmöglich; sein Salon erinnerte an eine jener übermäßig verzierten französischen Standuhren – alles Gold und Emaille, wenn es nicht Seide oder Damast sein konnte. Er setzte Lew Steyne – eine Art »Leutnant« von ihm – seine Meinung über die Lage der Dinge auseinander.

»Wenn dieser alte Dingsda wirklich nur die Hälfte von dem wüsste, was er zu wissen vorgibt, würde ich den ersten Zug nach

---

[1] Beobachtungsklappe in den Zellentüren der Gefängnisse.

Bordighera nehmen,« sagte er. »Aber Mr. Reeder blufft. In gewisser Beziehung ist er sehr gerieben, aber das kann man beinahe von jedem Schnüffler sagen, dem man in den Weg läuft.«

»Du kannst ihn sicherlich was lehren,« erwiderte Lew schmeichlerisch, und Mr. Ravini lächelte selbstgefällig und strich seinen kecken Schnurrbart.

»Ich würde mich gar nicht wundern, wenn der alte Geck nach dem Mädel verrückt ist. Mai und Dezember – kannst du dir so was denken?!«

»Wie sieht sie eigentlich aus?« fragte Lew. »Ich habe sie niemals richtig gesehen.«

Mr. Ravini küsste verzückt seine Fingerspitzen.

»Mich kann er auf jeden Fall nicht ins Bockshorn jagen, Lew – du weißt, wie ich bin. Wenn ich was haben will, dann bin ich hinterher und bin so lange hinterher, bis ich es habe. Ich habe niemals ein Mädel gesehen wie sie. Ganz und gar Dame und so weiter, und was sie an solch altem Knacker finden kann ist mir 'n böhmisches Dorf.«

»Weiber sind komisch,« sagte Lew nachdenklich, »man sollte nicht glauben, dass 'n Schreibmaschinenmädchen dir den Laufpass gibt.«

»Laufpass geben ist Quatsch,« sagte Mr. Ravini kurz, »ich bin ihr ganz einfach nicht vorgestellt worden, das ist die Geschichte. Aber das kommt noch. Wo ist das Haus?«

»In Siltbury,« sagte Lew.

Er holte ein Stück Papier aus der Westentasche, faltete es auseinander und las die mit Bleistift geschriebenen Worte. »Larmes Keep, Siltbury – an der Südbahn. Ich folgte ihr, als sie

50

mit ihren Koffern von London abreiste. Der alte Reeder brachte sie nach der Bahn und sah so vergnügt aus wie eine gebadete Katze.«

»Eine Pension?« sagte Ravini überlegend, »komische Art von Stellung.«

»Sie ist Sekretärin,« berichtete Lew. (Er hatte das mindestens schon viermal erzählt, aber Mr. Ravini gehörte zu jenen neugierigen Menschen, die alles nicht oft genug hören können.)

»Das Haus ist allerhand,« sagte Lew. Nicht eine der gewöhnlichen Pensionen – nur für seine Leute. Zwanzig Guineen die Woche pro Zimmer, und du kannst froh sein, wenn du überhaupt reinkommst.«

Ravini kratzte sein Kinn und dachte darüber nach.

»Das ist hier ein freies Land,« sagte er, »wer kann mich hindern in – na, wie heißt das Ding – zu wohnen? Larmes Keep? In meinem ganzen Leben habe ich mich noch niemals mit ›Nein‹ von 'ner Frau zufrieden gegeben. Meistens meinen sie's ja überhaupt nicht so. Auf jeden Fall muss sie mir ein Zimmer geben, wenn ich genug Geld habe, um zu zahlen.«

»Und wenn sie an Reeder schreibt?« warf Lew ein.

»Lass sie schreiben!« Ravinis Ton klang herausfordernd, wie auch seine Meinung immer sein mochte. »Was kann er mir anhaben? Es ist doch kein Verbrechen, seine Miete in einer Pension zu bezahlen?«

»Versuchs doch mal bei ihr mit einem von deinen Glücksringen,« grinste Lew.

Ravini betrachtete sie mit Bewunderung.

»Ich kann sie nicht herunterkriegen,« sagte er, »und ich denke gar nicht daran, mich deswegen von meinem Glück zu trennen. Sie wird schon anbeißen, wenn sie mich erst näher kennt – mach dir man keine Sorge deswegen.«

Ein merkwürdiger Zufall wollte es, dass er am nächsten Morgen, als er aus der Half Moon Street kam, gerade den einzigen Mann in der ganzen Welt, den er nicht sehen wollte, treffen musste. Glücklicherweise hatte Lew seinen Handkoffer nach der Bahn gebracht, und so verriet nichts in Ravinis Erscheinung, dass er sich auf die Reise nach einem galanten Abenteuer machte.

Mr. Reeders Blicke fielen auf die Brillantringe, die im Tageslicht funkelten. Sie schienen eine ganz besondere Anziehungskraft auf den Detektiv auszuüben.

»Hält das Glück noch immer an, Georgio?« fragte er, und Georgio lächelte selbstgefällig. »Und wohin führen Sie Ihre Schritte an diesem wunderbaren Septembermorgen? Der Bank, um Ihre ruchlosen Gewinne in Sicherheit zu bringen? Oder um sich schnell ein Visum für Ihren Pass zu besorgen?«

»Ein bisschen spazieren gehen,« sagte Ravini leichthin, »der Verdauung halber.« Und dann mit einer kleinen Dosis Bosheit: »Was ist denn eigentlich mit dem Spitzel passiert, den Sie mir hinterhergeschickt haben? Ich habe ihn schon lange nicht mehr gesehen.«

Mr. Reeder sah an ihm vorbei anscheinend in weite Fernen.

»Er ist niemals weit weg von Ihnen gewesen, Georgio,« sagte er freundlich. »Letzte Nacht ist er Ihnen von Flotsam bis zu der merkwürdigen, kleinen Gesellschaft, an der Sie in Maida Vale teilnahmen, gefolgt, und von da bis nach Haus, um zwei Uhr fünfzehn.«

Georgio verlor ein wenig die Fassung.

»Sie wollen doch nicht sagen, dass er –« Er blickte um sich herum. Mit Ausnahme eines wohlwollend aussehenden Mannes, den man nach seinem Gehrock und Zylinder für einen Arzt halten konnte, war niemand zu sehen.

»Det is er doch nich?« sagte Ravini stirnrunzelnd.

»Das ist er doch nicht,« verbesserte Mr. Reeder. »Ihr Englisch ist noch nicht ganz perfekt.«

Ravini verließ London nicht unmittelbar darauf. Es war zwei Uhr, bis er seinen Verfolger abgeschüttelt hatte und fünf Minuten später saß er schon in dem Südexpress. Derselbe alte Droschkenkutscher, der Margaret Belman nach Larmes Keep gebracht hatte, fuhr ihn den langen, gewundenen Hügelweg entlang, durch die breiten Tore bis zu dem Haupteingang des Hauses und setzte ihn dort ab. Ein älterer Portier in eleganter, gut sitzender Uniform kam heraus, um ihn in Empfang zu nehmen.

»Mr. –?«

»Ravini,« sagte er, »ich habe kein Zimmer bestellt.«

Der Portier schüttelte den Kopf.

»Ich fürchte, das wird nicht gehen,« sagte er. »Mr. Daver macht es sich zum Prinzip, keine Gäste aufzunehmen, die nicht ihre Zimmer im Voraus bestellt haben. Ich werde mit der Sekretärin sprechen.«

Ravini folgte ihm in die geräumige Vorhalle und ließ sich auf einem der wundervollen Stühle nieder. Das hier war, er sah das sofort, ein Haus, das ganz und gar aus den Namen der gewöhnlichen Pensionen herausfiel. Sogar für ein Hotel war es äußerst luxuriös eingerichtet. Andere Gäste waren nicht zu sehen.

Endlich hörte er Tritte auf dem Steinfußboden und erhob sich, um den Augen Margaret Belmans zu begegnen. Wenn sie ihn auch unfreundlich anblickte, verriet sie doch durch kein Zeichen, dass sie ihn wiedererkannte. Er hätte der fremdeste Fremde sein können.

»Der Besitzer nimmt prinzipiell Gäste ohne vorhergegangene Korrespondenz nicht an,« sagte sie. »Unter diesen Umständen können wir Sie leider nicht aufnehmen.«

»Ich habe bereits an den Besitzer geschrieben,« sagte Ravini, der niemals um eine glatte Lüge verlegen war. »Lassen Sie sich zureden, junges Fräulein, seien Sie kein Spielverderber und sehen Sie mal zu, was Sie für mich machen können.«

Margaret zögerte. Am liebsten hätte sie dem Portier den Auftrag gegeben, den Handkoffer wieder in die wartende Droschke zu bringen, aber sie war ein Rad in dem Getriebe des Hauses und durfte ihren Vorurteilen nicht gestatten, ihre Pflichten zu beeinflussen.

»Wollen Sie, bitte, warten?« sagte sie und ging, um Mr. Daver zu suchen.

Dieser große Kriminalist war in ein dickes Buch vertieft und blickte sie über seine Hornbrille hinweg fragend an.

»Ravini? Ein Ausländer? ... Natürlich ist das ein Ausländer. Ein Fremder in unseren Mauern, möchte man sagen. Es ist ganz ungewöhnlich, aber unter diesen Umständen – ja, ich denke, wir können es machen.«

»Er gehört nicht zu den Leuten, die Sie hier haben sollten, Mr. Daver,« sagte sie fest. »Ein Bekannter, der diese Klasse Leute kennt, hat mir erzählt, dass er zu einer Verbrechergesellschaft gehört.«

»Verbrechergesellschaft! Was für eine wunderbare Gelegenheit, diese aus allernächster Nähe kennenzulernen!« – Seine spaßhaften Augenbrauen sträubten sich – »Sie geben mir doch recht? ... Ich wusste ja, dass Sie mir recht geben! ... Lassen Sie ihn ruhig bleiben ... Wenn er mich langweilt, setze ich ihn vor die Tür.«

Margaret ging zurück, etwas enttäuscht, und kam sich, um die Wahrheit zu sagen, ein wenig dumm vor. Sie fand Ravini in der Halle; er fingerte an seinem Schnurrbart herum und schien etwas weniger selbstbewusst, als wie sie ihn verlassen hatte.

»Mr. Daver lässt sagen, Sie können hierbleiben. Ich werde Ihnen sofort die Haushälterin schicken,« sagte sie und machte sich auf die Suche nach Mrs. Burton, um diesem kummervollen Wesen die notwendigen Anweisungen zu geben.

Sie ärgerte sich über sich selber, dass sie Mr. Daver gegenüber nicht deutlicher gesprochen hatte. Sie hätte ihm sagen können, dass sie das Haus verlassen würde, wenn Ravini bleiben sollte. Sie hätte ihm sogar den Grund sagen können, warum sie nicht wünschte, dass der Italiener im Haus bliebe. Allerdings befand sie sich in der glücklichen Lage, dass sie nichts mit den Gästen zu tun hatte, falls diese nicht den Wunsch hatten, sie zu sprechen, und Ravini war zu schlau, um seinen augenblicklichen Vorteil auszunutzen.

An diesem Abend, als sie auf ihr Zimmer kam, setzte sie sich hin und schrieb einen langen Brief an Mr. Reeder, überlegte es sich aber besser und zerriss ihn wieder. Sie konnte sich doch nicht jedes Mal, wenn irgendetwas nicht in Ordnung war, an Mr. Reeder wenden. Er hatte genug mit seinen eigenen Sorgen zu tun, wie sie einsah, und damit hatte sie recht. In dem gleichen Augenblick, als sie an ihn schrieb, untersuchte Mr. Reeder mit großem Interesse den Selbstschuss, der ihm Verderben hätte bringen sollen.

6

Um Ravini gerecht zu werden – er machte keinen Versuch, sich dem jungen Mädchen zu nähern, obgleich er sie aus der Entfernung erblickt hatte. Am zweiten Tage nach seiner Ankunft war er auf dem Rasenplatz mit einem kurzen Nicken und Lächeln an ihr vorbeigegangen und schien tatsächlich eine Abwechslung, wenn nicht ein neues Ziel, gefunden zu haben, denn er war fast immer an der Seite von Olga Crewe zu finden. Am Abend sah Margaret sie beide über die Brüstung der Mauer am Kliff lehnen, und Ravini schien außerordentlich zufrieden mit sich selbst zu sein. Er zeigte Olga seine berühmten Glückssteine. Margaret sah, wie sie die Ringe betrachtete und augenscheinlich eine Bemerkung über diese machte, die Ravini in unauslöschliches Gelächter ausbrechen ließ.

Am dritten Tag seiner Anwesenheit sprach er sie an. Sie stießen in der großen Halle aufeinander, und sie wäre weiter gegangen, wenn er sich ihr nicht in den Weg gestellt hätte.

»Hoffentlich werden Sie doch nichts gegen mich haben, Miss Belman,« sagte er. »Ich werde Ihnen in keiner Weise lästig fallen und bin gern bereit, Sie für das Vergangene um Verzeihung zu bitten. Kann ein Kavalier noch mehr tun?«

»Ich wüsste nicht, Mr. Ravini, dass Sie für irgendetwas um Entschuldigung zu bitten hätten,« sagte sie erleichtert und fügte in höflichem Ton hinzu: »Gefällt es Ihnen denn hier, da Sie ja jetzt ein neues Lebensinteresse gefunden zu haben scheinen?«

»Es ist einfach wundervoll hier,« erwiderte er verbindlich, – er war ein Mann, der Superlative liebte – »Und sagen Sie, bitte, Miss Belman, wer ist eigentlich diese junge Dame, Miss Olga Crewe?«

»Sie ist ein Gast; mehr weiß ich auch nicht.«

»Ein entzückendes Geschöpf!« rief er begeistert, und Margaret lächelte unwillkürlich.

»Und eine Dame, jeder Zoll eine Dame,« fuhr er fort. »Ich muss wirklich sagen, ich bin wie Wachs in den Händen von wirklichen Damen! Sie haben so etwas an sich, so etwas Apartes, ganz anders wie die Verkäuferinnen oder Maschinenschreiberinnen oder Mädels von der Sorte. Nicht, weil Sie Maschine schreiben,« fuhr er hastig fort, »ich betrachte Sie als eine Dame. Jeder Zoll eine Dame. Ich habe die Absicht, meinen Rollswagen kommen zu lassen, um mit ihr Touren zu machen. Sie sind doch nicht etwa eifersüchtig?« Ärger und Belustigung stritten in Margaret, aber ihr Sinn für Humor trug den Sieg davon, und auf dem Wege nach ihrem Büro lachte sie leise in sich hinein.

Bald darauf verschwanden Mr. Ravini und Olga. Margaret sah sie gegen elf Uhr in die Halle kommen. Das junge Mädchen sah bleicher aus als gewöhnlich, eilte ohne ein Wort zu sagen an ihr vorbei und lief die Treppe hinauf. Margaret betrachtete den jungen Mann neugierig. Sein Gesicht war gerötet, seine Augen zeigten einen ungewöhnlichen Glanz.

»Ich fahre morgen nach der Stadt,« sagte er, »Frühzug ... Sie brauchen mir keinen Wagen zu bestellen; ich kann ganz gut zu Fuß hinunterlaufen.«

Er sprach beinahe ohne jeden Zusammenhang.

»Haben Sie genug von Larmes Keep?«

»Was? ... Genug von Larmes Keep? ... Ne, weiß Gott nicht! Das hier ist der richtige Platz für mich!«

Er strich sein dunkles Haar glatt, und sie bemerkte, dass seine Hand so stark zitterte, dass die Glückssteine feurig blitzten und funkelten. Sie wartete, bis er verschwunden war, ging dann nach oben und klopfte an Olgas Tür. Das Zimmer des jungen Mädchens lag neben dem ihrigen.

»Wer ist da?« fragte eine Stimme scharf.

»Miss Belman.«

Der Schlüssel drehte sich, und die Tür ging auf. Nur ein Licht brannte in ihrem Zimmer, sodass Olgas Gesicht im Schatten lag.

»Wünschen Sie etwas?« fragte sie.

»Darf ich hineinkommen?« fragte Margaret. »Ich möchte Ihnen etwas sagen.«

Olga zögerte erst und sagte dann: »Kommen Sie, bitte, herein; ich habe geheult. Ich hoffe, das macht Ihnen nichts aus.«

Ihre Augen waren gerötet und die Tränenspuren auf ihren Wangen noch sichtbar.

»Dieser verwünschte Ort macht mich so furchtbar niedergeschlagen,« entschuldigte sie sich, als sie ihre Wangen mit einem Taschentuch betupfte. »Weshalb wollen Sie mich sprechen?«

»Mr. Ravini ... Ich weiß nicht ... ob ... wissen Sie, dass er ein Verbrecher ist?«

Olga starrte sie an, und ihr Blick wurde abweisend.

»Ich wüsste nicht, dass ich ein besonderes Interesse für Mr. Ravini habe,« sagte sie langsam, »warum erzählen Sie mir das?«

Margaret befand sich in einer peinlichen Lage.

»Ich weiß nicht ... ich habe den Eindruck, Sie hätten sich besonders mit ihm angefreundet ... es war sehr anmaßend von mir.«

»Das scheint mir auch so!« erwiderte Olga kühl, und die Abweisung war derartig, dass Margaret blutrot wurde.

Sie war ärgerlich über sich selbst, als sie an diesem Abend auf ihr Zimmer kam, und Ärger ist ein schlechter Schlafkamerad, der von allen menschlichen Empfindungen am längsten wach bleibt. Sie warf sich in ihrem Bett von einer Seite auf die andere, suchte zu vergessen, dass es solche Leute, wie Olga Crewe und Georgio Ravini auf der Welt gab, versuchte jedes ihr bekannte Mittel, um einzuschlafen und war beinahe erfolgreich, als ...

Sie fuhr in dem Bett in die Höhe. Finger kratzten an ihrer Tür; es war nicht gerade ein Kratzen, auch kein Pochen. Sie drehte das Licht an, stand auf, schlich nach der Tür und lauschte. Da war jemand. Die Klinke drehte sich unter ihrer Hand.

»Wer ist da?« fragte sie.

»Lassen Sie mich rein! ... Lassen Sie mich rein!«

Ein angstvolles, gehetztes Flüstern ... aber sie erkannte die Stimme – Ravini!

»Ich kann Sie nicht hereinlassen ... Gehen Sie fort, bitte, oder ich telefoniere ...«

Sie hörte einen Laut ... einen seltsam erstickten Laut ... eine Art Schluchzen ... ein Mann! Und dann Schweigen. Ihr Herz schlug wahnsinnig; sie stand an der Tür, das Ohr gegen die Täfelung gepresst. Sie lauschte angespannt, aber kein anderer Laut ließ sich mehr hören. Sie verbrachte den Rest der Nacht aufrecht im Bett sitzend mit einer Steppdecke über den Schultern ... lauschend ... immer lauschend ...

Der Tag dämmerte – die Sonne kam herauf. Sie legte sich nieder und schlief ein. Als das Mädchen den Tee brachte, wachte sie auf, stand auf und öffnete die Tür ... Etwas an der Tür zog ihre Aufmerksamkeit auf sich.

»Ein schöner Morgen, Miss,« sagte das rotbäckige Landmädel heiter.

Margaret nickte. Sobald das Mädchen gegangen war, öffnete sie die Tür noch einmal, um genauer zu untersuchen, was ihr an der Tür aufgefallen war. Es war ein dreieckiges Stückchen Stoff, das herausgerissen und an einem Splitter der alten, eichenen Tür hängen geblieben war. Sie nahm es vorsichtig ab und legte es auf ihre Hand. Ein zackiges Dreieck aus rosa Seide. Nachdenklich legte sie es auf ihren Toilettentisch. Dem musste ein Ende gemacht werden. Wenn Ravini an diesem Morgen nicht das Haus verließ, oder Mr. Daver ihn nicht aufforderte, das Haus zu verlassen, würde sie selbst am gleichen Abend nach London abreisen.

Als sie aus dem Zimmer trat, traf sie das Kammermädchen.

»Der Herr von Nummer 7 ist fort, Miss,« sagte sie, »aber er hat seinen Pyjama vergessen.«

»Schon fort?«

»Er muss schon am Abend abgereist sein, Miss. Sein Bett ist unberührt geblieben.«

Margaret folgte ihr den Gang entlang nach Ravinis Zimmer. Sein Koffer war verschwunden, aber auf dem Kopfkissen lag sorgfältig zusammengefaltet ein rosaseidener Pyjama. Sie beugte sich darüber und bemerkte, dass er an der Brust leicht zerrissen war. Ein kleines dreieckiges Stückchen rosa Seide fehlte.

7

Als ein flinker, alter Mann um Mitternacht von einer hohen Mauer herabsprang und nur stehen blieb, um sich das Blut von den Händen zu wischen – auf seiner Flucht war er auf einen der Wächter im Gefängnishof gestoßen –, als er munter in der Richtung nach London marschierte und in jedem Seitenweg nach dem kleinen Auto spähte, das auf ihn warten sollte, brachte er in so manches Leben schwere Verwicklungen und zeichnete für wenigstens drei Menschen den Todestag im Buch des Schicksals ein.

Gewöhnlich zögert das Polizeipräsidium nicht, um seine Wünsche mithilfe der Presse zu veröffentlichen, aber die Flucht eines wahnsinnigen Mörders ist eine Angelegenheit, die man sich weniger beeilt, dem Publikum mitzuteilen. Nicht einmal, nein, viele Male hatte man schon die Hilfe des Publikums – es war vergebliche Mühe – angerufen, um den alten John Flack den Händen der Gerechtigkeit zu überliefern. Seine Beschreibung war veröffentlicht worden, seine Schlupfwinkel bekannt gegeben, ohne dass diese in die entlegensten Orte verteilten Anzeigen irgendwie Erfolg gehabt hätten.

In Scotland Yard fand eine Konferenz statt, bei der Mr. Reeder zugegen war; fünf ernste Männer saßen um den Tisch des Oberinspektors herum, das Thema ihrer Besprechung waren hauptsächlich »ungemünztes Gold« und »Schnüffler«, und mit diesem eleganten Ausdruck wurden die unvermeidlichen Polizeispitzel bezeichnet.

»Klaps-John« war schließlich durch Verrat eines Außenseiters gefasst worden. Ravini, einer der leistungsfähigsten Bandenführer, war engagiert worden, den Einbruch in der Leadenhall Bank zu »decken«. Ungemünztes Gold war John Flacks Spezialität – und war auch für Mr. Ravini nicht ohne Interesse.

Der Einbruch war erfolgreich. Eines Sonntagmorgens fuhren zwei Autos aus dem Hof der Leadenhall Bank heraus. An der Seite des Führers eines jeden Wagens saß ein Polizeibeamter in Uniform – im Inneren eines jeden Wagens ein zweiter. Ein Schutzmann sah die Wagen abfahren, war aber durch die Gegenwart der uniformierten Beamten beruhigt und rief die Wagenführer nicht an. Es war kein ungewöhnliches Ereignis. Transport von Gold oder Papieren am Sonntagmorgen war schon häufiger vorgekommen, nur hatte man gewöhnlich die städtischen Behörden benachrichtigt. Der Beamte rief die Old Jewry Polizeiwache an, um den Vorfall zu rapportieren, aber um diese Zeit war John Flack schon weit weg.

Ravini, der sich um den gerechten Anteil an der Beute betrogen glaubte, war es, der den alten Flack verriet ... das Gold wurde niemals gefunden.

Ganz England wurde durchsucht, um John Flacks Hauptquartier zu finden, aber ohne Erfolg. Es gab kein Hotel, keine Pension, die nicht Jacks Bildnis erhalten hätten – nicht einen Menschen, der ihn in seiner Verkleidung erkannt hätte.

Die umfangreichen Nachforschungen, die seiner Verhaftung folgten, brachten wenig Neues zur Kenntnis der Polizei. Flacks Wohnung wurde gefunden – ein möbliertes Zimmer in Bloomsbury, das er Jahre hindurch in großen Zwischenpausen bewohnt hatte. Aber auch hier wurden keinerlei Papiere gefunden, die auch nur den kleinsten Hinweis auf das Hauptquartier der Bande enthielten. Wahrscheinlich hatten sie gar keins. Die Mitglieder wurden angeworben und entlassen, wie sich Gelegenheit bot oder wie die Notwendigkeit es verlangte, es war aber ganz klar, dass der alte John eine Art Generalstab um sich haben musste, der ihn bei seinen Gaunerstreichen unterstützte.

»Mag sein, wie es will,« sagte der dicke Bill Gordon, das Haupt der großen Fünf, »von Goldbarren wird er jetzt seine

Hände lassen – er hat genug zu tun, Mittel und Wege ausfindig zu machen, um unbehelligt aus dem Land herauszukommen.«

Mr. Reeder schüttelte den Kopf.

»Die Natur eines Verbrechers mag sich vielleicht ändern, aber seine Eitelkeit nie,« sagte er in seiner deutlichen, etwas schwulstigen Redeweise. »Mr. Flack ist keineswegs stolz auf seine Morde, aber sehr auf seine erfolgreichen Räubereien und seine Rückkehr in die Freiheit wird er in seiner üblichen Weise bekannt geben.«

»Seine Bande ist in alle Welt zerstreut ...,« begann Simpson. J. G. Reeder brachte ihn mit einem traurig süßen Lächeln zum Schweigen.

»Es liegt viel Beweismaterial vor, Mr. Simpson, dass die Bande sich wieder vereinigt hat. Mr. Flacks Entweichen aus einer ... hm ... gemeinnützigen Anstalt, in der er untergebracht war, gibt Beweise einer guten Hand-in-Hand-Arbeit. Der Strick, das Messer, mit dem er den bedauernswerten Wächter tötete, der Satz Werkzeuge, die beinah absolute Sicherheit, dass ein Auto auf ihn wartete, um ihn in Sicherheit zu bringen, alles das sind Anzeichen von Zusammenarbeit der Bande. Und was hat Mr. Flack ...«

»Ich wünschte bei Gott, Sie würden ihn nicht ›Mister‹ Flack nennen!« stieß der dicke Bill hervor.

I. G. Reeder blinzelte.

»Ich habe einen unausrottbaren Respekt vor dem Alter,« sagte er mit gedämpfter Stimme, »aber einen noch größeren vor den Toten. Ich hoffe, meine Hochachtung vor Mr. Flack noch innerhalb der nächsten Zeit auf einen höheren Standpunkt bringen zu können.«

»Wenn es Bandenarbeit ist,« unterbrach Simpson, »wer sind denn seine Helfer? Die alten Leute sitzen entweder im Gefängnis, oder sind nach dem Ausland geflüchtet. Ich weiß, was Sie denken, Mr. Reeder: Sie denken an das, was in der letzten Nacht passiert ist. Ich habe auch darüber nachgedacht, und es ist sehr wahrscheinlich, dass der Selbstschutz gar nicht mal von Flack selbst, sondern von einem Mitglied einer anderen Bande aufgestellt war. Sie wissen doch, dass Donovan nicht mehr in Dartmoor ist? Er hat keinen Grund, gerade Sie besonders zu lieben.«

Mr. Reeder hob protestierend die Hand.

»Ganz im Gegenteil. Als ich Joe Donovan heute Morgen in aller Frühe sah, war er sehr zugänglich und bußfertig und bedauerte die unfreundlichen Worte, die er über mich gesagt hatte, als er das Schwurgericht in Old Bailey verließ. Er wohnt in Kilburn und war gestern Abend mit Frau und Tochter in einem dortigen Kino – nein, Donovan war es nicht. Er hat keinen Kopf für so etwas. Nur John Flack mit seinem Sinn für das Dramatische konnte die kleine Komödie in Szene gesetzt haben, die beinahe ein Drama geworden wäre.«

»Sie wären beinahe getötet worden, Reeder, wie man mir erzählt hat?« sagte der dicke Bill.

Mr. Reeder schüttelte den Kopf.

»An dieses besondere Trauerspiel habe ich nicht gedacht. Eigentlich hatte ich die Absicht, die Küchentür aufzubrechen, bevor ich nach oben ging. Wenn ich das getan hatte, glaube ich, dass ich Mr. Flack hätte niederschießen können, und damit würden alle unsere Überlegungen und Sorgen ein Ende gefunden haben.«

Mr. Simpson prüfte einige Papiere, die vor ihm auf dem Tisch lagen.

»Wenn Flack wieder hinter Goldbarren her ist, hat er wenig Aussichten. Der einzige, große Goldtransport ist der von hundertzwanzigtausend Sovereigns, die morgen oder übermorgen früh von der Bank von England nach Tilbury gehen, und es ist ausgeschlossen, dass Flack in so kurzer Zeit einen Raub vorbereiten könnte.«

Mr. Reeder war plötzlich munter und ganz bei der Sache.

»Hundertzwanzigtausend Sovereigns,« brummte er und rieb nervös sein Kinn. »Zehn Tonnen. Gehen sie per Bahn?«

»Nein, per Lastauto mit zehn bewaffneten Begleitern – für jede Tonne einer,« sagte Simpson scherzend. »Ich glaube, Sie brauchen sich darüber keine Sorgen zu machen.«

Mr. J. G. Reeders Lippen spitzten sich, als ob er pfeifen wollte, aber kein Ton ließ sich hören. Dann sagte er:

»Flack war ursprünglich Chemiker. Ich glaube nicht, dass es in ganz England einen besseren Chemiker als Verbrecher gibt, wie Mr. Flack.«

»Warum erwähnen Sie das?« fragte Simpson stirnrunzelnd. Mr. Reeder zuckte die Schultern.

»Ich habe so eine Art sechsten Sinn,« – es klang beinahe wie eine Entschuldigung – »und verbinde unweigerlich jeden Mann und jede Frau, die mir ... hm ... unter die Augen kommen, mit einer besonderen Eigenschaft. Wenn ich zum Beispiel an Sie, Mr. Simpson, denke, habe ich unwillkürlich die schattenhafte Vorstellung eines Boxkampfes, bei dem ich das Vergnügen hatte, Sie zum ersten Mal zu sehen.« (Simpson, der ein Amateur im Schwergewicht war, grinste verständnisvoll.) »Und wenn ich mich in meinen Gedanken mit Mr. Flack beschäftige, sehe ich ihn nie anders als in einem Laboratorium, umgeben von Reagenzgläsern und allem Drum und Dran eines experimentierenden Chemikers. Was die kleine Affäre von gestern Nacht betrifft, so war ich darauf vorbereitet, aber ich vermutete eine Falle – im wahren Sinne des Wortes eine ... hm ... Falle. Einmal hat jemand mit ... hm ... böswilliger Veranlagung einen ähnlichen Trick mit mir versucht; er durchsägte den Treppenabsatz, sodass ich auf unangenehm spitze, lange Nägel fallen musste. Als ich in das Haus kam, war es mein Erstes, nach Sägemehlspuren zu suchen, und als ich die nicht fand, war ich auf den Selbstschuss vorbereitet.«

»Aber wie kamen Sie überhaupt auf den Gedanken, dass irgendetwas nicht in Ordnung war?« fragte der dicke Bill neugierig.

»Ich habe verbrecherische Veranlagung,« sagte Mr. Reeder lächelnd.

Er ging nach seiner Wohnung in der Bennet Street zurück, und seine Gedanken beschäftigten sich teils mit Margaret Belman, die in Sussex sicher saß, teils mit der Fähigkeit eines normalen Frachtautos, hundertzwanzigtausend Sovereigns transportieren zu können. Derartige kleine Einzelheiten hatten großes Interesse für Mr. Reeder. Beinahe das Erste, was er tat, als er in seiner Wohnung ankam, war, einen Transportunternehmer anzurufen, um ausfindig zu machen, ob solche Lastautos in Gebrauch waren. Irgendwie hatte er die Überzeugung, dass, wenn Flack mit seiner Bande hinter dem Goldtransport nach Australien her war, das Gold nur in einem einzigen Wagen transportiert werden durfte. Nicht einmal Mr. Reeder konnte sich selbst Rechenschaft ablegen, warum er das annahm. Aber, wie er ja selber sagte, war er verbrecherisch veranlagt.

Am Nachmittage beschäftigte er sich mit einer für ihn neuen und nicht unangenehmen Aufgabe. Ein Brief – der erste Brief, den er an Margaret Belman schrieb – und auf seine Weise war dies Schreiben eine Rarität.

»Meine liebe Miss Belman,« begann es, »ich hoffe, Sie werden es mir nicht übelnehmen, dass ich Ihnen schreibe, aber gewisse Vorfälle, die vielleicht auf unser Auseinandergehen einen Schatten warfen und die vielleicht Ihnen (ich kenne ja Ihr gutes Herz) ein wenig Kummer bereiten, veranlassen diesen Brief ...«

Mr. Reeder machte hier eine Pause, um eine Möglichkeit zu finden, mit der er sein Bedauern, sie nicht sehen zu können, ausdrücken könnte, ohne jedoch in die Verlegenheit zu kommen, seine innersten Gedanken preisgeben zu müssen. Als ihm sein Diener um fünf Uhr den Tee brachte, saß er noch immer vor dem unbeendigten Brief. Mr. Reeder nahm die Tasse, stellte sie auf seinen Schreibtisch und starrte auf sie, als ob ihm von dort eine Eingebung kommen müsste.

Und dann bemerkte er auf der Oberfläche des dampfenden Tees eine fadenähnliche Schaumbildung, die einen eigenartigen metallischen Schimmer hatte. Er steckte seinen Zeigefinger in den Schaum und prüfte ihn dann vorsichtig mit der Zunge.

»Hm ... hm ...!«sagte Mr. Reeder und klingelte.

Sein Diener erschien sofort.

»Wünschen Sie etwas, Sir?« Der Diener wartete ehrerbietig mit gesenktem Haupt, und Mr. Reeders Antwort ließ lange auf sich warten.

»Die Milch, natürlich!« sagte er.

»Die Milch, Sir?« fragte der Diener verwundert. »Die Milch ist ganz frisch, Sir, von heute Nachmittag.«

»Sie haben sie dem Milchmann natürlich nicht abgenommen. Sie stand in der Flasche vor der Tür?«

Der Mann nickte.

»Ja, Sir.«

»Gut!« sagte Mr. Reeder beinahe vergnügt, »in Zukunft richten Sie es so ein, dass Sie die Milch direkt vom Milchmann erhalten. Sie haben nicht davon getrunken, wie ich sehe?«

»Nein, Herr. Ich habe schon Tee getrunken, aber ich nehme niemals Milch dazu,« sagte der Diener, und Mr. Reeder schenkte ihm ein seines seltenen Lächelns.

»Das ist der Grund, Peters,« sagte er, »dass Sie noch leben und gesund sind. Bringen Sie mir den Rest der Milch und eine frische Tasse Tee. Auch ich werde in Zukunft auf ... hm ... lakteale Flüssigkeit verzichten.«

»Mögen Sie keine Milch?« fragte der Diener verdutzt.

»Ich trinke Milch gern,« sagte Mr. Reeder freundlich, »aber ich ziehe Milch ohne ... hm ... Strychnin vor. Ich glaube, Peters, wir haben eine sehr interessante Woche vor uns. Haben Sie irgend Verwandte?«

»Ich habe eine alte Mutter, Sir,« erwiderte der Mann, der immer weniger begriff.

»Dann sind Sie besser daran, als ich. Ja, ja ... wir werden eine sehr interessante Woche vor uns haben, glaube ich.«

Und diese Annahme war völlig gerechtfertigt.

8

London erfuhr die Nachricht von John Flacks Ausbruch und nahm sie je nach Temperament mit Furcht oder Entrüstung auf. In seiner Mitte weilte ein Mörder, ein Mann, dessen Verbrechen allgemeines Aufsehen erregt hatten. Das war kein angenehmes Gefühl für den ruhigen Bürger. Und die Nachricht war schon über eine Woche alt. Warum hatte Scotland Yard die Öffentlichkeit nicht schon früher unterrichtet? Warum wurden Nachrichten von derartigem Allgemeininteresse unterdrückt? Wer war verantwortlich, dass eine derartig wichtige Nachricht unterdrückt wurde? Die Sensationsblätter brachten diese Fragen in Leitartikeln mit fett gedruckten Überschriften. Der Bericht über den Vorfall in der Bennet Street war Allgemeingut – und zu seiner eigenen größten Verlegenheit fand sich Mr. Reeder im Brennpunkt des öffentlichen Interesses.

Mr. Reeder hatte die Angewohnheit, allein in seinem kleinen Büro in der Abteilung des Generalstaatsanwaltes zu sitzen und stundenlang nichts anders zu tun, als die Daumen zu drehen und trostlos auf das unbefleckte Weiß des Löschblattes zu starren.

Welches seine eigensten, inneren, wachen Träume waren, ob sie fabelhafte Vermögen und deren Verwendung betrafen, ob sie um eine hübsche, rosige, junge Dame kreisten, oder ob er überhaupt an etwas dachte und sein Gehirn nicht völlig leer war, das konnten die nicht herausfinden, die seine Träumereien unterbrachen und sahen, wie er schuldbewusst auffuhr.

In diesem besonderen Augenblick waren seine Gedanken in Wahrheit aber völlig von seinem neuesten und zugleich ältesten Feind in Anspruch genommen.

Ursprünglich bestand Flacks Bande aus drei Mitgliedern – John, George und Augustus – und sie hatten ihre Operationen zu einer Zeit begonnen, in der es wissenschaftlich und sogar etwas wunderbar erschien, das Schloss eines Geldschrankes herauszubrennen.

Augustus Flack wurde von dem Nachtwachmann von Carrs Bank in Lombard Street getötet, als man den Versuch machte, das Gewölbe, das das Gold enthielt, zu berauben. George Flack, der jüngste von den Dreien, kam durch einen Einbruch in Bond Street auf zehn Jahre ins Zuchthaus und starb dort, und nur John, das wahnsinnige Genie der Familie, entging Entdeckung und Verhaftung.

Er war es, der O. Sweizer, den »Yankee-Bankräuber«, in die Bande aufnahm, der Adolphe Victoire an sich zog, und diese wiederum zogen andere zur Teilnahme an dem guten Werk nach sich. Es war ein ganz besonderer Vorteil des »Klaps-John Flack«, dass es ihm möglich war, in der denkbar kürzesten Zeit die besten Köpfe der Verbrecherwelt um sich zu versammeln. Wenn auch der Rest der Flackfamilie entweder tot oder im Kerker war, die Organisation selbst war stärker denn je und am stärksten, weil irgendwo im Hintergrund dieses unbalancierte Gehirn lauerte.

So standen die Angelegenheiten, als Mr. Reeder den Fall übernahm. Er wurde ihm weniger aus dem Grund übertragen, weil die Londoner Polizei versagt hatte, sondern weil der Generalstaatsanwalt eingesehen hatte, dass die Aufhebung der Flack-Bande eine langwierige Aufgabe wäre und die ungeteilte Aufmerksamkeit eines Mannes beanspruchen würde.

Die Fühler der Bande abzuschneiden war eine verhältnismäßig leichte Aufgabe gewesen.

Mr. Reeder fasste O. Sweizer, diesen starken Schweizer-Amerikaner, als er und ein Unbekannter eines Sonntagmorgens beschäftigt waren, einen Geldschrank aus dem Postamt in der Bedford Street fortzuschaffen. Sweizer wollte Widerstand leisten, aber Reeder hatte ihn nur etwas zu schnell gepackt.

»Lassen Sie los!« keuchte Sweizer auf italienisch. »Sie erwürgen mich ja, Reeder.«

Mr. Reeder legte ihn aufs Gesicht und fesselte seine Hände im Rücken, dann packte er ihn beim Kragen, stellte ihn auf die Beine und kam seinen beiden, tüchtigen Kollegen zu Hilfe, die mit den anderen beschäftigt waren.

Victoire wurde eines Abends im Charlton verhaftet, als er mit Denver May beim Diner saß. Er leistete keinen Widerstand, da die Polizei ihn auf eine erdichtete Anklage hin verhaftete, die er, wie er wohl wusste, leicht widerlegen konnte.

»Mein lieber Mr. Reeder,« sagte er in seiner eleganten, blasierten Redeweise, »Sie begehen einen lächerlichen Irrtum, aber ich will mich fügen. Ich kann den Nachweis liefern, dass ich zu der Zeit, als die Perlen in Hertford Street gestohlen wurden, in Nizza war.«

Das sagte er auf dem Weg nach dem Polizeibüro.

Er wurde verhört und visitiert, und man fand verschiedene Waffen, die in sehr geschickter Weise an seinem Körper untergebracht waren, aber er lachte nur darüber. Das Lachen verging ihm aber, als man Anklage wegen Bankraubes in Sens, wegen versuchten Mordes auf den Nachtwachmann und noch wegen ein oder zwei kleinerer Sachen, deren Aufzählung hier unnötig ist, gegen ihn erhob.

Man brachte ihn in die Zelle, und als er dorthin geschleppt wurde – er wehrte sich wie ein Wahnsinniger – gab ihm Mr. Reeder einen freundlichen Rat, den er mit einem erneuten Wutausbruch ablehnte.

»Sagen Sie doch, dass Sie in dieser Zeit in Nizza waren,« riet er ihm liebenswürdig.

Dann verhaftete eines Tages die Polizei einen Mann in Somers Town, und zwar unter der recht prosaischen Anklage, seine Frau in der Öffentlichkeit verprügelt zu haben. Als man ihn durchsuchte, fand man das abgerissene Stück eines Briefes, der sofort an Mr. Reeder gesandt wurde und folgendermaßen lautete:

»Irgendeine Nacht elf Uhr Whitehall Avenue. Reeder ist mittelgroß, hat sandgraues Haar, ziemlich starken Backenbart, trägt immer Regenschirm. Ich rate Dir, Schuhe mit Gummisohlen zu tragen und ein handliches Stück Eisenstange mitzunehmen. Du kannst leicht ausfinden, wer er ist und wie er aussieht. Warte den richtigen Augenblick ab ... fünfzig auf Vorschuss ... Rest, wenn die Arbeit erledigt ist.«

Dies war die erste Andeutung für Mr. Reeder, dass er dem geheimnisvollen John Flack ein ganz besonderer Dorn im Auge war.

Der Tag, an dem »Klaps-John Flack« nach Broadmoor transportiert wurde, verschaffte Mr. Reeder das Gefühl einer gewissen Genugtuung. Er war darüber nicht besonders erfreut oder auch erleichtert; er hatte die Empfindung eines Buchhalters, der den Schlussstrich unter eine befriedigende Bilanz zieht, oder die eines Baumeisters, der sein fertiges Werk überblickt. Es gab noch andere Bilanzen abzuschließen, noch andere Gebäude aufzuführen – nur in Form und Menge unterschieden sie sich von jener.

Eines stand aber fest: Was für Pläne auch immer Flack im Kopfe haben mochte, einen beträchtlichen Teil seiner Gedanken widmete er J. G. Reeder – ob es Rachepläne für Geschehenes oder Vorbeugungsmaßregeln für die Zukunft waren, das konnte der Detektiv nur vermuten, aber Vermuten war seine starke Seite.

Das Telefon in einer entfernten Ecke des Zimmers klingelte schrill, und Mr. Reeder nahm den Hörer mit einem schmerzlichen Gesichtsausdruck auf. Der Beamte des Fernsprechamtes teilte ihm mit, dass er von Horsham verlangt wurde. Er nahm einen Schreibblock und wartete. Und dann hörte er eine Stimme, und kaum war das erste Wort gesprochen, als er den Sprecher erkannte. Mr. Reeder erkannte jede einmal gehörte Stimme sofort wieder.

»Sind Sie es, Reeder? ... Wissen Sie, wer ich bin? ...«

Dieselbe dünne, angespannte Stimme, die von der Anklagebank in Old Bailey Drohungen gegen ihn ausgestoßen hatte, dasselbe kichernde Lachen, das seine Worte ständig trennte.

Mr. Reeder drückte auf einen Klingelknopf und begann schnell auf seinem Block zu schreiben.

»Wissen Sie, wer ich bin? ... Ich wette, Sie wissen's! ... Sie dachten wohl, Sie wären mich losgeworden, nicht wahr? ... Bis jetzt noch nicht! ... Hören Sie mal, Reeder, Sie können dem Yard sagen, dass ich viel vorhabe ... ich werde ihnen eine Überraschung bereiten, wie sie sie noch nie in ihrem Leben gehabt haben ... Verrückt, ich ... verrückt? ... Ich will Euch mal zeigen, ob ich verrückt bin oder nicht ... Und Sie, Reeder, Sie kriege ich auch noch ...«

Ein Bote kam herein, Mr. Reeder riss das Blatt ab und gab es ihm.

»Sind Sie es, Mr. Flack?« fragte er sanft.

»Ob es Mr. Flack ist, Sie alter Heuchler! ... Haben Sie das Paket erhalten? ... Ich möchte gern wissen, ob Sie es erhalten haben ... Wie denken Sie darüber?«

»Das Paket?« fragte Mr. Reeder, freundlicher denn je, und bevor der Mann noch antworten konnte: »Sie werden sich große Unannehmlichkeiten zuziehen, wenn Sie versuchen, das Büro des

Generalstaatsanwalts an der Nase herumzuführen, mein Freund,« sagte er vorwurfsvoll. »Sie sind nicht ›Klaps-John-Flack‹ ... Ich kenne seine Stimme. Mr. Flack spricht mit einem besonderen Cockney-Akzent, der nicht leicht nachzuahmen ist, und er befindet sich in diesem Augenblick in den Händen der Polizei.«

Er rechnete auf die Wirkung, den diese herausfordernden Worte haben mussten, und er hatte sich nicht geirrt.

»Sie schwindeln!« kreischte die Stimme. »Sie wissen genau, dass ich Flack bin ... ›Klaps-Flack‹ was? ... verrückter alter John Flack ... Verrückt, ich? ... Sie haben mich hier auf der Erde in eine Hölle gebracht, und ich werde Sie büßen lassen, noch mehr wie jenen verdammten Itali ...«

Die Stimme brach plötzlich ab. Ein Knacken, als der Hörer niedergelegt wurde. Reeder lauschte erwartungsvoll, aber nichts ließ sich weiter hören. Dann drückte er wieder auf den Klingelknopf und der Bote trat ein.

»Ja, Sir, ich bekam sofort Anschluss mit dem Polizeibüro in Horsham. Der Inspektor schickt drei Mann per Auto nach dem Postamt.«

Mr. Reeder starrte nach der Decke.

»Dann fürchte ich, er hat sie zu spät geschickt,« sagte er. »Der verehrenswürdige Herr Bandit wird über alle Berge sein.«

Eine viertel Stunde später kam die Bestätigung seiner Voraussage. Als die Polizei auf dem Postamt ankam, war der Vogel entflogen. Der Beamte erinnerte sich nicht, von irgendeinem alten oder wild aussehenden Menschen einen Fernruf aufgenommen zu haben, und nahm an, dass das Gespräch nicht von dem Postamt selbst – es war auch zugleich

Telefonamt – sondern von einer der äußeren Fernsprechzellen gekommen war.

Mr. Reeder ging nach dem Büro des Generalstaatsanwaltes, um zu berichten, fand aber weder ihn, noch seinen Assistenten. Er rief Scotland Yard an und erzählte Mr. Simpson, was vorgefallen war.

»Ich gestatte mir ergebenst den Vorschlag, sich mit der französischen Polizei in Verbindung zu setzen und Ravinis Aufenthalt feststellen zu lassen. Vielleicht ist er überhaupt nicht in Paris.«

»Wo denken Sie denn, wo er steckt?« fragte Simpson.

»Das ist eine Frage,« antwortete Mr. Reeder mit gedämpfter Stimme, »über die ich mir noch nicht völlig schlüssig geworden bin. Ich möchte nicht behaupten, dass er im Himmel ist, da ich mir kaum Georgio Ravini mit seinen Glückssteinen »Nehmen Sie an, dass er tot ist?« fragte Simpson schnell.

»Das ist sehr wahrscheinlich; in der Tat, es ist mehr wie wahrscheinlich.«

Ein langes Schweigen am anderen Ende der Leitung.

»Haben Sie das Paket erhalten?«

»Das erwarte ich mit größter Spannung,« entgegnete Mr. Reeder und ging nach seinem Zimmer zurück, um seine Daumen zu drehen und auf das weiße Löschpapier zu starren.

Das Paket kam nachmittags um drei Uhr an, als Mr. Reeder von seinem einfachen Lunch zurückgekehrt war, den er unweigerlich in einem großen und beliebten Teerestaurant einnahm.

Es war ein sehr kleines Paketchen, ungefähr drei Zoll im Quadrat, eingeschrieben und in London aufgegeben. Er wog es sorgfältig in der Hand, schüttelte es und horchte, aber das leichte Gewicht des Päckchens schloss jede Möglichkeit aus, dass die Papierumhüllung etwas enthalten könnte, das einer Höllenmaschine ähnlich wäre. Er schnitt den Papierstreifen durch, der es zusammenhielt, wickelte das Papier ab und fand eine kleine Pappschachtel, wie sie Juweliere verwenden. Er nahm den Deckel ab. Ein kleiner Wattebausch ... und in seiner Mitte drei goldene Ringe, ein jeder mit drei funkelnden Brillanten. – Er legte sie auf seine Schreibunterlage und starrte lange Zeit auf sie nieder.

Es waren Georgio Ravinis Glücksteine.

Zehn lange Minuten saß Mr. Reeder in tiefen Gedanken. Er wusste, Georgio Ravini war tot, und es bedurfte der Karte nicht, die bei den Ringen lag, um zu wissen, wer für den gewaltsamen und grauenhaften Tod Mr. Ravinis verantwortlich war. Das gespreizte »J. F.« auf der kleinen Karte war Mr. Flacks Handschrift, und die vier Worte »Der Nächste sind Sie« waren bezeichnend, wenn sie auch nicht, wie eigentlich beabsichtigt war, ihn besonders erschreckt hatten.

Eine halbe Stunde später traf Mr. Reeder, wie verabredet, mit Inspektor Simpson in Scotland Yard zusammen. Simpson untersuchte die Ringe genau und wies auf einen kleinen, dunkelbraunen Fleck am Rande eines der Glücksteine.

»Ich zweifele nicht daran, dass Ravini tot ist,« sagte er. »Wir müssen zuerst ausfindig machen, wohin er in Wirklichkeit gegangen ist, als er sagte, er würde nach Paris fahren.«

Das verursachte weniger Schwierigkeiten, als Simpson angenommen hatte. Er erinnerte sich an Lew Steyne und dessen Verbindung mit dem Italiener, und ein telefonischer Anruf bei den verschiedenen Polizeibureaus stellte den Aufenthalt Lews in fünf Minuten fest.

»Bringen Sie ihn in einem Taxi her,« sagte Simpson und hing den Hörer an. »Die Frage ist nur, was hat ›Klaps-Flack‹ vor? Mord *en gros* oder nur romantische Räuberei?«

»Ich glaube Letzteres,« sagte Mr. Reeder nachdenklich. »Mord ist bei Mr. Flack nur ... Begleiterscheinung bei dem ... hm ... viel wichtigeren Geschäfte, Geld zu ergattern.«

Er zog nachdenklich an seiner Lippe.

»Verzeihen Sie, wenn es den Anschein hat, als ob ich mich wiederhole, aber ich möchte Ihnen doch noch einmal ins Gedächtnis zurückrufen, dass Mr. Flacks Spezialität, wenn ich mich recht erinnere, Gold, gemünzt und in Barren, ist,« sagte er. »Hat er nicht auch die Stahlkammer auf der ›Megantic‹ aufgebrochen ... Gold ... hmm!« Er kratzte sein Kinn und sah über seinen Klemmer hinweg Simpson an.

Der Inspektor schüttelte den Kopf.

»Ich wünschte nur, ›Klaps-John-Flack‹ wäre verrückt genug, um zu versuchen, auf einem der Dampfer zu entwischen – aber das tut er ja nicht. Und die blöde Leadenhall Bank-Geschichte kann jetzt nicht noch mal gemacht werden. Nein, es ist keine Aussicht für Golddiebstähle.«

Mr. Reeder sah nicht sehr überzeugt aus.

»Würden Sie bitte bei der Bank von England anfragen, ob das Geld nach Australien abgegangen ist?« bat er.

Simpson zog den Apparat zu sich heran, verlangte eine Nummer, arbeitete sich fünf Minuten lang durch verschiedene Abteilungen hindurch und erreichte schließlich eine der maßgebenden Persönlichkeiten. Mr. Reeder hatte seine Hände über dem Griff des Regenschirms gefaltet, sein Gesicht zeigte einen schmerzlichen Zug und die Augen waren geschlossen. Er schien die Unterhaltung völlig vergessen zu haben. Simpson hing den Hörer an:

»Der Transport hätte heute Morgen abgehen sollen, aber die Abfahrt der ›Olanic‹ hat sich verzögert ... die Stauer haben gestreikt ... sie geht morgen früh ab,« berichtete er. »Das Gold wird per Lastauto unter Bewachung nach Tilbury gebracht. In Tilbury kommt es sofort in die Stahlkammer der ›Olanic‹, und die ist das modernste und neueste in seiner Art. Ich kann mir nicht denken, dass John seine Tätigkeit dort beginnen wird.«

»Warum nicht?« Mr. J. G. Reeders Stimme klang beinahe schmeichelnd, sein Gesicht verzog sich zu einem Ausdruck, das beinahe einem Lächeln ähnlich sah. »Im Gegenteil! Wie ich schon vorher gesagt habe, ist gerade das der Transport, hinter dem meiner Meinung nach Mr. Flack her sein wird.«

»Ich bete, dass Sie wahr prophezeien,« sagte Simpson grimmig. »Ich würde mir nichts Besseres wünschen.«

Sie sprachen noch immer über Flack und seine Leidenschaft für bares Gold, als Mr. Lew Steyne unter der Obhut eines der Detektive seines Bezirkes eintraf. Es gibt keinen Verbrecher, mag er auch noch so abgebrüht sein, der sich nicht unsicher fühlt, wenn er die düsteren Zugänge von Scotland Yard betritt, und Lews Versuch, Gleichgültigkeit zu zeigen, war beinahe Mitleid erregend.

»Was soll das bedeuten, Mr. Simpson,« fragte er in gekränktem Ton. »Ich habe nichts ausgefressen.«

Er blickte finster auf Mr. Reeder, den er kannte, und der, wie er mit Recht annahm, verantwortlich für sein Erscheinen an diesem verhassten Ort war.

Simpson richtete eine Frage an ihn, worauf Mr. Lew Steyne mit den Achseln zuckte.

»Ich frage Sie, Mr. Simpson, bin ich denn Ravinis Hüter? Ich weiß nichts von der Italiener-Bande, und Ravini kenne ich nur oberflächlich.«

»Am letzten Donnerstagabend sind Sie zwei Stunden mit ihm zusammen gewesen,« sagte Mr. Reeder kopfschüttelnd, und Lew war etwas außer Fassung gebracht.

»Ich gebe zu, ich hatte eine kleine geschäftliche Sache mit ihm zu erledigen,« sagte er. »Wegen eines Hauses, das ich mieten ...«

Seine unruhigen Blicke wurden plötzlich starr; mit offenem Mund sah er auf die drei Ringe, die auf dem Tische lagen. Reeder sah, wie er die Stirn runzelte.

»Was ist denn das?« fragte Lew heiser. »Das sind doch nicht Georgios Glückssteine?«

Simpson nickte und schob die weiße Schreibunterlage, auf der die Ringe lagen, dem Besucher zu.

»Kennen Sie die?« fragte er.

Lew nahm einen der Ringe auf und drehte ihn in seiner Hand.

»Was soll das bedeuten?« fragte er argwöhnisch. »Ravini hat mir selber erzählt, dass er sie niemals runterkriegen könnte.«

Und dann, als ihm langsam klar wurde, was die Gegenwart der Ringe hier bedeutete, stieß er keuchend hervor:

»Was is mit ihm passiert? ... Is er –«

»Ich fürchte,« sagte Mr. Reeder ruhig, »dass Georgio nicht mehr unter uns weilt.«

»Tot? Lew schrie beinahe das Wort heraus. Sein gelbliches Gesicht wurde kreideweiß. »Wo ... Wer hat das gemacht?«

»Das ist gerade, was wir herausbekommen wollen,« sagte Simpson. »Also, Lew, heraus mit der Sprache. Wo ist Ravini? Ich weiß, er hat gesagt, er ginge nach Paris. Wo ist er aber tatsächlich hingegangen?«

Die Augen des Hochstaplers irrten zu Mr. Reeder hin.

»Er war hinter dem ›Vogel‹ her, das ist alles, was ich weiß,« sagte er mürrisch.

»Was für ein Vogel?« fragte Simpson, aber Reeder hatte keine weitere Aufklärung nötig.

»Er war hinter – Miss Belman her?«

Lew nickte.

»Ja, ein Mädel, das er kannte ... sie is aufs Land gefahren, um 'ne Stellung als Hoteldirektor oder so was Ähnliches anzutreten ... Ich sah übrigens, wie sie abfuhr. Ravini wollte ein bisschen besser mit ihr bekannt werden und fuhr hinterher nach demselben Hotel.«

Während er noch sprach, hatte Mr. Reeder schon den Hörer ergriffen und ein Kennwort gegeben, das ein Befehl war, die Linie freizumachen.

Eine hohe Fistelstimme antwortete ihm.

»Hier ist Mr. Daver, der Besitzer ... Miss Belman? ... Ich befürchte, sie ist gerade herausgegangen ... Sie ist in ein paar Minuten zurück. Wer ist denn dort?«

Mr. Reeder antwortete zurückhaltend, es läge ihm sehr viel daran mit Mr. Ravini in Verbindung zu kommen und gab dem gesprächigen Mr. Daver zwei ganze Minuten, um seiner Entrüstung Ausdruck zu geben.

»Ja, er ist heute Morgen verschwunden, ohne seine Rechnung zu bezahlen und ...«

»Ich komme hin und werde sie bezahlen,« sagte Mr. Reeder.

9

»In dieser ganzen Angelegenheit hat nur das,« sagte Mr. Daver, »– ganz allein das für uns Interesse – und ich nehme an, Sie werden mir beipflichten –, dass Mr. Ravini gegangen ist, ohne seine Rechnung zu bezahlen. Das war es, worauf ich einem seiner Freunde gegenüber, der heut morgen anrief, besonderen Nachdruck legte. Das größte Rätsel seines Verschwindens ist für mich, dass er – ohne seine Rechnung zu zahlen, wegging!«

Er lehnte sich in seinen Sessel zurück und strahlte das junge Mädchen in der Weise eines Menschen an, der ein unlösliches Problem aufgeklärt hatte. Er hatte seine Fingerspitzen zusammengelegt – seine ganze Erscheinung war mehr als absonderlich.

»Dass er einen Pyjama, der tatsächlich ohne jeden Wert ist, zurückließ, beweist nur, dass er in Eile fortging. Sie geben mir doch recht? ... Ich war überzeugt davon ... Warum er in solcher Eile fortgehen musste, ist mir unverständlich. Sie sagen, er wäre ein Hochstapler ... möglicherweise hat er Nachrichten erhalten, dass man seinen Aufenthalt ausfindig gemacht hat.«

»Während er hier war, hat ihn weder jemand angerufen, noch hat er irgendwelche Briefe erhalten,« sagte Margaret nachdrücklich.

Mr. Daver schüttelte den Kopf.

»Das beweist nichts. Solch ein Mensch würde Kumpane haben, die ihm helfen. Es tut mir leid, dass er fort ist. Ich hatte gehofft, eine Gelegenheit zu haben, solche Art Menschen studieren zu können. Übrigens habe ich etwas über Flack – den berühmten John Flack – erfahren. Wussten Sie, dass er aus dem Irrengefängnis ausgebrochen ist? Aus Ihrer Bestürzung sehe ich, dass Sie nichts davon wussten. Ich bin ein scharfer Beobachter, Miss Belman. Jahrelanges Studium dieses fesselnden Subjektes haben einen sechsten Sinn in mir entwickelt – den Beobachtungssinn, der bei den Durchschnittsmenschen verkümmert ist.«

Er nahm aus seinem Schubfach einen langen Briefumschlag und zog ein Bündel Zeitungsausschnitte heraus. Er ordnete sie auf seinem Tisch und faltete eine Zeitung auseinander, die das Bild eines älteren Mannes brachte, und legte diese vor sie hin.

»Flack,« sagte er kurz.

Sie war von dem Alter des Mannes überrascht; das magere Gesicht, der graue Bart, die tief liegenden, intelligenten Augen ließen eher auf alles andere als auf einen gefährlichen Gewohnheitsverbrecher schließen.

»Mein Büro für Zeitungsausschnitte hat mir diese verschafft,« sagte er. »Und hier ist noch ein anderes Bild, das Sie vielleicht interessiert, und in gewisser Beziehung ist das Eintreffen dieser Fotografie ein merkwürdiger Zufall. Sie werden mir hierin sicher beipflichten, wenn ich Ihnen sage, warum das so ist. Es ist das Bild eines gewissen Reeder.«

Mr. Daver sah nicht auf, sonst würde er bemerkt haben, wie das junge Mädchen errötete.

»Ein kluger, alter Kopf. Er ist im Büro des Generalstaatsanwaltes und ...«

»Er ist gar nicht so alt,« sagte Margaret frostig.

»Er sieht aber so aus,« erwiderte Mr. Daver, und Margaret musste zugeben, dass das Bild in der Zeitung nicht sehr schmeichelhaft war.

»Das ist der Mann, der eigentlich die Veranlassung für Flacks Verhaftung war, und der eigenartige Zufall ... was denken Sie, was das ist?«

Sie schüttelte den Kopf.

»Er kommt heute hierher!«

Margarets Mund öffnete sich vor Erstaunen.

»Ich hatte heute Nachmittag ein Telegramm von ihm, in dem er sein Eintreffen für heute Abend mitteilt und anfragt, ob ich ihn hier unterbringen könnte. Wenn ich nicht zufällig für diesen Fall Interesse hätte, hatte ich seinen Namen nicht gekannt und auch nicht die geringste Idee, was er eigentlich ist. Höchstwahrscheinlich würde ich ihn nicht aufgenommen haben.«

Er sah plötzlich auf.

»Sie haben gesagt, er wäre gar nicht so alt. Kennen Sie ihn denn? Aha, ich sehe, dass Sie ihn kennen ... Ich sehe seinem Besuch mit dem größten Vergnügen entgegen, um mich mit ihm über mein Lieblingsthema unterhalten zu können. Das wird ein geistiger Genuss werden.«

»Ich bezweifle, dass Mr. Reeder über Verbrechen diskutieren wird,« sagte sie. »Er ist sehr zurückhaltend über dieses Thema.«

»Wir wollen abwarten,« sagte Mr. Daver, und Margaret schloss aus seinem Verhalten, dass er auf jeden Fall nicht den geringsten Zweifel hatte, dass ein Beamter aus der Abteilung des Generalstaatsanwaltes nicht sofort auf eine derartige Unterhaltung mit einem verständnisvollen Zuhörer eingehen würde.

Mr. Reeder traf kurz vor sieben ein und hatte zu ihrer Überraschung auf Gehrock und seinen merkwürdigen Hut verzichtet. Er trug einen grauen Flanellanzug und sah beinahe »unternehmend« aus. Er hatte zwei sehr starke und schwer aussehende Koffer bei sich.

Ihr Zusammentreffen war nicht ganz ohne eine gewisse Verlegenheit.

»Ich hoffe, Miss ... hm ... Margaret, Sie halten mich nicht für zudringlich. Aber, um die Wahrheit zu sagen, ... ich habe ein wenig Ausspannung nötig.«

Er hatte nie weniger so ausgesehen, als ob er eine Erholung nötig hätte, wie in diesem Augenblick. Im Vergleich zu dem Reeder, den sie kannte, machte dieser Mann einen sehr lebhaften Eindruck.

»Wollen Sie bitte in mein Büro kommen,« sagte sie ein wenig unsicher.

Als sie ihr Arbeitszimmer erreichten, öffnete Mr. Reeder ehrerbietig die Tür. Sie hatte die Empfindung, dass er beinahe den Atem anhielt, und sie hatte den beinahe unwiderstehlichen Wunsch, in Lachen auszubrechen. Sie fasste sich aber und schritt ihm in ihr Allerheiligstes voran. Als sich die Tür geschlossen hatte, begann sie schnell:

»Ich habe mich ganz abscheulich gegen Sie benommen, Mr. Reeder. Ich hätte Ihnen schreiben müssen ... die ganze Angelegenheit war ja lächerlich ... unser Zank, meine ich.«

»Die Meinungsverschiedenheit,« sagte Mr. Reeder. »Ich gebe zu, ich bin sehr altmodisch, aber ein alter Mann –«

»Achtundvierzig ist nicht alt,« sagte sie scherzend. »Und warum sollten Sie denn keinen Backenbart tragen? ... Es war unverzeihlich von mir ... weibliche Neugier ... Ich wollte gern mal wissen, wie Sie ohne Bart aussehen würden.«

Mr. Reeder hob abwehrend die Hand, seine Stimme klang beinahe lustig.

»Der Fehler war gänzlich auf meiner Seite, Miss Margaret. Ich bin nun mal altmodisch. Sie denken doch nicht vielleicht, dass es ... hm ... unziemlich ist, wenn ich Larmes Keep einen Besuch abstatte?«

Er blickte nach der Tür und dämpfte die Stimme.

»Wann ist Mr. Ravini weggegangen?«

Sie sah ihn erstaunt an.

»Sind Sie deswegen gekommen?«

Er nickte langsam.

»Ich erfuhr, dass er sich hier aufhielt. Irgendjemand hat es mir erzählt. Wann ging er weg?«

Sie erzählte ihm ganz kurz ihr nächtliches Erlebnis. Er hörte ihr aufmerksam zu und sein Gesicht wurde länger und immer länger. Als sie ihren Bericht beendet hatte, sagte er:

»Und vorher? Können Sie sich noch erinnern, was da vorgefallen ist? Haben Sie ihn am Abend vor seiner Abreise gesehen?«

Sie runzelte ihre Stirn und versuchte, sich die Vorgänge ins Gedächtnis zurückzurufen.

»Ja,« sagte sie plötzlich, »er ging im Park mit Miss Crewe spazieren. Er kam ziemlich spät zurück ...«

»Mit Miss Crewe?« fiel er ein. »Miss Crewe? Ist das die recht interessante junge Dame, die ich mit einem Geistlichen Krokett spielen sah, als ich über den Rasenplatz kam?«

Sie sah ihn überrascht an.

»Sind Sie denn über den Rasenplatz gekommen? Ich dachte, Sie sind vor dem Haupteingang vorgefahren –«

»Ich stieg oben auf dem Hügel vom Wagen,« erklärte Mr. Reeder hastig. »In meinem Alter ist etwas körperliche Bewegung eine wesentliche Notwendigkeit. Die Zugänge zu dem Hause sind entzückend. Eine junge Dame, ziemlich blass, dunkle Augen ... hm!«

Ei sah sie forschend an, den Kopf ein wenig zur Seite geneigt.

»So ... also sie und Ravini gingen spazieren. Waren sie denn miteinander bekannt?«

»Ich glaube nicht, dass Mr. Ravini sie kannte, bevor er nach hier kam,« sagte sie kopfschüttelnd und fuhr fort, ihm von Ravinis Aufregung zu erzählen und wie sie Olga Crewe in Tränen fand.

»Sie weinte ... hm!« Mr. Reeder streichelte zärtlich seine Nase. »Haben Sie sie seither wiedergesehen?«

Und als das junge Mädchen verneinend den Kopf schüttelte:

»Sie ist am nächsten Morgen wohl sehr spät aufgestanden – hatte möglicherweise Kopfschmerzen?« fragte er gespannt, und ihre Augen öffneten sich weit vor Erstaunen.

»Aber ja. Woher wissen Sie denn das –«

Mr. Reeder befand sich aber nicht in mitteilsamer Stimmung.

»Ihre Zimmernummer ist –?«

»Nummer 4. Miss Crewe hat Nummer 5.«

Reeder nickte.

»Und Ravini hatte Kummer 7 – also zwei Türen weiter.« Dann sagte er schnell: »Wo haben Sie mich untergebracht?«

Sie zauderte.

»In Nummer 7. Mr. Daver hat das angeordnet. Es ist eines der besten Zimmer im Haus. Aber ich warne Sie, Mr. Reeder, der Besitzer ist ein eifriger Kriminalist und tut nichts lieber, als sich über seine Liebhaberei zu unterhalten.«

»Sehr angenehm,« murmelte Mr. Reeder, aber seine Gedanken waren wo anders. »Könnte ich Mr. Daver sprechen?«

Der Viertelstunden-Gong hatte bereits geläutet, und sie führte Mr. Reeder nach dem Büro im Neubau. Mr. Davers Schreibtisch war überraschend sorgfältig aufgeräumt. Er selbst prüfte ein Kontobuch durch seine große Hornbrille und sah fragend auf, als sie eintraten.

»Mr. Reeder,« stellte sie vor und zog sich zurück.

Eine Sekunde lang sahen sie einander an: der Detektiv und der kleine Besitzer mit dem Koboldgesicht. Dann lud Mr. Daver seinen Besucher mit majestätischer Handbewegung zum Sitzen ein.

»Ich bin sehr stolz, Mr. Reeder, Ihre Bekanntschaft zu machen,« sagte er und klappte in einer tiefen Verbeugung zusammen. »Als ein niedriger Schüler aller jener großen
88

Schriftsteller, deren Werke Ihnen zweifellos bekannt sind, habe ich die Ehre und den großen Vorzug, einen Mann kennenzulernen, den ich den modernen Lombroso nennen möchte ... Sie pflichten mir bei? ... Ich war überzeugt davon.«

Mr. Reeder sah nach der Decke.

»Lombroso?« wiederholte er langsam. »Ein ... hm ... Italiener, glaube ich? Der Name ist mir nicht unbekannt.«

Margaret Belman hatte die Tür nicht völlig geschlossen, und Mr. Daver stand auf und zog sie zu. Dann kehrte er mit ausgestreckter Hand zu seinem Stuhl zurück und setzte sich.

»Ich bin froh, dass Sie gekommen sind. Ihr Kommen ist wirklich eine große Erleichterung für mich. Die ganze Zeit über seit gestern Morgen habe ich mir schon überlegt, ob ich nicht diese wundervolle Einrichtung – Scotland Yard – anrufen und bitten müsste, mir einen ihrer Beamten zu schicken, um dieses merkwürdige und vielleicht auch schaurige Rätsel zu lösen.«

Er hielt inne, um seinen Worten einen größeren Nachdruck zu verleihen.

»Ich spreche von dem Verschwinden von Mr. George Ravini, ein Gast von Larmes Keep, der das Haus gestern Morgen um dreiviertel fünf verlassen hat und gesehen wurde, wie er nach Siltbury ging.«

»Wer hat ihn gesehen?« fragte Mr. Reeder.

»Einer der Einwohner von Siltbury, dessen Namen mir im Augenblick entfallen ist. Oder vielmehr, ich habe seinen Namen überhaupt nicht gekannt. Ich traf ihn zufällig, als ich nach der Stadt ging.«

Er lehnte sich über den Schreibtisch und starrte Mr. Reeder wie eine blinzelnde Eule ins Gesicht.

»Sie sind wegen Ravini gekommen, nicht wahr? ... Sie brauchen mir nicht zu antworten: Ich weiß, dass Sie deswegen gekommen sind! ... Man konnte natürlich nicht erwarten, dass Sie, sozusagen, das Herz auf der Zunge tragen würden. Habe ich nicht Recht? ... Ich weiß, dass es so ist.«

Mr. Reeder stimmte dieser Schlussfolgerung nicht bei. Er erweckte den Eindruck, als ob er nicht zum Sprechen aufgelegt wäre und unter anderen Verhältnissen würde Mr. Daver diese Zurückhaltung mehr beachtet haben, aber:

»Begreiflicherweise möchte ich nicht, dass Larmes Keep in einen Skandal hineingezogen wird,« sagte er, »und ich darf wohl auf Ihre Diskretion rechnen. Das Einzige, was mich direkt trifft, ist, dass Ravini weggegangen ist, ohne seine Rechnung zu bezahlen. Das ist vielleicht eine kleine und unwichtige Seite einer Sache, die möglicherweise zu einem außergewöhnlichen Fall werden kann. Verstehen Sie meinen Gesichtspunkt? ... Selbstverständlich begreifen Sie ihn.«

Er machte eine Pause und nun begann Mr. Reeder.

»Dreiviertel fünf,« sagte er nachdenklich, als ob er zu sich selber spräche, »es war kaum hell, nicht wahr?«

»Möglicherweise brach die Dämmerung bereits über der See hervor,« sagte Mr. Daver poetisch.

»Er ging nach Siltbury? ... Mit Koffer?«

Mr. Daver nickte.

»Darf ich sein Zimmer sehen?«

Mr. Daver kam mit einem Schwung auf die Füße.

»Ich hatte diesen Wunsch erwartet, und er ist natürlich sehr begreiflich. Wollen Sie bitte mitkommen?«

Mr. Reeder folgte ihm durch die große Vorhalle, in der sich nur der militärisch aussehende Herr befand, der ihm einen schnellen Seitenblick zuwarf, als er vorbeiging. Mr. Daver ging voran auf die breite Treppe zu, als Mr. Reeder stehen blieb und auf die Seitenwand der Treppe wies.

»Das ist sehr interessant,« sagte er.

Die unmöglichsten Dinge interessierten Mr. Reeder. In diesem Fall war der Gegenstand seines Interesses ein großer Geldschrank – größer, wie er ihn jemals in einem privaten Unternehmen gesehen hatte. Er war sechs Fuß hoch und halb so breit und war unter den ersten Treppenstufen angebracht.

»Was denn?« fragte Mr. Daver und drehte sich um. Sein Gesicht verzog sich zu einem Lächeln, als er bemerkte, was die Aufmerksamkeit des Detektivs erregt hatte.

»Ah ... Mein Geldschrank! Ich habe eine Menge seltener und außerordentlich wertvoller Dokumente, die ich hier aufbewahre. Ein französisches Modell, wie Sie sehen ... Sie wollen sagen: viel zu groß für mein bescheidenes Haus? ... Ich muss Ihnen beistimmen. Manchmal haben wir aber sehr reiche Gäste hier ... Juwelen und so was Ähnliches ... es gehört ein sehr geschickter Einbrecher dazu, um den Schrank aufzubekommen, und doch, mit einem kleinen Schlüssel kann ich ...«

Er zog eine Kette aus der Tasche, steckte einen der Schlüssel in eine sehr schmale Öffnung, drehte den Handgriff und das schwere Tor schwang langsam auf.

Mr. Reeder warf einen neugierigen Blick hinein. Auf den zwei Stahlborden an der Rückwand des Schrankes standen drei kleine Blechschatullen – im Übrigen war der Schrank leer. Die Türen waren von ganz außergewöhnlicher Stärke und an der Innenseite völlig glatt, mit Ausnahme einer Stahlstange, die augenscheinlich den Zweck hatte, das Schloss zu halten und zu verstärken. Er sah dies alles in einem Blick, aber er bemerkte auch noch etwas anderes. Der weiß emaillierte Fußboden des Schrankes war im Ton heller als die Wände. Nur ein Mann mit der ausgeprägten Beobachtungsgabe wie Mr. Reeder hätte diese Tatsache bemerken können. Und die Stahlleiste an der Rückseite des Schlosses? ... Mr. Reeder wusste eine ganze Menge über Geldschränke.

»Ein Schatzhaus – es gibt einem beinahe das Gefühl, ein reicher Mann zu sein,« kicherte Mr. Daver, als er den Geldschrank verschlossen hatte und seinen Gast nach oben führte. »Psychologisch leicht verständlich, nicht wahr, Mr. Reeder?«

Die Treppe führte auf einen breiten Gang. Mr. Daver blieb vor der Tür von Nummer 7 stehen und schloss auf.

»Das ist auch Ihr Zimmer,« erklärte er. »Ich hatte die Empfindung, die beinahe Überzeugung war, dass Ihr Besuch irgendwie mit dem merkwürdigen Verschwinden von Mr. Ravini zusammenhing, der uns verlassen hat, ohne seine Rechnung zu bezahlen.« Er kicherte, entschuldigte sich aber sofort. »Entschuldigen Sie bitte, wenn ich immer wieder darauf zurückkomme, aber gerade das berührt mich ziemlich unangenehm.«

Mr. Reeder folgte seinem Wirt in das große Zimmer. Es war von der Decke bis zum Fußboden getäfelt und überraschte ihn durch seinen großen Luxus. Es waren wenig Möbelstücke vorhanden, aber nicht eines war darunter, das nicht die Bewunderung eines jeden Kenners erweckt haben würde. Das große Himmelbett stammte aus dem Zeitalter Jakobs, der viereckige Teppich war ein echter Teheran, ein Toilettentisch mit einem dazugehörigen Sessel stammte gleichfalls aus der Jakobäischen Periode.

»Das war sein Bett, auf dem der Pyjama gefunden wurde?«

Mr. Daver zeigte in dramatischer Weise darauf hin. Aber Mr. Reeder betrachtete die Fensterflügel, von denen eins offenstand.

Er lehnte sich hinaus, blickte hinab und machte sich mit der Gegend bekannt. Er konnte Siltbury im Schatten der Dünen liegen sehen, dessen Lichter gerade begannen aufzublitzen; der Blick auf die Straße nach Siltbury wurde durch einen Kranz Fichten unterbrochen. Links konnte er die Straße nach dem Hügel sehen, die seine Droschke hinaufgeklommen war.

Mr. Reeder verließ das Zimmer und ließ seine Augen den Gang hinauf- und hinuntergleiten.

»Sie haben ein wundervolles Haus, Mr. Daver,« sagte er.

»Gefällt es Ihnen? Das habe ich mir auch gedacht!« entgegnete Mr. Daver begeistert. »Ja, es ist eine sehr schöne Besitzung. Ihnen mag es vielleicht als eine Entweihung erscheinen, dass ich sie als Pension benutze, aber vielleicht hat Ihnen unsere junge Freundin erklärt, dass das eine Liebhaberei von mir ist. Ich hasse die Einsamkeit, und es ist mir außerordentlich zuwider, Freundschaften anzufangen. Meine Stellung hier ist einzigartig: Ich kann meine Gäste aussuchen und wählen, wie ich will.«

Mr. Reeder sah ziellos nach dem Treppenabsatz.

»Hatten Sie jemals einen Gast namens Holden?« fragte er.

Mr. Daver verneinte.

»Oder einen Gast namens Willington ...? Zwei Freunde von mir, die vor ungefähr acht Jahren hier gewesen sind?«

»Nein,« antwortete Mr. Daver ohne Zögern. »Ich vergesse niemals Namen. Sie können unser Gastbuch für die letzten zwölf Jahre durchlesen – zu jeder Ihnen passenden Zeit. Wäre es vielleicht möglich, dass sie aus irgendeinem Grund –« Mr. Davers Verlegenheit wirkte erheiternd – »unter anderem Namen als ihrem eigenen hierher gekommen sind? ... Nein, ich sehe schon, das war nicht der Fall.«

Während er sprach, hatte sich eine Tür am anderen Ende des Ganges geöffnet und sofort wieder geschlossen. Mr. Reeder, dem nichts entging, sah den Schatten einer Figur, bevor sich die Tür schloss.

»Wessen Zimmer ist das?« fragte er.

Mr. Daver schien diesmal in Wirklichkeit verlegen zu sein.

»Das sind meine Zimmer,« sagte er mit einem nervösen Räuspern. »Das war Mrs. Burton, meine Haushälterin – eine ruhige, ziemlich traurige Seele, die viel Kummer in ihrem Leben gehabt hat.«

»Das Leben ist voller Kummer und Sorgen,« war Mr. Reeders abgedroschene Antwort, und Mr. Daver stimmte mit einem traurigen Kopfschütteln bei.

Nun hatte aber Mr. Reeder hervorragend scharfe Augen und, wenn er auch die Haushälterin bis jetzt noch nicht gesehen hatte, war er doch ganz sicher, dass das hübsche Gesicht, das er einen flüchtigen Augenblick bemerkt hatte, nicht zu einer »traurigen Seele« gehörte, die schon viel Kummer erlebt hatte. Als er sich für das Diner umzog, wunderte er sich darüber, warum Olga Crewe durchaus nicht wollte, dass man sie von den Zimmern des Besitzers kommen sah. Zweifellos eine begreifliche und richtige Zurückhaltung; und Zurückhaltung war eine Eigenschaft, die Mr. Reeder an jeder Frau am meisten schätzte.

Er mühte sich mit seiner Krawatte ab, als Mr. Daver, der sich selbst die Stellung eines persönlichen Adjutanten bei ihm verliehen zu haben schien, an die Tür klopfte und fragte, ob er hereinkommen dürfte. Er war etwas außer Atem und hielt eine Anzahl Zeitungsausschnitte in der Hand.

»Sie erwähnten zwei Herren, Mr. Willington und Mr. Holden,« sagte er. »Die Namen kamen mir bekannt vor. Ich hatte das peinigende Gefühl, sie zu kennen, ohne sie doch zu kennen. Sie verstehen, wie ich das meine, lieber Mr. Reeder? Und dann kamen mir die näheren Umstände ins Gedächtnis.« Er schwenkte die Zeitungsausschnitte. »Ich hatte ihre Namen hier gelesen.«

Mr. Reeder starrte auf sein Spiegelbild und zupfte sich die Krawatte zurecht.

»Hier?« wiederholte er mechanisch, drehte sich herum und nahm die Ausschnitte, die der Besitzer ihm hinhielt.

»Wie Sie vielleicht wissen, Mr. Reeder, bin ich ein niedriger Schüler Lombrosos und der anderen großen Kriminalisten, die das Studium des Abnormen zu einer Wissenschaft erhoben haben. Ganz unabsichtlich lenkte Miss Belman meine Gedanken auf die Flack-Bande, und so habe ich innerhalb der beiden letzten Tage eine ganze Anzahl Einzelheiten über diese Missetäter zusammenbringen können. Unter diesen werden auch die Namen Holden und Willington erwähnt. Es waren zwei Detektive, die auf die Suche nach Flack gingen und niemals zurückkehrten. – Jetzt, wo mir diese Sache mehr und mehr ins Gedächtnis zurückkommt, erinnere ich mich sehr gut an ihr Verschwinden. Da war auch noch ein dritter Mann, der gleichfalls spurlos verschwand.«

Mr. Reeder nickte zustimmend.

»Ah, Sie erinnern sich?« rief Mr. Daver triumphierend.
»Selbstverständlich erinnern Sie sich! ... Es war ein gewisser
Biggerthorpe, Rechtsanwalt, der eines Tages unter irgendeinem
Vorwand von seinem Büro abgerufen wurde, und den man nie
wiedersah. Darf ich hinzufügen« – er lächelte gut gelaunt – »dass
Mr. Biggerthorpe niemals hier gewohnt hat? Warum sollten Sie
annehmen, dass er hier gewohnt hat?«

»Das ist mir gar nicht eingefallen.« Mr. Reeder gab Milde für
Sanftheit. »Biggerthorpe? Ich hatte das ganz vergessen. Das war
ein wichtiger Zeuge gegen Flack, wenn man ihn jemals gefasst
hätte – hm.«

»Sie studieren Verbrecher und ihre Praktiken, Mr. Daver?«

»In bescheidenem Maße,« sagte Mr. Daver und seine ganze
Haltung drückte demütige Bescheidenheit aus.

Und dann sank seine Stimme zu einem heiseren Flüstern:

»Soll ich Ihnen etwas sagen, Mr. Reeder?«

»Sie können mir erzählen, was Sie wollen,« sagte Mr. Reeder
und knöpfte die Weste zu. »Ich bin gerade in guter Laune für
Geschichten. In dieser wundervollen Atmosphäre, inmitten
dieser entzückenden Umgebung, würde ich ... hm ...
Feenmärchen bevorzugen, oder sagen wir lieber ... hm ...
Geistergeschichten. Gibt es denn keinen Spuk in Larmes Keep,
Mr. Daver? – Gespenster sind meine besondere Spezialität. Ich
habe wahrscheinlich mehr Gespenster gesehen und ... hm ...
verhaftet, als irgendein anderer lebender Vertreter des Gesetzes.
Ich habe die Absicht, gelegentlich ein Meisterwerk über dies
Thema zu schreiben. ›Geister, die ich sah ‹oder ›Führer in die
Geisterwelt‹ in dreiundsechzig Bänden. – Was wollten Sie
sagen – ?«

»Ich wollte sagen,« entgegnete Mr. Daver, und seine Stimme klang eigenartig gespannt, »dass meiner Meinung nach Flack in eigener Person mal hier gewohnt hat. Ich habe dies nicht Miss Belman gegenüber erwähnt, aber ich bin der festen Überzeugung, dass ich mich nicht irre. Vor sieben Jahren« – seine Stimme klang eindringlich – »traf eines Abends gegen zehn Uhr ein graubärtiger Mann mit ziemlich magerem Gesicht hier ein und verlangte ein Zimmer. Er hatte sehr viel Geld, aber das hatte auf mich keinen Einfluss. Unter anderen Umständen hätte ich verlangt, erst schriftlich hier anzufragen, aber es war spät, bitterlich kalt und schneite – und ich bekam es nicht über mein Herz, einen Mann seines Alters von meiner Tür zu weisen.«

Wie lange wohnte er hier?« fragte Mr. Reeder. »Und warum denken Sie, es war Flack?«

»Weil« – Davers Stimme war zu einem geisterhaften Hauch geworden – »weil er genau so verschwand, wie Mr. Ravini: am Morgen in der Frühe, ohne seine Rechnung zu bezahlen – und sein Pyjama blieb zurück.

Mr. Reeder wandte sehr langsam seinen Kopf zu Mr. Daver und betrachtete ihn von oben bis unten.

»Das gehört in die Kategorie der humoristischen Erzählungen, und ich bin jetzt viel zu hungrig, um zu lachen,« sagte er ruhig. »Wann wird gegessen?«

In diesem Augenblick ertönte der Gong.

Gewöhnlich aß Margaret Belman zu gleicher Zeit mit den anderen Gästen, aber an einem besonderen Tisch. Sie errötete und fühlte sich mehr als verlegen, als Mr. Reeder auf ihren Tisch zukam, einen Stuhl hinter sich herzog und Auftrag gab, hier für ihn zu decken. Die anderen drei Gäste speisten an einzelnen Tischen.

»Ein ungeselliges Volk hier,« sagte Mr. Reeder, als er seine Serviette auseinanderfaltete und durch den Saal blickte.

»Was denken Sie von Mr. Daver?«

J. G. Reeder lächelte nachsichtig.

»Er ist ein spaßiger Kerl,« sagte er, und sie lachte, wurde aber sofort wieder ernst.

»Haben Sie etwas über Ravini herausgefunden?«

Mr. Reeder schüttelte den Kopf.

»Ich habe mit dem Portier gesprochen; das scheint ein ehrlicher und offener Mensch zu sein. Er erzählte mir, dass am Morgen, als Ravini verschwunden war, die Vordertür unverriegelt und unverschlossen war. Der Mann hat Beobachtungsgabe. Wer ist Mrs. Burton?« fragte er unvermittelt.

»Die Haushälterin.« Margaret lächelte und schüttelte den Kopf. »Sie ist eine ziemlich traurige Dame, die eine Menge Zeit damit verbringt, auf die guten Zeiten hinzuweisen, die sie eigentlich haben müsste, anstatt hier ›lebend begraben‹ zu sein – das sind ihre eigenen Worte.«

Mr. Reeder legte Messer und Gabel nieder.

»Du liebe Güte!« sagte er teilnehmend. »Das ist wohl eine Dame, die mal bessere Tage gesehen hat?«

Margaret lachte leise.

»Meiner Meinung nach hat sie niemals eine solche Zeit gehabt, wie jetzt, Sie ist ziemlich gewöhnlich und schrecklich ungebildet. Ihre Abrechnungen, die zu mir heraufkommen, sind erschreckliche und wundersame Dinge! Aber in allem Ernst – sie
98

muss früher mal in guten Verhältnissen gelebt haben. Am ersten Abend meines Hierseins ging ich auf ihr Zimmer, um wegen einer Abrechnung zu fragen, die ich nicht verstehen konnte – es war natürlich reine Zeitverschwendung, denn Bücher sind die reinsten Mysterien für sie – und sah sie am Tisch sitzen und ihre Hände bewundern.«

»Ihre Hände?« sagte er, und sie nickte.

»Sie waren mit den wundervollsten Ringen bedeckt, die man sich jemals denken kann,« sagte Margaret und war zufrieden mit dem Eindruck, den diese Worte auf Mr. Reeder machten. Er ließ Messer und Gabel fallen.

»Ringe?«

»Riesenhafte Diamanten und Smaragden. Mir verging fast der Atem. Im gleichen Augenblick, als sie das bemerkte, hielt sie die Hände hinter den Rücken und erzählte mir am nächsten Morgen, dass diese Schmucksachen Geschenke einer Dame vom Theater wären, die hier gewohnt hatte, und dass die Ringe ganz wertlos seien.«

»Also Tinneff,« sagte Mr. Reeder.

»Was ist ›Tinneff‹?«fragte sie neugierig, und Mr. Reeder wackelte mit dem Kopf. Margaret hatte schon herausgefunden, dass diese besondere Art von Kopfwackeln bei Mr. Reeder gute Laune und Heiterkeit verriet.

Nach dem Essen schickte er eines der bedienenden Mädchen zu Mr. Daver, und als dieser kam, teilte ihm Mr. Reeder mit, dass er eine Menge Arbeit zu erledigen hätte, bat um eine Schreibunterlage und einen besonderen Schreibtisch für sein Zimmer. Margaret wunderte sich, warum er sie nicht darum gebeten hätte, nahm aber an, dass er nicht wüsste, dass auch diese Dinge zu ihrem Wirkungskreis gehörten.

»Sie sind ein großer Schriftsteller vor dem Herrn, Mr. Reeder!« Daver wand sich vor Lachen über seinen eigenen, kleinen Witz. »Ich auch! Ich bin niemals vollkommen glücklich, wenn ich nicht einen Federhalter in der Hand habe. Erzählen Sie mir mal - das interessiert mich ganz besonders - wann können Sie am besten arbeiten: Morgens oder abends? Ich persönlich habe diese Frage noch nicht zu meiner völligen Zufriedenheit beantworten können.«

»Ich schreibe von jetzt ohne Unterbrechung bis zwei Uhr,« sagte Mr. Reeder und sah nach der Uhr. »Das ist eine jahrelange Gewohnheit. Von neun bis zwei sind meine Arbeitsstunden, dann rauche ich eine Zigarette, trinke ein Glas Milch - wollen Sie übrigens so freundlich sein, dafür zu sorgen, dass man mir sofort ein Glas Milch auf mein Zimmer bringt - und von zwei schlafe ich ununterbrochen bis neun Uhr.«

Margaret war eine interessierte und auch überraschte Zuhörerin seiner Äußerungen über seine privaten Angewohnheiten. Es war ganz ungewöhnlich von Mr. Reeder, über sich selbst zu sprechen, noch weniger denkbar, dass er seine Arbeiten erwähnte. In ihrem Leben hatte sie bisher noch keinen Menschen getroffen, der mehr zurückhaltend über seine privaten Angelegenheiten gewesen wäre. Vielleicht war der Feriengast über ihn gekommen, dachte sie und fand, dass er heute Abend auf jeden Fall jünger aussah, als sie ihn jemals gesehen hatte.

Sie ging, um Mrs. Burton die Wünsche des Gastes mitzuteilen. Die Frau nahm den Auftrag naserümpfend an.

»Milch? Der sieht genau so aus, als ob er Milch trinkt. Er braucht keine Angst zu haben!«

»Warum sollte er denn Angst haben?« fragte Margaret scharf, aber der Ton war Mrs. Burton gegenüber verloren.

»Kein Mensch hat Detektive gern, die durch das ganze Haus schnüffeln – stimmt das nicht, Miss Belman? Und der ist kein Detektiv, wie ich ihn mir vorstelle.«

»Wer hat Ihnen denn erzählt, dass er ein Detektiv ist?« Mrs. Burton sah sie einen Augenblick unter ihren schweren Augenlidern an und drehte dann den Kopf in der Richtung nach Mr. Davers Büro.

»Er hat's mir erzählt,« sagte sie, »Detektive! Und ich muss hier sitzen und mich von morgens bis abends abarbeiten, wo ich doch in Paris die große Dame spielen könnte, oder sonst wo, wo es fein ist, mit Dienern, die mir aufwarten, anstatt dass ich andere Leute bediene. Es ist zum Verrücktwerden!«

Zweimal, seit sie hier war, war Margaret Zeuge eines solchen Ausbruches von Unzufriedenheit und Ärger gewesen. Sie hatte das Gefühl, als ob diese verblühte Frau nach einer Gelegenheit suchte, sie zu ihrer Vertrauten zu machen. Aber der Vorwand dazu wurde weder gesucht noch gefunden. Margaret hatte nichts gemein mit dieser ziemlich beschränkten und schrecklich gewöhnlichen Frau, und beide konnten kein gemeinsames Interesse finden, dass die Schranken zwischen ihnen niedergebrochen hätte. Mrs. Burton war ein Schwächling; Tränen waren ihren Augen oder ihrer Stimme niemals sehr fern, und ihre Stimmung war ständig von ihren rätselhaften Klagen gegen die ganze Welt beeinflusst.

»Die behandeln mich hier wie Dreck,« fuhr sie fort, und ihre Stimme zitterte vor verhaltenem Ärger, »und *sie* behandelt mich schlimmer als alle Anderen. Neulich habe ich sie gefragt, ob sie nicht eine Tasse Tee in meinem Zimmer trinken wollte. Was denken Sie wohl, was sie mir geantwortet hat?«

»Von wem sprechen Sie eigentlich?« fragte Margaret gierig. Sie kam nicht auf den Gedanken, dass » *sie*« Olga Crewe sein könnte – eine gewaltige Menge Vorstellungsvermögen war nötig, um sich die kalte und elegante Olga Crewe bei einer behaglichen Tasse Tee mit Mrs. Burton vorzustellen, wie sie mit dieser Gemeinplätze austauschte, und doch war es Olga, von der die Frau sprach. Aber bei dem leisesten Verdacht, dass man sie ausfragen wollte, schlossen sich ihre Lippen fest.

»Von niemand im Besonderen ... Milch, haben Sie gesagt? Ich werde sie ihm selbst nach oben bringen.«

Mr. Reeder befand sich gerade im Kampf mit seiner Hausjacke, als sie ihm die Milch brachte. Eine der Dienstboten hatte bereits Federhalter, Tinte und Papier auf den Tisch gelegt, und zwei dicke Manuskriptbücher lagen sichtbar auf dem Schreibtisch und sprachen beredt von Mr. Reeders literarischer Tätigkeit.

Er nahm der Frau das Tablett aus der Hand und stellte es auf den Tisch.

»Sie wohnen sehr hübsch hier, Mrs. Burton,« begann er ermutigend. »Das ist ja ein wundervolles Haus. Sind Sie schon lange hier?«

»Ein paar Jahre,« entgegnete sie.

Sie wandte sich zum Gehen, zögerte aber an der Tür. Mr. Reeder kannte dieses Anzeichen. Wenn sie auch verschwiegen war, eine Schwätzerin war sie auf jeden Fall, die nach Aussprache mit irgendeinem Menschen lechzte, der ihr die Möglichkeit bot, diese Banalitäten auszutauschen, die den Hauptteil ihrer Unterhaltungsfähigkeiten ausmachten.

»Nein, Sir, wir haben niemals viel Gäste hier. Mr. Daver sucht sich seine Gäste lieber selber aus.«

»Das ist sehr weise von Mr. Daver. Welches ist denn übrigens sein Zimmer?«

Sie ging zur Tür hinaus und zeigte den Gang hinunter.

»Ach ja, ich erinnere mich. Er sagte es mir. Liegt sehr gut. Ich sah Sie heut Abend von dort herauskommen.«

»Da irren Sie sich – ich betrete niemals sein Zimmer,« sagte die Frau scharf. »Sie haben vielleicht ...« sie brach ab und fügte dann hinzu: »jemand anders gesehen. Werden Sie sehr lange arbeiten, Sir?«

Mr. Reeder wiederholte in allen Einzelheiten seine Pläne für die Nacht.

»Ich würde mich freuen, wenn Sie Mr. Daver mitteilen wollten, dass ich nicht gestört zu werden wünsche. Meine geistige Arbeit geht nur langsam vor sich, und die geringste Störung in meinem Gedankengang ist für mein ... hm ... Schaffungsvermögen äußerst verhängnisvoll,« sagte er, als er die Tür hinter ihr zumachte. Dann wartete er eine Zeit lang, bis sie die Treppe hinuntergegangen war, und verschloss und verriegelte dann die Tür.

Er zog die schweren Vorhänge vor die offenen Fenster, schob den Schreibtisch gegen die Vorhänge, um ihr Zurückwehen zu verhindern, öffnete die beiden Bücher und stellte sie so auf, dass sie einen Schirm bildeten, der das Licht verhinderte, auf das Bett zu fallen. Als er damit fertig war, zog er sich schnell einen Hausanzug an, legte sich auf das Bett, zog die Decke über sich und war nach fünf Minuten eingeschlafen.

Margaret hatte die Absicht, jemand kurz nach elf nach seinem Zimmer zu schicken und fragen zu lassen, ob er noch etwas nötig hätte, änderte diese aber glücklicherweise – glücklicherweise, weil Mr. Reeders Absicht war, fünf volle Stunden eines ungestörten Schlafes zu erwischen, bevor er seine heimliche Untersuchung des Hauses begann, oder bevor der Augenblick eintrat, der völliges Wachsein verlangte.

Punkt zwei Uhr, auf die Sekunde genau, wachte er auf, setzte sich auf den Bettrand und blinzelte in das Licht. Er öffnete einen seiner Koffer, nahm eine kleine Holzschachtel heraus und aus dieser einen Spirituskocher und alles zur Teebereitung Erforderliche. Er zündete die kleine Lampe an und ging, während das Wasser in dem winzigen Kessel zu kochen begann, in das Badezimmer, entkleidete sich und ließ seinen fröstelnden Körper in das kalte Wasser gleiten. Völlig angezogen kam er zurück und fand das Teewasser kochend.

Mr. Reeder war ein sehr methodischer Mann und, vor allen Dingen, sehr vorsichtig. Sein ganzes Leben hindurch hatte er Argwohn gegen Milch. Es war seine Gewohnheit, in aller Herrgottsfrühe durch die Vorstadtstraßen zu schlendern und die Milchkannen zu betrachten, die an den Türgriffen hingen, oder die Flaschen, die in den Ecken der Haustüren standen. Er dachte über die ungeheuren Möglichkeiten zum Massenmord nach, die diese leichtsinnige Gewohnheit der Milchablieferung verbrecherisch veranlagten Menschen bot. Er hatte ausgerechnet, dass ein geschickter Mörder, der systematisch arbeitete, London innerhalb eines Monats dezimieren konnte. Er trank seinen Tee ohne Milch, knabberte einen Biskuit, packte Kocher und Kessel wieder sorgsam fort, nahm aus seiner Handtasche ein Paar Filzschuhe mit starken Sohlen und zog diese an. In seinem Koffer fand er einen kurzen Gummiknüppel, der in der Hand eines gewandten Mannes eine ebenso tödliche Waffe wie ein Messer war, und steckte ihn in die Brusttasche. Dann suchte er noch einmal in seinem Koffer und brachte etwas heraus, das wie ein dünner Schwammgummisack aussah, abgesehen davon, dass zwei Vierecke aus Glimmerschiefer und ein kleines Metallmundstück daran angebracht waren. Er zögerte aber, besah sich das Ding von allen Seiten und packte es schließlich wieder in den Koffer zurück. Den kräftigen Browning, der ihm dann in die Hände kam, betrachtete er mit großem Missfallen, denn der Wert von Feuerwaffen – ausgenommen in ganz verzweifelten Umständen – erschien ihm äußerst fraglich.

Das Letzte, was er hervorholte, war ein Bambusrohr, das ein zweites enthielt, und in Wirklichkeit eine Angelrute war, die er sich einmal gewünscht hatte. Am Ende des dünneren Rohres war eine Drahtschlinge, in der er eine kleine elektrische Taschenlampe befestigte, nachdem er die beiden Rohre zusammengeschraubt hatte. Sorgfältig zog er die dünnen Drähte durch die Ösen der Angelrute und verband sie mit einem winzigen Knopf am Griff, wo der Durchschnittsangler die Rute zu halten pflegt. Er versuchte, die Taschenlampe einzuschalten, sah, dass sie zufriedenstellend funktionierte, blickte ein letztes Mal im Zimmer herum und löschte dann das Licht aus.

Im vollen Tageslicht würde er eine etwas komische Figur abgegeben haben, wie er mit verschränkten Beinen auf seinem Bett saß, mit seiner Angelrute, die bis in die Mitte des Zimmers reichte, und die er auf dem Bettrand aufstützte. In diesem Augenblick hatte aber J. G. Reeder kein Empfinden für das Lächerliche, und vor allen Dingen waren ja auch keine Zuschauer dabei. Von Zeit zu Zeit schwenkte er die Angelrute von links nach rechts, wie ein Angler, der einen frischen Köder auswirft. Er war jetzt völlig wach, seine Ohren waren auf die feinen Unterschiede zwischen den gewöhnlichen Nachtgeräuschen – dem Rascheln der Blätter, dem leisen Hauch des Windes – und den Lauten, die nur von menschlicher Tätigkeit herrühren konnten, abgestimmt.

So saß er länger als eine halbe Stunde und schwenkte die Angelrute hin und her. Plötzlich fühlte er einen kalten Luftzug von der Tür her wehen. Er hatte keinen Laut gehört, nicht das leiseste Geräusch des Schlosses – aber er wusste, dass die Tür weit offen stand.

Geräuschlos zog er die Angelrute ein, bis sie außerhalb des Bereiches der Bettpfosten war, drehte sie nach der Tür und streckte sie soweit weg, bis sie einige Yards von seinem Platz entfernt war – er hatte einen Fuß auf dem Boden und war bereit aufzuspringen oder sich zu Boden zu werfen, je nachdem, wie die Ereignisse es verlangen würden.

Die Spitze der Angelrute traf auf kein Hindernis. Reeder hielt den Atem an ... lauschte. Der Gang draußen war mit dichten Teppichen belegt. Er erwartete nicht, Fußtritte zu hören. Menschen müssen aber atmen, überlegte Mr. Reeder, und es ist sehr schwierig, geräuschlos zu atmen. Er wurde sich bewusst, dass er selbst etwas zu still für einen Menschen war, von dem man annahm, er schliefe ruhig, und so stieß er ein täuschend ähnliches Schnarchen und Gurgeln hervor, wie man es von einem älteren Mann im ersten Stadium des Schlafes erwarten konnte.

Etwas berührte das Ende der Angel und schob diese beiseite. Mr. Reeder zog den Schalter auf, und ein blendender Lichtstrahl sprang aus der Taschenlampe und zeichnete einen hellen Kreis auf der gegenüberliegenden Wand des Ganges.

Die Tür war offen, aber nichts war zu sehen.

Und dann, trotz seiner starken Nerven, überlief ihn eine Gänsehaut, und eisige Kälte kroch sein Rückgrat entlang. Es war jemand dort ... hielt sich dort verborgen ... wartete auf den Mann mit der Lampe, von dem er annahm, dass er herauskommen würde.

Er streckte den Arm in voller Länge aus und schob das Ende der Rute durch die Tür auf den Korridor hinaus.

Knack!

Etwas schlug auf die Angel und brach sie kurz ab. Die Lampe fiel auf den Boden mit der Linse nach oben und überflutete die Decke des Ganges mit Licht. Im nächsten Augenblick war Reeder vom Bett herunter und sprang schnell bis zu der Deckung, die ihm die offene Tür bot. Durch die Tür hatte er einen begrenzten Ausblick auf das, was draußen vorging.

Totenstille ... Unten in der Halle tickte eine Uhr bedächtig, schnurrte und schlug dreiviertel Drei. Aber nichts rührte sich, nichts kam in den Lichtkreis der nach oben gerichteten Lampe, nichts ... bis ...

Er hatte den blitzartigen Eindruck einer Vision. Das magere, weiße Gesicht, behaarte Lippen in einem Grinsen geöffnet, wildes, schmutzig weißes Haar, ein kahler Wirbel, ein struppiger, weißer Bart, eine klauenähnliche Hand, die nach der Lampe griff ...

Browning oder Gummiknüppel?

Mr. Reeder entschied sich für den Letzteren. Als sich die Hand über der Lampe schloss, sprang er aus seiner Deckung hervor und schlug zu. Er hörte ein Fauchen wie von einem wilden Tier – dann verlöschte die Lampe, als die Erscheinung zurücktaumelte und die dünnen Drähte zerriss.

Der Gang lag in Dunkelheit. Er schlug wieder zu und fehlte. Die Gewalt seines Schlages war so groß, dass er das Gleichgewicht verlor und auf ein Knie fiel – der Gummiknüppel flog auf den Boden. Seine Hand schoss vorwärts, packte einen Arm ... mit einem kurzen Ruck riss er seinen Gefangenen in das Zimmer und schaltete das Licht ein.

Eine runde, weiche Hand – von einem seidenen Ärmel bedeckt.

Als die Lichter aufflammten, starrte er in das blasse Gesicht von Olga Crewe.

Einen Augenblick lang starrten sie einander ins Gesicht – sie ... fassungslos, er ... betroffen. Olga Crewe!

Dann kam es ihm zum Bewusstsein, dass er immer noch ihren Arm festhielt – er ließ ihn fallen. Der Arm fesselte Mr. Reeder, er sah kaum auf sonst etwas anderes.

»Es tut mir leid,« sagte Mr. Reeder. »Wie kommen Sie hierher?«

Ihre Lippen zitterten; sie versuchte zu sprechen, aber kein Wort ließ sich hören. Dann meisterte sie langsam ihre augenblickliche Lähmung und begann zu sprechen – mühsam – abgebrochen:

»Ich ... hörte ein ... Geräusch ... im ... Gang ... und ... ich ... kam ... heraus ... Ich war ... erschrocken.«

Sie rieb mechanisch ihren Arm, und er sah das rote Mal, wo seine Hand sie gepackt hatte. Es war ein Wunder, dass er nicht ihren Arm gebrochen hatte.

»Ist ... etwas ... passiert?«

Jedes Wort kam mühsam geformt und betont heraus. Es schien, als ob sie jedes Wort erst bilden und zusammenstellen musste, bevor ihre Zunge es herausbrachte.

»Wo ist der Schalter im Gang?« fragte Mr. Reeder. Das war eine mehr praktische Angelegenheit, und er verlor das Interesse an ihrem Arm.

»Gegenüber von meinem Zimmer.«

»Schalten Sie das Licht ein,« sagte er und sie gehorchte unterwürfig.

Erst als der Gang erleuchtet war, kam er aus seinem Zimmer heraus, und der Browning in seiner Hand ließ darauf schließen, dass er sich noch nicht ganz sicher fühlte.

»Ist etwas passiert?« fragte sie wieder. Sie hatte sich wieder völlig in der Gewalt. Ein wenig Farbe belebte ihr bleiches Gesicht, aber ihre Augen schienen immer noch furchtbare Visionen zu sehen.

»Haben Sie etwas im Gang gesehen?« antwortete er.

»Nein, ich habe nichts gesehen, gar nichts. Ich hörte ein Geräusch und kam heraus.«

Sie log. Er nahm sich nicht die Mühe, das zu bezweifeln. Sie hatte genügend Zeit gehabt, um ihre leichten Hausschuhe anzuziehen und den leichten Umhang, den sie trug, überzuwerfen, und der ganze Kampf hatte kaum mehr wie zwei Sekunden gedauert. Außerdem hatte er nicht gehört, dass sich ihre Tür öffnete. Die Folgerung war, dass diese die ganze Zeit über offen gestanden hatte, und dass sie Zuschauer oder Zuhörer bei allem, was vorging, gewesen war.

Er ging den Gang hinunter, nahm seinen Gummiknüppel auf und kehrte wieder zu ihr zurück. Sie stand halb gegen den Türpfosten gelehnt und rieb ihren Arm. Sie starrte so nachdrücklich an ihm vorbei, dass er sich umblickte, obwohl nichts zu sehen war.

»Sie haben mir wehgetan,« sagte sie einfach.

»Wirklich? ... Das tut mir leid.«

Das Mal auf der weißen Haut hatte sich blau gefärbt, und Mr. Reeder war von Natur aus ein sehr mitfühlender Mensch. Aber um die Wahrheit zu sagen, fühlte er in diesem Augenblick keinerlei Kummer. Bedauern ... ja. Aber dies Bedauern hatte nichts mit ihrer Verletzung zu tun.

»Ich halte es für besser, wenn Sie jetzt zu Bett gehen, junges Fräulein. Mein Albdrücken ist vorbei. Ich hoffe, das ihrige wird ebenso schnell verschwinden, obgleich ich überrascht sein würde, wenn das wirklich so schnell gehen sollte. Meines dauerte nur einen Augenblick, das ihrige wird, wenn ich mich nicht sehr irre, Ihr ganzes Leben lang anhalten.«

Ihre dunklen, unergründlichen Augen wichen nicht von seinem Gesicht, während er sprach.

»Ich glaube, es muss ein Albdrücken gewesen sein,« sagte sie ... Es wird mein ganzes Leben lang dauern? ... Ich fürchte, Sie haben recht.«

Sie drehte sich mit einem Kopfnicken um, und gleich darauf hörte er, wie ihre Tür sich schloss und der Schlüssel umgedreht wurde.

Mr. Reeder ging an die andere Seite des Bettes, zog einen Stuhl heran und setzte sich. Er machte keinerlei Anstalten, die Tür zu schließen. Solange sein Zimmer im Dunkeln lag und der Gang erleuchtet war, brauchte er keine Wiederholung seines schlechten und greifbaren Traumes zu befürchten.

Der Gummiknüppel war ein großer Fehler – er gab das mit Bedauern zu und wünschte, dass er nicht einen solchen Widerwillen gegen geräuschvollere Waffen hätte. Er legte den Browning auf die Bettdecke, in Handbereich. Wenn der schlechte Traum noch einmal kommen würde –

Stimmen!

Das Geräusch einer geflüsterten Unterhaltung und wütende, scharfe Zischlaute, die die anderen übertönten. Nicht im Gang, nein ... unten in der Halle. Er schlich auf den Zehenspitzen nach der Tür und lauschte.

Jemand lachte verhalten, ein fremdartiges, kurzes Kichern, das das Blut gerinnen ließ. Dann hörte er, wie sich ein Schlüssel drehte, wie eine Tür geöffnet wurde und eine Stimme sagte:

»Ist da jemand?«

Es war Margaret. Er erinnerte sich, dass ihr Zimmer gerade gegenüber der Treppe lag. Er ließ die Waffe in seine Tasche gleiten, lief um das Fußende des Bettes herum und auf den Gang hinaus. Sie stand am Geländer und sah in das Dunkel hinab. Das Flüstern war verstummt. Mit einem Seitenblick hatte sie ihn bemerkt und fuhr herum.

»Was ist vorgefallen, Mr. Reeder? ... Wer hat das Licht im Gang eingeschaltet? ... Ich habe jemand sprechen hören – unten ... in der Vorhalle –«

»Ich war es nur.«

Unter gewöhnlichen Umständen würde sein Lächeln sie beruhigt haben, aber jetzt war sie erschreckt, fürchtete sich, wie ein kleines Kind. Sie fühlte den unbändigen Wunsch, sich an ihm festzuklammern und zu weinen.

»Irgendwas ist hier passiert,« sagte sie, »Ich lag im Bett und lauschte ... und hatte nicht den Mut, aufzustehen. Ich habe so große Angst, Mr. Reeder ...«

Er winkte sie zu sich, und als sie verwundert gehorchte, schlüpfte er an ihr vorbei und nahm ihren Platz am Geländer ein. Sie sah, wie er sich hinüberlehnte, und wie das Licht seiner Taschenlampe den Raum unter ihm durchsuchte.

»Es ist niemand da,« sagte er obenhin.

Sie war bleicher, als er sie je gesehen hatte.

»Es war aber jemand da,« beharrte sie, »ich habe ihre Fußtritte auf den Fliesen gehört, als Sie die Lampe einschalteten.«

»Wahrscheinlich Mrs. Burton,« nahm er an. »Es kam mir vor, als ob ich ihre Stimme gehört hätte.«

Und jetzt erschien ein Dritter auf der Szene. Mr. Daver tauchte am Ende des Ganges auf; er trug einen geblümten, seidenen Schlafrock, der bis an den Hals zugeknöpft war.

»Was ist denn nur los, Miss Belman?« fragte er. »Sagen Sie nur nicht, dass er versucht hat, in *Ihr* Fenster einzusteigen! ... Ich befürchte, Sie werden mir gerade *das* erzählen! Du lieber Himmel, dass so etwas passieren muss!«

»Was ist denn eigentlich passiert?« fragte Mr. Reeder.

»Ich weiß es nicht, aber ich habe das unangenehme Gefühl, dass jemand versucht hat, einzubrechen,« sagte Mr. Daver.

Er war sehr aufgeregt; das junge Mädchen konnte beinahe seine Zähne klappern hören.

»Ich hörte, wie jemand an dem Fenstergriff herumprobierte und sah hinaus. Ich könnte darauf schwören, dass ich ... etwas gesehen habe. Wie fürchterlich, dass so etwas passieren muss! Ich möchte am liebsten die Polizei anrufen.«

»Eine glänzende Idee,« murmelte Mr. Reeder, der plötzlich sein altes ehrerbietiges und ergebenes Selbst wiedergefunden hatte. »Sie schliefen doch wohl, als Sie das Geräusch hörten?«

Mr. Daver zögerte.

»Ich schlief nicht eigentlich,« sagte er. »So zwischen Schlafen und Wachen. Ich weiß nicht, warum, aber ich war heute Nacht sehr unruhig.«

Er fuhr mit der Hand nach seinem Hals, sein Schlafrock war einen Augenblick lang auseinander gegangen – aber er war doch nicht schnell genug gewesen.

»Sie waren jedenfalls darum sehr unruhig,« sagte Mr. Reeder sanft, »weil Sie vergessen hatten, Kragen und Krawatte abzumachen. Ich kann mir auch nichts Unbequemeres vorstellen.«

Mr. Daver schnitt eine bezeichnende Grimasse.

»Ich habe mich ziemlich eilig angezogen –« begann er.

»Besser, Sie ziehen sich ziemlich eilig wieder aus,« schalt Mr. Reeder neckend. »Wissen Sie, Leute, die mit 'nem steifen, weißen Kragen ins Bett gehen, können sich gelegentlich mal selbst erwürgen. Und dann herrscht tiefe Trauer im Hause des betrogenen Henkers. Höchst wahrscheinlich hat Ihr Einbrecher Ihnen das Leben gerettet.«

Mr. Daver schien noch etwas antworten zu wollen, zog sich aber zurück und schlug die Tür hinter sich zu.

Margaret sah Mr. Reeder furchtsam an. »Was ist das für eine Geheimnistuerei – war es wirklich ein Einbrecher? – Bitte, sagen Sie mir doch die Wahrheit! Ich werde noch verrückt, wenn Sie es mir nicht sagen.«

»Die Wahrheit,« sagte Mr. Reeder und zwinkerte mit den Augen, »ist ungefähr so, wie dieser merkwürdige, alte Herr erzählt hat – es war jemand im Hause, jemand, der kein Recht hatte, hier zu sein. Aber ich glaube, er ist fort, und Sie können sich ruhig wieder hinlegen.«

Sie sah ihn etwas misstrauisch an.

»Gehen Sie auch wieder zu Bett?«

»In ein paar Sekunden,« antwortete Mr. Reeder munter.

Sie hielt ihm die Hand mit impulsiver Gebärde hin, und er ergriff sie mit beiden Händen.

»So wie Sie stelle ich mir meinen Schutzengel vor,« lächelte sie mit Tränen im Auge.

»Von Schutzengeln mit Backenbärten,« sagte Mr. Reeder, »habe ich in meinem ganzen Leben noch nicht gehört.«

Er konnte sich die kleine Stichelei nicht verbeißen und freute sich in beinah lächerlicher Weise, dass er diese unschuldige Bosheit in seinem Zimmer noch einmal wiederholte.

11

Reeder schloss die Tür, schaltete das Licht ein und machte sich daran, das unerklärliche Rätsel zu lösen, wie es möglich gewesen war, die Tür zu öffnen. Bevor er zu Bett gegangen war, hatte er den Riegel vorgeschoben und das Schloss, in dem der Schlüssel noch steckte, abgeschlossen. Es fiel ihm auf, dass er noch niemals ein Schloss gesehen hatte, dessen Mechanismus so geräuschlos arbeitete, oder einen Riegel, der sich so leicht hin und her bewegen ließ. Beide waren ganz kürzlich geölt worden. Er begann die Innenseite der Tür sorgfältig zu untersuchen und fand eine ganz einfache Erklärung des an sich verblüffenden Vorganges. Die Tür bestand aus acht geschnitzten Täfelungen mit rautenförmigen Verzierungen, und die Täfelung unmittelbar über dem Schloss bewegte sich leicht, als er dagegen drückte. Es dauerte geraume Zeit, bis er die winzige Feder gefunden hatte, die die Täfelung festhielt; dann aber öffnete diese sich wie ein kleines Türchen. Er konnte ohne jede Unbequemlichkeit seine Hand durch die Öffnung stecken und den Riegel zurückschieben.

Das war nicht besonders ungewöhnlich oder unheimlich. Er wusste sehr gut, dass viele Hotels und Pensionen Vorkehrungen hatten, um Türen von außen öffnen zu können – eine sehr notwendige Vorsichtsmaßregel bei gewissen Eventualitäten. Mr. Reeder fragte sich, ob er nicht auch in der Tür von Margaret Belmans Schlafzimmer eine ähnliche »Sicherheitstäfelung« finden würde.

Es war heller Tag, als er seine Untersuchung beendet hatte. Er zog die Vorhänge auf, stellte einen Stuhl an das Fenster und ließ seine Blicke über das Gelände schweifen, so weit dieses in seinem Gesichtsfeld lag.

Zwei oder drei Dinge waren ihm nicht ganz klar. Wenn Larmes Keep wirklich der Hauptsitz der Flack-Bande war, in welcher Eigenschaft und aus welchem Grund hatte man Olga Crewe hierher gebracht? Er schätzte ihr Alter auf vierundzwanzig Jahre. Sie war während der letzten zehn Jahre ein ständiger Gast, wenn nicht Bewohner, von Larmes Keep gewesen, und die Gewohnheiten der Verbrecherwelt waren ihm bekannt genug, um zu wissen, dass sie keine Kinder beschäftigten. Außerdem hatte sie auch eine Art öffentlicher Schule besucht, und das hatte wenigstens vier dieser zehn Jahre beansprucht – Mr. Reeder schüttelte nachdenklich den Kopf.

Bis zum Eintreffen der Dunkelheit würde nichts mehr geschehen, war seine Überzeugung, und er legte sich in das Bett, zog die Decke über sich und schlief, bis das Mädchen an die Tür klopfte, um ihm seinen Morgentee zu bringen. Es war ein Mädchen mit einem runden, dicken Gesicht, das gerade ihre erste Jugend hinter sich hatte, einem unangenehmen Cockney-Akzent und der plump vertraulichen Weise eines Menschen, der weiß, dass er zu den unentbehrlichen Bestandteilen eines Haushaltes gehört. Mr. Reeder erinnerte sich, dass das Mädchen ihn bei Tisch bedient hatte.

»Nanu, Sir, Sie haben sich ja nicht ausgezogen.« sagte sie.

»Ich ziehe mich selten aus,« entgegnete Mr. Reeder, richtete sich auf und nahm ihr den Tee ab. »Das ist doch solch großer Zeitverlust. Kaum hat man sich ausgezogen, muss man sich schon wieder anziehen.«

Sie sah ihn scharf an, aber er lächelte nicht.

»Sie sind 'n Detektiv, nicht? Jeder im Hause weiß, dass Sie einer sind. Warum sind Sie hierher gekommen?«

Mr. Reeder konnte sich ein geheimnisvolles Lächeln gestatten.

»Es kommt mir nicht zu, mein liebes, junges Fräulein, über die Angelegenheiten Ihres Arbeitgebers zu sprechen.«

»Er hat Sie kommen lassen? Na, das ist aber stark!«

Mr. Reeder hielt den Zeigefinger an die Lippen.

»Wegen der Leuchter?«

Er nickte.

»Denkt er immer noch, dass sie einer im Haus genommen hat?«

Ihr Gesicht war puterrot und ihre Augen funkelten vor Wut. Hier zeigte sich ihm einer der kleineren Skandale des Hauses.

Und das war keine uninteressante Beobachtung, die er da machte. Wenn jemals »Schuld« in eines Menschen Gesicht geschrieben stand, so war es in dem des Mädchens vor ihm. Was für Leuchter das waren, und wie sie verschwanden, konnte Mr. Reeder sich sehr gut denken. Kleine Diebstähle laufen immer in derselben Richtung.

»Nun, Sie können ihm von mir aus sagen –« begann sie in schrillem Ton, aber Mr. Reeder hob feierlich die Hand.

»Behalten Sie die Sache für sich – betrachten Sie mich als Ihren Freund,« bat er.

Wenn er sich dazu aufgelegt fühlte, konnte Mr. Reeder sehr mutwillig sein, eine Eigenschaft, die wenige in ihm vermuteten. Außerdem lag ihm sehr viel daran, etwas über den Haushalt zu erfahren, und er hatte die Idee, dass dieses wütende Mädchen, das zum Zimmer hinausfuhr und die Tür hinter sich zuknallte, ihm alles Wissenswerte mitteilen würde. Aber auch in seinen optimistischsten Gedanken hätte er sich nicht träumen lassen, dass sie in ihren groben Händen das Geheimnis von Larmes Keep hielt.

Sobald Mr. Reeder nach unten kam, beschloss er Mr. Daver im Büro aufzusuchen; er war begierig, den wahren Sachverhalt betreffs der fehlenden Leuchter zu erfahren. Er hörte erregtes Sprechen und als er schon die Hand erhoben hatte, um anzuklopfen, wurde die Tür von innen geöffnet, und er hörte eine ärgerliche Frauenstimme.

»Sie haben mich ganz gemein behandelt. Das ist alles, was ich Ihnen sagen kann, Mr. Daver! Fünf Jahre lang habe ich für Sie gearbeitet und ich habe niemals irgendwas über Ihre Geschäfte erzählt! Und jetzt lassen Sie 'n Detektiv kommen, um mir nachzuschnüffeln! Ich lasse mich nicht behandeln, als ob ich 'n Dieb oder so was wäre! Wenn Sie denken, dass es recht ist und anständig ... und was habe ich nicht alles für Sie gemacht und hab mich um nichts gekümmert, was mich nichts anging ... Ja, ja, ich weiß schon, ich habe gut verdient, aber ich hätte genau so viel Geld auch wo anders verdienen können ... Ich habe auch meinen Stolz, Mr. Daver, genau so wie Sie ... und das finde ich hinterlistig, wie Sie mich behandelt haben ... Ich gehe noch heute Abend, haben Sie man keine Angst!«

Die Tür wurde aufgerissen, und ein Mädchen im Alter von ungefähr fünfundzwanzig Jahren stürzte mit hochrotem Kopf heraus und an dem Lauscher vorbei, den sie in ihrer Wut kaum bemerkte. Die Tür schloss sich hinter ihr; augenscheinlich war Mr. Daver in ebenso schlechter Stimmung wie das Mädchen – ein sehr glücklicher Umstand, wie sich später herausstellte, und Mr. Reeder hielt es nicht für ratsam, zuzugeben, dass er die Unterhaltung oder einen Teil derselben mit angehört hatte.

Als er ins Freie, in den strahlenden Sonnenschein, hinaustrat, war er von allen Leuten, die in dieser Nacht gestört worden waren, der heiterste und zeigte am wenigsten Spuren der Ermüdung. Er traf den Geistlichen, Mr. Dean und den Oberst, der einen Sack mit Golfstöcken trug, und beide wünschten ihm einen mürrischen »Guten Morgen«. Es kam ihm vor, als ob der Oberst etwas angegriffen aussähe; der Geistliche beehrte ihn mit einem finsteren Blick, als er vorbeiging.

Während er auf dem Rasen auf- und abschlenderte, betrachtete er die Front des Hauses mit kritischen Blicken. Die Umrisse des Verlieses waren sehr bestimmt, hart und eckig, und nicht einmal die Fenster aus der Tudorzeit, die später in das steinerne Antlitz eingefügt wurden, konnten sein finsteres Aussehen verschleiern.

Als er um die Ecke des Hauses bog, kam er zu einem Rasenstreifen, der seinem eigenen Fenster gegenüberlag. Dahinter lagen dichte Rhododendronbüsche, die eventuell von Nutzen sein, aber auch gegebenenfalls sehr gefährlich werden konnten.

Unmittelbar unter seinem Fenster befand sich eine Ecke des Salons, ein Umstand, der ihm sehr angenehm war. Mr. Reeders Erfahrung bevorzugte ein Schlafzimmer, das über einem Raum lag, der von der Allgemeinheit benutzt wurde.

Er ging denselben Weg zurück und kam zu dem anderen Ende des Gebäudes. Jene drei Fenster mit den weißen Gardinen gehörten augenscheinlich zu Mr. Davers Privatzimmern. Die Mauer unterhalb der Fenster war schwarz und beinahe völlig von dem dichten Efeu verdeckt. Reeder grübelte darüber nach, was dieser Raum ohne Licht und ohne Tür wohl enthalten könnte.

Als er nach der Vorderseite des Hauses kam, sah er Margaret Belman. Sie stand vor dem Eingang, schützte ihre Augen vor der Sonne und suchte offenbar die vor ihr liegende Gegend nach jemand ab. Sobald sie ihn sah, kam sie eilig auf ihn zu.

»Da sind Sie ja,« sagte sie mit einem Seufzer der Erleichterung. »Ich wunderte mich schon, was Ihnen passiert wäre – Sie sind ja nicht zum Frühstück heruntergekommen.«

Sie schien ihm ein wenig spitz auszusehen; scheinbar hatte sie die Nacht nicht so gut beendet wie er.

»Seit wir uns heute Nacht trennten, habe ich kein Auge mehr zumachen können,« beantwortete sie seine ungesprochene Frage. »Was ist eigentlich passiert, Mr. Reeder? Hat wirklich jemand versucht, einzubrechen?« –

»Versucht hat man's und, wie ich glaube, mit Erfolg,« antwortete Mr. Reeder vorsichtig. Einbrüche kommen sogar in ... hm ... Hotels vor, Miss ... hm ... Margaret. Hat Mr. Daver die Polizei benachrichtigt?«

Sie schüttelte den Kopf.

»Ich weiß es nicht. Er hat den ganzen Morgen über telefoniert – ich bin gerade nach seinem Zimmer gegangen, die Tür war abgeschlossen, aber ich habe seine Stimme gehört ... Und warum haben Sie mir nichts von dem schrecklichen Vorfall erzählt, Mr. Reeder? In derselben Nacht, wo ich abreiste? Ich habe es heute Morgen in der Zeitung gelesen.«

»Schrecklicher Vorfall?«

Mr. Reeder begriff nicht; er hatte das Abenteuer mit dem Selbstschuss schon beinahe vergessen.

»Ach, Sie meinen den kleinen Scherz?«

»Scherz!« sagte sie entrüstet. »Verbrecher haben eine verkehrte Auffassung von Humor,« sagte Mr. Reeder leichthin. »Die ganze Geschichte war ein ... hm ... sorgfältig vorbereiteter Scherz, um mir einen Schreck einzujagen. Man ist aber auf solche Dinge vorbereitet. Das sind so die Aufgaben, die einem von Zeit zu Zeit gestellt werden, um die Intelligenz zu prüfen.«

»Aber wer war der Täter?« fragte sie.

Mr. Reeders Blicke wanderten abwesend über die friedliche Landschaft. Sie hatte das Gefühl, dass es ihn langweilte, sich ein

120

so alltägliches Ereignis seines geschäftigen Lebens ins Gedächtnis zurückzurufen.

»Unsere junge Freundin,« sagte er plötzlich. Sie folgte der Richtung seiner Blicke und sah Olga Crewe.

Sie trug ein dunkelgraues, gestricktes Kleid und einen großen, schwarzen Hut, der ihr Gesicht beschattete. Keine Spur von Verlegenheit zeigte sich in dem halben Lächeln, mit dem sie die beiden begrüßte.

»Guten Morgen, Mr. Reeder. Ich glaube, wir haben uns schon vor heute Morgen getroffen.« Sie rieb gut gelaunt ihren Arm.

Mr. Reeder entschuldigte sich weitläufig.

»Ich weiß nicht einmal, was vorgefallen ist,« sagte sie; und Margaret Belman erfuhr jetzt erst, was sich ereignet hatte, bevor sie auf der Bildfläche erschienen war.

»Ich habe niemals gedacht, dass Sie so stark wären – sehen Sie mal!« Olga Crewe streifte ihren Ärmel zurück und zeigte ihm einen großen, blauschwarzen Fleck auf ihrem Unterarm, während sie den erneuten Ausbruch seines Bedauerns mit einem kurzen Lachen abschnitt.

»Haben Sie Mr. Reeder schon alle unsere Sehenswürdigkeiten gezeigt?« fragte sie mit einem leisen Anflug von Ironie. »Ich dachte eigentlich, ich würde Sie heute Morgen am Badeplatz finden.«

»Ich wusste nicht einmal, dass es hier so etwas gab,« entgegnete Mr. Reeder. »Wirklich, nach meinem schrecklichen Erlebnis in dieser Nacht hat das ... hm ... wunderschöne Haus einen so finsteren Ausdruck angenommen, dass ich eigentlich erwarte, in nichts weniger Dramatischen zu baden, wie ... hm ... Blut.«

Das schien sie nicht zu erheitern. Er sah, wie ihre Augen sich schlossen, und dass sie ein wenig zitterte.

»Wie grauenvoll! Kommen Sie, Miss Belman!«

Innerlich ärgerte sich Margaret über diesen Ton, der beinahe einem Befehl gleichkam, aber sie ging trotzdem mit. Als sie etwas weiter vom Haus entfernt waren, blieb Olga stehen.

»Sie müssen den Brunnen sehen. Haben Sie Interesse an alten Bauwerken?« fragte Olga, als sie nach dem Gehölz voranging.

»Ich interessiere mich mehr für Gegenstände jüngeren Datums, ganz besonders aber für neue Erfahrungen,« sagte Mr. Reeder ganz vergnügt, »Und neue Bekanntschaften fesseln mich.«

Wieder flog ein schnelles, erschrockenes Lächeln zu ihm.

»Dann sollten Sie eigentlich die fesselndste Zeit Ihres Lebens hier finden, Mr. Reeder,« sagte sie, »denn Sie treffen hier mit Leuten zusammen, die Sie noch niemals zuvor gesehen haben.«

Er zog seine Stirn in Falten.

»Ja, es sind zwei Menschen im Haus, denen ich noch nicht begegnet bin,« antwortete er, und sie drehte sich schnell zu ihm:

»Nur zwei? Sie haben mich doch vorher nie gesehen?«

»Gesehen habe ich Sie,« antwortete er, »aber ich bin Ihnen noch nie begegnet.«

Inzwischen waren sie bei dem Brunnen angekommen, und er las langsam die Aufschrift auf der Tafel, bevor er mit seinem Fuß das Brett prüfte, das die Öffnung des Brunnens bedeckte.

»Er ist – seit Jahren zugedeckt,« sagte das junge Mädchen. »Rühren Sie lieber nicht daran,« fügte sie hastig hinzu, als Reeder sich bückte, eines der Bretter wie eine Falltür zurückschlug und eine rechteckige Höhlung aufdeckte.

Die Falltür quietschte und knarrte nicht, als er sie auf und zumachte, die Angeln waren gut geölt, in den Türspalten lag keinerlei Staub. Er ließ sich auf Hände und Knie nieder und blickte in die dunkle Öffnung hinab.

»Wie viele Ladungen Sand und Steine wurden gebraucht, um den Brunnen aufzufüllen?« fragte er.

Margarete las ihm die Inschrift vor.

»Hmmm!« brummte Mr. Reeder, suchte in seinen Taschen, brachte ein Zweischillingstück zum Vorschein, wog es sorgfältig in der Hand und ließ es in die Tiefe fallen.

Eine lange, lange Zeit lauschte er, dann tönte ein schwaches metallisches Klingen bis zu ihm herauf.

»Neun Sekunden!« Er sah Olga an. »Ziehen Sie von der Schnelligkeit eines fallenden Körpers die Geschwindigkeit ab, mit der sich der Schall verbreitet, und sagen Sie mir dann, wie tief dies Loch ist.«

Er stand auf, klopfte den Staub von seinen Knien und ließ die Falltür sorgfältig in ihre Lage zurückgleiten.

»Felsen mag da unten sein,« sagte er, »aber kein Wasser. Ich muss mir mal die Anzahl Ladungen ausrechnen, die nötig sind, um den Brunnen ganz aufzufüllen – – das wird eine ganz interessante Morgenbeschäftigung sein für jemand, der in seiner Jugend so was Ähnliches wie ein mathematisches Genie gewesen ist.«

Olga Crewe ging schweigend durch das Gehölz zurück. Als sie ins Freie kamen, sagte sie:

»Ich glaube, es ist wirklich besser, Sie zeigen Mr. Reeder den Rest der Sehenswürdigkeiten. Ich bin ziemlich müde.« Mit einem kurzen Nicken wandte sie sich ab und schritt dem Hause zu. Mr. Reeder blickte ihr mit einem Blick nach, in dem beinahe Bewunderung lag.

»Not macht natürlich einen gewaltigen Unterschied,« sagte er halb zu sich selbst, »aber die Stimme zu verstellen – das ist sehr schwierig. Selbst die besten Schauspieler versagen in dieser Hinsicht.«

Margaret starrte ihn an.

»Sprechen Sie zu mir?«

»Mit mir!« entgegnete Mr. Reeder demütig. »Eine schlechte Angewohnheit von mir; ich befürchte, das hängt mit meinem Alter zusammen.«

»Aber Miss Crewe legt doch niemals Rot auf!«

»Wer macht denn das auch – auf dem Lande?« erwiderte Mr. Reeder und zeigte mit seinem Spazierstock nach der Mauer, die an dem Abhang entlanglief. »Wo geht's denn dahin? Was ist auf der anderen Seite?«

»Schneller Tod!« antwortete Margaret lachend.

Eine viertel Stunde lang lehnten sie an der Brüstung des niedrigen Walles und blickten auf den schmalen Strand hinunter.

Der kleine Kanal, der zu der Höhle führte, erregte sein Interesse. Er fragte, wie tief dieser wäre, und stimmte ihrer Meinung nicht bei, dass er ganz flach sein müsste.

»Das klingt so romantisch: unterirdische Höhlen! – und der Kanal ist tiefer als die meisten dieser Art. Ich glaube, ich muss die Höhle mal untersuchen. Wie kommt man da hinunter?«

Er sah nach links und rechts. Der Strand lag in einer tiefen, kleinen Bucht und wurde auf der einen Seite durch den steilen Felsenabhang abgeschlossen und auf der anderen durch zerklüftete Felsen, die weit hinaus in die See liefen. Mr. Reeder wies auf den Horizont:

»Sechzig Meilen von hier liegt Frankreich.« Er hatte eine verwirrende Angewohnheit, ein Thema plötzlich abzubrechen.

»Ich glaube, ich werde heut Nachmittag eine kleine Forschungsreise unternehmen; der Spaziergang wird ganz gut für mich sein.«

Auf dem Rückweg nach dem Haus fiel ihm der Badeplatz ein, und er fragte Margaret, ob er ihn sehen könnte.

»Eigentlich wundere ich mich, dass Mr. Daver ihn nicht leer laufen lässt,« erzählte sie ihm. »Es ist eine riesige Ausgabe. Ich habe gestern die Wasserabrechnungen der Gemeinde durchgelesen; sie berechnet fabelhafte Summen, um frisches Wasser heraufzupumpen.«

»Wann ist er denn gebaut worden?«

»Das ist ja das Überraschendste dabei,« entgegnete sie. »Er ist schon vor zwölf Jahren gebaut worden, als man in dieser Gegend von privaten Schwimmbädern überhaupt noch nichts wusste.«

Das Bassin hatte die Form eines länglichen Vierecks. Das eine Ende war mit Ziegeln gedeckt und augenscheinlich angelegt worden, während Seiten und Boden des entfernteren Endes aus natürlichem Felsen bestanden. Ein großer, turmähnlicher Felsen diente als eine Art Sprungbrett. Mr. Reeder ging um das Bassin herum und spähte in das klare Wasser. Am tiefsten war es an dem felsigen Ende und hier stand er lange Zeit und durchforschte Zoll für Zoll des felsigen Bodens. Dort am Boden des Beckens schien eine Höhlung zu sein, wie tief, konnte er nicht sagen, dort, wo der Felsen überhing.

»Sehr interessant,« sagte Mr. Reeder schließlich. »Ich werde mal zurückgehen und mir meinen Badeanzug holen. Glücklicherweise habe ich einen mitgebracht.«

»Ich wusste gar nicht, dass Sie Schwimmer sind,« sagte Margarete lächelnd.

»Nur ganz krasser Anfänger in den meisten Dingen!« versetzte Mr. Reeder bescheiden. Er ging auf sein Zimmer, zog sich aus und schlüpfte in seinen Badeanzug, über den er seinen Mantel zog. Olga Crewe und Mr. Daver waren nach Siltbury gegangen und zu seiner Befriedigung sah Mr. Reeder das Hotelauto in eine Staubwolke gehüllt vorsichtig den Hügel hinunterfahren.

Als er seinen Mantel ablegte, um in das Wasser hineinzutauchen, machte er einen komisch wilden Eindruck, denn er trug einen Gürtel um die Hüften, an dem ein langes Jagdmesser in einer Scheide hing und außerdem baumelte noch ein wasserdichter Beutel daran, der eine der vielen, kleinen Taschenlampen enthielt, die er stets mit sich führte. Er traf die allermenschlichsten Vorbereitungen für sein Bad: Er prüfte das Wasser mit den Zehenspitzen und schauderte über den ganzen Körper, bevor er in das Wasser hinab tauchte. Dann aber verlor er keine Zeit weiter, sondern schwamm am Boden des Bassins entlang bis zu dem Spalt in dem Felsen, den er von oben bemerkt hatte.

Dieser war ungefähr zwei Fuß hoch und acht Fuß lang und er arbeitete sich hinein, indem er nach der Decke griff, um sich schneller vorwärts zu bringen. Die Decke endete plötzlich, er fühlte nur Wasser über sich und ließ sich an die Oberfläche steigen. Er hielt sich an einem Felsenvorsprung fest, um sich schwimmend zu erhalten, löste den wasserdichten Sack von seinem Gürtel, legte ihn auf den Felsenrand und nahm seine Taschenlampe heraus.

Er befand sich in einer natürlichen Felsenkammer, die eine breite, gewölbte Decke hatte. Tatsächlich befand er sich im Innern des turmähnlichen Felsens, der das eine Ende des Bassins bildete. In der entferntesten Ecke der Steinkammer bemerkte er eine ungefähr vier Fuß hohe und zwei Fuß breite Öffnung, wie er sah, der Beginn eines Felsenganges, der nach unten führte. Er folgte diesem ungefähr fünfzig Yards weit und stellte fest, dass dieser merkwürdige Gang, wenn auch Naturkräfte ihn vor undenklichen Zeiten gebildet hatten, – möglicherweise war er ein unterirdisches Flussbett gewesen, bevor eine riesenhafte Verschiebung der Erdkruste das Land über das Meeresniveau erhoben hatte – einen Teil seiner Gebrauchsmöglichkeit doch menschlicher Tätigkeit verdankte. An einer Stelle fand er die Spuren von Meißeln, an einer anderen die unverkennbaren Zeichen von Sprengungen. Mr. Reeder kehrte um und kam an das Wasser zurück. Er befestigte und verpackte seine Lampe, holte tief Atem, tauchte bis auf den Boden und wand sich durch den Kanal hindurch nach dem Bad und nach der freien Luft. Er kam an die Oberfläche und starrte in das schreckensbleiche Gesicht Margaret Belmans.

»Oh, Mr. Reeder!« sie atmete stoßweise, »Sie – Sie haben mir solche Angst eingejagt! ... Ich hörte, wie Sie hineinsprangen, dachte aber, als ich hierherkam und das Bad leer fand, ich hätte mich geirrt ... Wo haben Sie denn nur gesteckt? So lange Zeit konnten Sie doch nicht unter Wasser geblieben sein.«

»Wollen Sie mir bitte meinen Mantel geben?« fragte Mr. Reeder verlegen, und als er hastig seine Person in diesen eingeknöpft hatte, fuhr er in feierlichem Ton fort:

»Ich habe mich davon überzeugt, dass den Vorschriften des Grafschaftsrates in jeder Weise nachgekommen worden ist.«

Margaret hörte ihm zu – völlig verdutzt.

»Für alle Theater, meine liebe Miss ... hm ... Margaret, ist es außerordentlich wichtig, dass, wie Sie vielleicht wissen, Notausgänge bestehen – heute Morgen habe ich bereits zwei inspiziert, glaube aber, dass der wichtigste von allen bis jetzt meiner Aufmerksamkeit entgangen ist ... Das ist ein Kerl! Wahnsinn und Genie sind wirklich einander verwandt.«

Er frühstückte allein, und anscheinend hatte kein Mensch weniger Interesse an seinen Mitgästen als Mr. I. G. Reeder. Die beiden Golfspieler waren zurückgekommen und speisten an demselben Tisch. Miss Crewe, die spät kam und ihn mit einem Lächeln auszeichnete, saß an einem kleinen Tisch ihm gegenüber.

»Sie ist etwas aufgeregt,« dachte Mr. Reeder. »Das ist schon das zweite Mal, dass sie die Gabel fallen lässt. Sie wird gleich aufstehen und sich mit dem Rücken zu mir setzen ... ich möchte wissen, wie sie das begründen wird.«

Augenscheinlich war aber die Angabe eines Grundes unnötig. Die junge Dame rief eines der bedienenden Mädchen und ließ ihren Tisch auf die andere Seite stellen – und Mr. Reeder schien darüber sehr zufrieden mit sich selbst zu sein.

Daver kam in den Speisesaal geschwänzelt, als Mr. Reeder sich einen Apfel schälte.

»Guten Morgen, Mr. Reeder. Sind Sie über Ihr Albdrücken gut weggekommen? ... Das kann ich ja sehen! Ein Mann mit eisernen Nerven. Das imponiert mir außerordentlich. Ich persönlich bin der größte Feigling, und allein der Hinweis auf einen Einbrecher lässt mich zittern. Sie werden es mir nicht glauben, aber ich hatte heute Morgen einen Streit mit einem der Dienstboten, und als sie wegging, zitterte ich am ganzen Körper. So etwas stört Sie nicht? ... Nein, nein, das sehe ich schon! Miss Belman erzählte mir, dass Sie unser Schwimmbassin ausprobiert haben. Hat es Ihnen gefallen? ... Natürlich hat es Ihnen gefallen.«

»Wollen Sie nicht Platz nehmen und eine Tasse Kaffee mittrinken?« fragte Mr. Reeder höflich, aber Daver lehnte die Einladung mit abwehrender Geste und tiefer Verbeugung ab.

»Nein, nein, ich habe meine Arbeit – ich kann Ihnen nicht sagen, wie dankbar ich Miss Belman bin, dass sie mich auf die Spur eines der fesselndsten Charaktere unserer modernen Zeit gebracht hat. Das ist ein Kerl!« sagte Mr. Daver und wiederholte unbewusst Mr. Reeders eigene Worte. »Ich habe versucht, seine frühere Laufbahn aufzuspüren – nein, danke bestens, ich bleibe stehen, ich muss ja doch in ein paar Augenblicken weiter ... Ist über sein früheres Leben etwas bekannt, war er verheiratet?«

Mr. Reeder nickte. Er hatte nicht die geringste Idee, ob John Flack verheiratet war, aber der Augenblick schien gerade gut zu sein, um eingehende Informationen vermuten zu lassen. Auf die Wirkung, die sein Kopfnicken verursachte, war er aber gänzlich unvorbereitet. Der Mund des Mannes mit dem gelblichen Gesicht öffnete sich weit.

»Verheiratet?« seine Stimme überschlug sich. »Wer hat Ihnen erzählt, dass er verheiratet war? Wo hat er sich verheiratet?«

»Das ist eine Angelegenheit,« sagte Mr. Reeder ernst, »über die ich mich nicht auslassen darf.«

»Verheiratet!« Mr. Daver rieb aufgeregt seinen kleinen, runden Schädel, verfolgte aber das Thema nicht weiter. Er machte noch eine geistlose Bemerkung über das Wetter und hastete aus dem Zimmer.

Mr. Reeder machte es sich in der Bankletthalle, so nannte auch er den Raum, mit einer illustrierten Zeitschrift bequem und wartete auf eine Gelegenheit, die, wie er sicher annahm, sich früher oder später bieten würde. Er hatte das ganze Personal im Geiste an sich vorüberziehen lassen. Die Mädchen, die bei Tisch bedienten wohnten in einem kleinen Häuschen auf der Siltburyseite des Besitztums. Die männlichen Dienstboten, auch der Portier, schienen über jeden Verdacht erhaben. Letzterer war ein alter, gedienter Soldat mit einer Reihe Medaillen auf seiner Uniformjacke; sein Gehilfe war ein junger Mensch mit schwachem Kinn, der aus Siltbury stammte, und scheinbar das einzige Mitglied des Personals war, das nicht in einem der Häuschen wohnte. Im Allgemeinen erwartete er von den weiblichen Dienstboten nicht viel – seine einzige Hoffnung war das wütende Zimmermädchen, obgleich dieses wohl auch kaum von anderen Dingen, als von ihrem eigenen Kummer, reden würde.

Von seinem Sitz aus konnte er den ganzen Rasenplatz übersehen. Um drei Uhr gingen der Oberst, Ehrwürden Mr. Dean und Olga Crewe aus dem Haupttor hinaus, allem Anschein nach in der Richtung nach Siltbury. Er klingelte, und zu seiner Befriedigung war es das gekränkte Zimmermädchen, das erschien und seine Bestellung für Tee entgegennahm.

»Es ist sehr nett hier,« sagte Mr. Reeder leichthin.

Das »Ja« des Mädchens war sehr schnippisch.

»Ich glaube,« sagte Mr. Reeder nachdenklich durch das Fenster sehend, »das ist hier so eine Art Stellung, nach der sich

130

eine Menge Mädels den Kopf abreißen, aber auch ihr Herz brechen würden, wenn sie diese verlieren müssten.«

Augenscheinlich war sie aber nicht dieser Meinung.

»Die Arbeit oben ist nicht so schlimm,« sagte sie, »und im Speisezimmer ist auch nicht zu viel zu tun. Aber mir ist es hier zu langweilig. Ich war in einem großen Hotel, bevor ich hierher kam. Ich suche mir eine bessere Stellung – je früher, desto besser.«

Sie gab zu, dass der Verdienst ganz gut war, aber sie hatte eine große Sehnsucht nach jenem schwer zu beschreibenden Zustand, den sie »Leben« nannte. Außerdem gab sie ihrer Vorliebe für männliche Gäste Ausdruck.

»Die – sogenannte – Miss Crewe macht mehr Umstände, als alle anderen Gäste zusammen. Ich kann aus ihr nicht klug werden. Erst verlangt sie *das* Zimmer, dann will sie ein anderes haben. Warum sie nicht mit ihrem Mann zusammenwohnen kann, kann ich auch nicht begreifen.«

»Mit ihrem –?« Mr. Reeder blickte sie mit schmerzlicher Überraschung an. »Vielleicht können sie sich nicht vertragen?«

»Eine Zeit lang ging es ganz gut. Wenn sie nicht verheiratet wären, könnte ich ja ihre ganze Geheimniskrämerei begreifen – so zu tun, als ob sie 's nicht sind, er in seinem Zimmer, sie in ihrem, und wenn sie zusammenkommen, so tun, als ob sie Fremde wären. Wenn erst so eine Art Betrügerei anfängt, müssen ja alle möglichen Dinge verloren gehen,« fügte sie ganz unzusammenhängend hinzu.

»Wie lange ... hm ... geht denn das schon so?«

»Erst seit ungefähr einer Woche,« antwortete das Mädchen giftig. »Ich weiß, dass sie verheiratet sind, denn ich habe ihren

Trauschein gesehen ... sechs Jahre sind sie jetzt verheiratet ... sie bewahrt ihn in ihrem Toilettenkoffer auf.«

Sie sah ihn plötzlich misstrauisch an.

»Ich hätte Ihnen das nicht erzählen sollen. Ich möchte keinem Unannehmlichkeiten bereiten und ich trage ihnen nichts nach, obwohl sie mich schlimmer wie einen Hund behandelt haben,« sagte sie. »Außer mir weiß das kein Mensch im ganzen Haus. Ich bin ja zwei Jahre lang ihr Kammermädchen gewesen. Aber wenn man mich nicht anständig behandelt, bin ich ganz genau so.«

»Sechs Jahre verheiratet! Du liebe Güte!« sagte Mr. Reeder. Dann wandte er sich um und sah ihr fest ins Gesicht.

»Wollen Sie fünfzig Pfund verdienen?« fragte er. »Ganze fünfzig Pfund will ich Ihnen geben, wenn ich einmal den Trauschein sehen kann.«

Das Mädchen bekam einen roten Kopf.

»Sie wollen mich wohl reinlegen,« rief sie aus, fuhr dann aber zögernd fort. »Ich möchte ihr keine Unannehmlichkeiten machen.«

»Ich bin Detektiv,« sagte Mr. Reeder, »aber ich arbeite im Auftrag des Hauptregistrators, und wir zweifeln daran, dass die Heirat zu Recht besteht. Selbstverständlich könnte ich das Zimmer der jungen Dame durchsuchen und den Trauschein selber finden, aber, wenn Ihnen daran liegt, mir zu helfen, und wenn fünfzig Pfund irgendwelche Anziehungskraft für Sie haben –«

Sie zögerte unentschlossen und sagte, sie würde mal sehen. Eine halbe Stunde später kam sie in die Halle zurück und brachte ihm die Nachricht, dass ihr Suchen erfolglos geblieben war. Sie hatte den Umschlag gefunden, der den Trauschein enthalten hatte, dieser selbst aber war verschwunden.

Mr. Reeder fragte nicht nach dem Namen des Bräutigams – dieser wurde auch nicht erwähnt – denn er war ziemlich sicher, dass er den glücklichen Gatten kannte. Er richtete eine Frage an das Mädchen, und die Antwort, die sie ihm gab, war, wie er erwartet hatte.

»Eins möchte ich Sie gern noch fragen: Erinnern Sie sich an den Namen des Vaters der Braut?«

»John Crewe, Kaufmann,« sagte sie sofort. »Der Name der Mutter war Hannah. Ich musste ihm auf die Bibel schwören, niemals einer Menschenseele zu erzählen, dass ich wusste, sie wären verheiratet.«

»Weiß noch sonst jemand darum? Sie sagten,› Niemand‹, nicht wahr?«

Das Mädchen zögerte.

»Ja, Mrs. Burton weiß es auch. Sie weiß überhaupt alles.«

»Besten Dank,« sagte Mr. Reeder und zog aus seiner Brieftasche zwei Fünfpfundnoten. »Was hatte denn der Bräutigam für einen Beruf? Erinnern Sie sich noch daran?«

Das Mädchen zuckte verächtlich die Lippen.

»Sekretär – warum sich Sekretär nennen, begreife ich auch nicht, und er noch dazu ein unabhängiger, feiner Herr!«

»Danke bestens,« wiederholte Mr. Reeder noch einmal.

Er telefonierte nach Siltbury und bestellte ein Taxi.

»Gehen Sie aus?« fragte Margaret, als sie ihn wartend im Eingang fand.

»Ich will ein paar Geschenke für meine Freunde in London kaufen,« erzählte geläufig Mr. Reeder; »ein oder zwei Butterdosen mit passender Aufschrift sind meiner Meinung nach das einzig richtige.«

Das Auto brachte ihn nicht nach Siltbury, folgte aber einer Straße, die parallel mit der Küste lief und ihn schließlich in einen unmöglichen, sandigen Weg brachte, aus dem die alte Kraftdroschke nur mit Mühe herausgebracht werden konnte.

»Ich habe Ihnen ja gleich gesagt, dass der Weg nirgends wohin führt,« beklagte sich der gekränkte Kutscher.

»Dann haben wir sicherlich unseren Bestimmungsort erreicht,« entgegnete Mr. Reeder und half mit seinem ganzen Gewicht nach, um das Auto auf einen solideren Grund zu schieben.

Siltbury war bei Londoner Gästen nicht sehr beliebt. Das Städtchen hatte einen Steinstrand und die Leute bevorzugten sandigen Strand.

»Es gibt hier herum verschiedene wunderschöne sandige Stellen,« erzählte der Kutscher, »aber man kann leider nicht herankommen.«

Sie hatten den Weg zur Linken eingeschlagen, der sie schließlich nach der Stadt bringen musste, und waren ungefähr eine Viertelstunde unterwegs, als Mr. Reeder, der neben dem Chauffeur saß, auf eine große Aushöhlung in den Dünen zu seiner Rechten wies.

»Die Siltbury-Steinbrüche,« erklärte der Chauffeur. »Sie sind jetzt stillgelegt. Es gibt zu viele Löcher.«

134

»Löcher?«

»Die Felsen sind wie ein Schwamm,« entgegnete der Mann. »Man kann sich mit Leichtigkeit in den Höhlen verlieren. Der alte Mr. Kimpon hat die Steinbrüche Jahre lang bearbeitet und ist dabei kaputtgegangen. Da ist eine große Höhle, da kann man mit 'nem Vierspänner reinfahren! Ungefähr vor zwanzig Jahren machten sich drei junge Kerle daran, die Höhlen zu erforschen und kamen niemals wieder zum Vorschein.«

»Wem gehören denn die Steinbrüche?«

Mr. Reeder war nicht besonders interessiert, aber wenn seine Gedanken mit einem besonders wichtigen Problem beschäftigt waren, hatte er einen Trick, das Gespräch durch geeignete Zwischenbemerkungen im Gang zu halten. Wenn auch die Antworten an seinem Ohr vorbeigingen, so hatte doch der Ton einer menschlichen Stimme eine beruhigende Wirkung auf ihn.

»Sie gehören jetzt Mr. Daver. Er kaufte die Steinbrüche, nachdem die Leute in den Höhlen verschwunden waren, und ließ dann den Eingang verschließen. Sie werden ihn in ein paar Augenblicken sehen.«

Sie fuhren einen sanften Abhang hinauf. Als sie auf dem Gipfel angelangt waren, zeigte er auf einen sauber aussehenden Fahrweg, an dessen Ende – vielleicht zweihundert Yards entfernt – Mr. Reeder ein großes, ovales Loch in der weißen Wand des Steinbruches bemerkte. Ein schweres, hölzernes Tor verschloss dieses mit Ausnahme einer unregelmäßigen Öffnung am oberen Ende von einer Seite zur anderen.

»Von hier aus können Sie's nicht sehen, aber das Loch oben ist mit Stacheldraht abgeschlossen.«

»Ist das ein Tor oder ein Gitter, was er da hat anbringen lassen?«

»Ein Tor, Sir. Das ganze Land von hier bis an die See gehört Mr. Daver. Früher hat er einige hundert Acker von den Dünen bewirtschaften lassen, aber der Boden ist zu arm. Damals hatte er seine Wagen in der Höhle untergebracht.

»Wann hat er mit der Bewirtschaftung aufgehört?« fragte Mr. Reeder mit Interesse.

»Vor ungefähr sechs Jahren,« war die Antwort, und das war ganz genau die Antwort, die Mr. Reeder erwartet hatte. »Früher bekam ich Mr. Daver sehr oft zu sehen,« fuhr der Kutscher fort. »Ich hatte damals eine Pferdedroschke und fuhr Mr. Daver immer aus. Er arbeitete wie ein Galeerensträfling – morgens auf dem Acker, nachmittags in der Stadt, wo er alle möglichen Sachen kaufte. Er war wirklich mehr Diener wie Herr. Er war bei allen Zügen an der Bahn, wenn Gäste kamen – und sie hatten damals eine Masse Gäste, viel mehr als heute. Manchmal fuhr er auch nach London, um sie abzuholen – er holte auch immer Miss Crewe ab, als die junge Dame noch in der Schule war.«

»Kennen Sie Miss Crewe?«

Augenscheinlich hatte der Mann sie oft genug gesehen, aber persönlich hatte er wenig mit ihr zu tun gehabt.

Reeder stieg aus dem Wagen und kletterte über den Zaun, der den Privatweg abschloss. Der Boden war kreidehaltig und der Weg schien erst kürzlich ausgebessert zu sein. Er erwähnte dies zu dem Chauffeur und erfuhr von diesem, dass Mr. Daver zwei Leute hatte, die den Weg ständig in Ordnung hielten, dass er aber nicht wusste, zu welchem Zweck das geschähe.

»Wo möchten Sie nun hinfahren, Sir?«

»Nach einem ruhigen Ort, wo ich telefonieren kann.«

Das waren die Ergebnisse, die er von seiner Fahrt mit nach Hause brachte, und sie waren von außerordentlicher Bedeutsamkeit. Innerhalb der letzten sechs Jahre hatte sich die Lebensweise Mr. Davers wesentlich geändert. Aus einem gehetzten Geschäftsmann, »mehr Diener als Herr«, war ein wohlhabender Mann geworden, der seinem Vergnügen lebte. Das Rätsel des Verlieses hatte aufgehört, ein Rätsel zu sein. Er ließ Mr. Simpson an den Apparat rufen und teilte ihm seine Entdeckungen in aller Kürze mit.

»Übrigens,« sagte Mr. Simpson zum Schluss, »das Gold ist noch nicht nach Australien abgegangen. Es gab Unruhen bei den Dockarbeitern. Sie erwarten doch nicht ernstlich einen Anschlag von Flack?«

Mr. Reeder, der an den ganzen Goldtransport nicht mehr gedacht hatte, gab eine vorsichtige, unverbindliche Antwort.

Als er wieder in Larmes Keep eintraf, waren die anderen Gäste bereits zurückgekommen. Der Portier erzählte, dass man am nächsten Tag eine »Gesellschaft« erwartete, aber da er das schon am vorhergehenden Abend gesagt hatte, nahm Mr. Reeder dies nicht für ernst. Er vermutete, dass der Mann in gutem Glauben sprach und nicht die geringste Absicht zur Täuschung hatte, aber er sah keine Anzeichen von besonderer Geschäftigkeit, und außerdem konnte das Verlies ja nur eine beschränkte Anzahl Besucher unterbringen.

Er sah sich nach dem »wütenden« Dienstmädchen um, konnte sie aber nicht entdecken, und eine vorsichtige Nachfrage ergab, dass sie schon am Nachmittag weggezogen war.

Mr. Reeder ging auf sein Zimmer, verschloss die Tür und vertiefte sich in die beiden dicken Bücher mit Zeitungsausschnitten, die er mitgebracht hatte. Das waren die offiziellen Berichte über Flack und seine Bande. »Bande« war vielleicht nicht die richtige Bezeichnung, denn Flack schien seine

Gehilfen zu verwenden und zu wechseln, wie ein Theaterdirektor die Mitglieder seiner Truppe. Die Polizei kannte ziemlich genau all' die Leute, die John Flack bei der Ausführung seiner gewagten Unternehmungen unterstützt hatten. Einige hatten im Gefängnis gesessen und hatten die Zeit ihrer wiedererlangten Freiheit in den vergeblichen Bemühungen verbracht, die unterbrochene Verbindung mit einem so großzügigen Zahler wieder anzuknüpfen. Andere, von denen man wusste, dass sie für ihn gearbeitet hatten, waren verschwunden, und man nahm an, dass sie im Auslande in allem Luxus lebten.

Reeder ging das Buch durch, das die wichtigsten Tatsachen enthielt, und schrieb die Beträge heraus, die dieser in seiner Art einzige Mann im Laufe der letzten zwanzig Jahre erbeutet hatte. Das Gesamtergebnis war verblüffend. Flack hatte fieberhaft gearbeitet, seine Helfer sehr gut bezahlt, aber für sich persönlich wenig ausgegeben. Irgendwo in England musste eine ungeheure Reserve liegen, und Mr. Reeder vermutete, dass das »irgendwo« dicht in der Nähe lag. Für was hatte John Flack gearbeitet? Welchem Zweck sollte diese Anhäufung von Geld dienen? War die reine Gier eines Geizhalses der Beweggrund all dieser Räubereien? Arbeitete er ziellos, wie ein Wahnsinniger, für irgendeinen fantastischen Zweck?

Flacks Habsucht war sprichwörtlich. Nichts befriedigte ihn. Dem Raub in der Leadenhall-Bank war eine Woche später der Überfall auf das Londoner Trust-Syndikat gefolgt, der, wie die Polizei herausfand, von einer ganz neuen Bande ausgeführt wurde, die erst wenige Tage vor dem Raub zusammengestellt worden war. Und doch waren sie so vollkommen eingeübt, dass der Plan ohne jede Hinderung durchgeführt werden konnte.

Reeder schloss seine Bücher fort und ging nach unten, um Margaret Belman aufzusuchen. Die Entscheidung war sehr nahe, und es war für seine Seelenruhe notwendig, dass das junge Mädchen Larmes Keep so bald wie möglich verließ.

Auf der Treppe traf er Mr. Daver, der nach oben ging, und in diesem Augenblick schoss ihm ein Gedanke durch den Kopf.

»Sie habe ich gerade gesucht,« sagte er. »Ich möchte Sie um einen großen Gefallen bitten.«

Davers faltiges Gesicht verzog sich zu einem Lächeln.

»Mein lieber Mr. Reeder,« rief er begeistert. »Ihnen einen Gefallen erweisen! Sie haben nur zu befehlen.«

»Ich habe über die letzte Nacht und meine außerordentlichen Erlebnisse nachgedacht,« sagte Mr. Reeder.

»Sie meinen den Einbrecher?« unterbrach ihn der andere schnell.

»Über den Einbrecher allerdings,« gab Mr. Reeder zu. »Er hat mich sehr beunruhigt, und ich habe keine Lust, die Angelegenheit auf sich beruhen zu lassen. Glücklicherweise für mich habe ich einen Fingerabdruck auf der Täfelung meiner Tür gefunden.«

Er sah, wie Daver die Farbe wechselte.

»Wenn ich sage, ich habe einen Fingerabdruck gefunden, so meine ich damit etwas, was den Anschein eines Fingerabdruckes hat. Sicherheit darüber kann ich nur mithilfe eines Daktyloskops erhalten. Bedauerlicherweise habe ich natürlich nicht annehmen können, dass ich hier ein derartiges Instrument nötig haben würde, und ich möchte gern wissen, ob Sie jemand nach London schicken könnten, um es mir zu holen.«

»Aber mit dem größten Vergnügen,« sagte Daver, obwohl sein Ton hiervon nicht viel verriet. »Einer meiner Leute kann –«

»Ich dachte an Miss Belman,« unterbrach ihn J. G. Reeder. »Sie ist eine gute Bekannte von mir und würde dies außerordentlich empfindliche Instrument mit der denkbar größten Sorgfalt behandeln.«

Daver schwieg einige Augenblicke, während er über diese Worte nachdachte.

»Wäre es nicht besser, wenn ein Mann ... und dann der letzte Zug nach der Stadt ...«

»Sie könnte per Auto fahren. Ich werde das Nötige veranlassen.«

Mr. Reeder rieb nachdenklich sein Kinn.

»Vielleicht wäre es noch besser, wenn ich ein paar Leute vom Yard hierherkommen lassen würde.«

»Nein, nein,« sagte Daver hastig. »Sie können ganz gut Miss Belman schicken. Ich habe absolut nichts dagegen. Ich will es ihr gleich sagen.«

Mr. Reeder sah nach der Uhr.

»Der nächste Zug geht acht Uhr fünfundvierzig und ist, glaube ich, der letzte. Die junge Dame wird gerade noch Zeit zum Essen haben, bevor sie abfährt.«

Er selbst teilte dies Miss Belman mit, die begreiflicherweise sehr erstaunt war.

»Selbstverständlich will ich nach der Stadt fahren; glauben Sie aber nicht, Mr. Reeder, dass jemand anders das Instrument für Sie holen könnte? Könnten Sie es nicht schicken lassen –«

Sie sah den Ausdruck in seinen Augen und hielt inne.

140

»Was gibt es?« fragte sie leise.

»Wollen Sie das für ... hm ... mich tun, Miss ... hm ... Margaret?« sagte Mr. Reeder beinahe demütig.

Er ging in die Halle und schrieb ein paar kurze Zeilen, während Margaret nach einem Wagen telefonierte. Es dunkelte bereits, als das geschlossene Landaulet vor dem Hotel vorfuhr und J. G. Reeder, der sie an den Wagen begleitete, ihr die Tür öffnete.

»Im Wagen sitzt ein Mann,« flüsterte er. »Bitte schreien Sie nicht, er ist ein Polizeibeamter und begleitet Sie bis London.«

»Aber – aber –« stammelte sie.

»Und Sie werden die Nacht über in London bleiben,« sagte Mr. Reeder. »Ich suche Sie morgen früh auf – wie ich hoffe.«

12

Mr. Reeder befand sich in seinem Zimmer, legte seine bescheidenen Toiletteartikel auf den Frisiertisch und dachte über die Zeitverschwendung nach, die mit der Befolgung der gesellschaftlichen Bräuche verbunden war – er hatte sich für das Diner umgezogen – als an seine Tür geklopft wurde. Er unterbrach seine Beschäftigung und drehte sich, eine recht gebrauchte Haarbürste in der Hand, nach der Tür zu.

»Nur herein,« rief er und fügte schnell hinzu: »Bitte.«

Der kleine Kopf von Mr. Daver erschien in der Türöffnung, Unruhe und Entschuldigung standen in jeder Linie seines eigenartigen Gesichtes geschrieben.

»Störe ich Sie?« fragte er. »Es tut mir schrecklich leid, Sie überhaupt belästigen zu müssen. Da aber nun Miss Belman weg ist, werden Sie sicher verstehen ... Ich bin überzeugt davon ...«

Mr. Reeder war die Höflichkeit selbst.

»Bitte, kommen Sie nur herein, Sir. Ich war gerade im Begriff, zu Bett zu gehen. Ich bin sehr müde, und die Seeluft ...«

Das Gesicht des Hotelbesitzers drückte Enttäuschung aus.

»Dann, Mr. Reeder, bin ich leider vergebens gekommen. Um die Wahrheit zu sagen,« – er schlüpfte in das Zimmer und schloss sorgfältig die Tür hinter sich, als ob er eine wichtige Mitteilung zu machen hatte, die niemand hören dürfte – »meine drei Gäste möchten sehr gern Bridge spielen und haben mich beauftragt, Sie zu fragen, ob Sie vielleicht Lust hätten, mitzuspielen.«

»Aber mit dem größten Vergnügen,« entgegnete Mr. Reeder liebenswürdig. »Ich bin allerdings ein recht mittelmäßiger

Spieler, aber, wenn ihnen das nichts ausmacht, werde ich in ein paar Minuten unten sein.«

Mr. Daver verschwand unter gemurmelten Dankesversicherungen und Entschuldigungen. Kaum hatte sich die Tür hinter ihm geschlossen, als Mr. Reeder den Schlüssel herumdrehte. Dann beugte er sich über einen seiner Koffer, öffnete ihn und nahm eine lange, leichte Strickleiter heraus, ließ sie durch das offene Fenster in die Dunkelheit hinab und befestigte das eine Ende an einem der Füße des schweren Himmelbettes. Er beugte sich zum Fenster hinaus, rief mit unterdrückter Stimme einige wenige Worte und stemmte sich dann mit aller Kraft gegen das Bett, um das Gewicht des Mannes halten zu können, der geschickt die Leiter hinauf in das Zimmer geklettert kam. Kaum war dies geschehen, als er die Leiter einzog, in den Koffer packte und diesen sorgfältig verschloss. Dann ging er nach der Ecke des Zimmers und zog an einer der – anscheinend – festen Täfelungen. Diese öffnete sich. Es war der tiefe Wandschrank, den Mr. Daver ihm gezeigt hatte. »Der Platz ist so gut wie irgendein anderer, Billy. Es tut mir leid, dass ich Sie für zwei Stunden allein lassen muss, aber ich glaube nicht, dass irgendjemand Sie hier stören wird. Ich lasse die Lampe brennen, das wird hell genug sein.«

»Sehr wohl, Sir,« sagte der Beamte von Scotland Yard und nahm seinen Posten ein.

Fünf Minuten später verschloss Mr. Reeder die Tür seines Zimmers und ging nach unten, wo die kleine Gesellschaft auf ihn wartete.

Sie saßen in der großen Halle. Ein schweigsames, sehr mit seinen Gedanken beschäftigtes Trio, das sich erst nach seiner Ankunft zu einer Art leichter, gesellschaftlicher Unterhaltung zwang. Allerdings war noch eine vierte Person zugegen, als er hineinkam: Eine Frau in Schwarz mit bleichem Gesicht, die bei seinem Näherkommen verschwand und die, wie er annahm, die

143

melancholische Mrs. Burton war. Die beiden Herren erhoben sich, als er herantrat, und nach dem üblichen Austausch von Höflichkeitsphrasen über die Wahl der Zusammenspielenden fand sich Mr. Reeder dem militärisch aussehenden Oberst Hothling gegenüber. Zu seiner Linken saß das blasse, junge Mädchen, rechts von ihm Ehrwürden Mr. Dean mit seinem harten Gesicht.

»Um was spielen wir?« brummte der Oberst, strich seinen Schnurrbart und heftete seine stahlblauen Augen auf Mr. Reeder.

»Nicht zu hoch, hoffentlich,« bat dieser. »Ich bin ein sehr schwacher Spieler.«

»Sixpence für hundert Points,« schlug der Geistliche vor. »Mehr kann ich mir als armer Pastor nicht leisten.«

»Und ein armer pensionierter Militär auch nicht,« brummte der Oberst, und man einigte sich auf Sixpence für hundert.

Zwei Partien wurden verhältnismäßig schweigsam gespielt. Mr. Reeder war sich der gespannten Atmosphäre bewusst, tat aber nichts, um diese zu mildern. Sein Partner war für jemand, der, wie er gesprächsweise erwähnte, sein Leben im militärischen Dienst zugebracht hatte, außerordentlich nervös.

»Ein sehr schönes Leben,« bemerkte Mr. Reeder in seiner freundlichen Weise.

Ein- oder zweimal bemerkte er, wie die Hand des jungen Mädchens, die die Karten hielt, leicht zitterte. Allein der Geistliche war ruhig und kühl und spielte übrigens ohne jeden Fehler.

Als aber sein Partner wieder einmal nicht Farbe bekannte, ein unglaublicher Schnitzer, der Spiel und Robber zur Gegenpartei brachte, schob Mr. Reeder seinen Stuhl zurück.

144

»Wie eigenartig doch die Welt ist!« sagte er bedeutungsvoll. »Wie ein Kartenspiel!«

Wer Mr. Reeder sehr gut kannte, wusste, dass er am gefährlichsten war, wenn er anfing, zu philosophieren. Die drei Personen, die um den Tisch herumsaßen, hörten weiter nichts als eine langweilige, abgedroschene Phrase, die in völligem Einklang mit der Meinung war, die sie sich von diesem etwas stumpfsinnig aussehenden Mann gemacht hatten.

»Es gibt Leute,« fuhr Mr. Reeder fort und blickte nachdenklich nach der hohen Zimmerdecke hinauf, »die niemals glücklich sind, wenn sie nicht alle Asse haben. Ich dagegen bin am glücklichsten, wenn ich alle Buben[2] in der Hand habe.«

»Sie spielen ausgezeichnet, Mr. Reeder.«

Es war das junge Mädchen, das diese Worte sprach, und ihre Stimme klang heiser, der Ton war zögernd, als ob sie sich selbst zum Sprechen zwingen müsste.

»Ja, ein Spiel, vielleicht auch zwei, spiele ich ganz gut,« sagte Mr. Reeder. »Ich glaube, das kommt zum Teil auch daher, dass ich ein vorzügliches Gedächtnis habe; ich vergesse niemals die – Buben.«

Allgemeines Schweigen. Diesmal war die Anspielung zu deutlich, um missverstanden zu werden.

»In meinen jüngeren Tagen,« fuhr Mr. Reeder fort, ohne sich an irgendeinen besonders zu wenden, »gab es einen Herz-Buben,

---

[2] Im Englischen doppelsinnig. »knave« gleich »Bube im Kartenspiel« und »Bube« wie Schelm, Halunke.

145

der nach und nach ein Kreuz-Bube [3] wurde und dann schließlich weiter in der Himmel weiß was für Tiefen von anderen Bübereien versank! In kurzen Worten: Er begann sein ... hm ... Berufsleben als Bigamist, setzte seine interessante und romantische Karriere als Schlepper für Spielhöllen fort, und war dann in einen Bankraub in Denver verwickelt. Ich habe ihn seit Jahren nicht gesehen, aber in seinen ›Kreisen‹ ist er allgemein als ›der Oberst‹ bekannt; ein Herr von militärischem Äußern, angenehmer Erscheinung und gewandter Ausdrucksweise.«

Er blickte den Oberst bei diesen Worten nicht an, bemerkte also auch nicht, wie dieser erblasste.

»Seit er sich einen Schnurrbart wachsen ließ, bin ich ihm nicht mehr begegnet, würde ihn aber überall erkennen, erstens mal an der eigenartigen Farbe seiner Augen, und dann an einer Narbe an seinem Hinterkopf ... eine Erinnerung an irgendeine Schlägerei, in die er verwickelt war. Man hat mir erzählt, dass er ein hervorragender Künstler im Messerwerfen geworden ist – ich nehme an, er hat sich eine Zeit lang in Südamerika aufgehalten –, ein Kreuz-Bube und ein Herz-Bube... hm..!«

Der Oberst saß steif da, nicht ein Muskel seines Gesichtes bewegte sich.

»Man nimmt an,« fuhr Mr. Reeder fort und sah das junge Mädchen nachdenklich an, »dass er nach und nach eine gewisse Wohlhabenheit erworben hat, die es ihm ermöglicht, sich in den besten Hotels aufzuhalten, ohne die Gefahr einer polizeilichen Überwachung befürchten zu müssen.«

---

[3] Im Englischen doppelsinnig gebraucht, »knave of clubs« gleich »Kreuzbube« und »Bube (Schelm, Betrüger) in Klubs« oder auch »Bube« (Halunke, Strolch), der seine Opfer mit »clubs« (schwerer Knüttel) niederschlägt.

Ihre dunklen Augen blickten ohne zu zucken in die seinen; ihre vollen Lippen waren geschlossen und die Kinnbacken fest aufeinander gepresst.

»Das ist wirklich sehr interessant, Mr. Reeder,« sagte sie gedehnt. »Mr. Daver hat mir erzählt, dass Sie mit der Polizei zu tun haben?«

»Wenig ... außerordentlich wenig,« sagte Mr. Reeder.

»Kennen Sie noch andere Buben, Mr. Reeder?«

Diesmal war es die kühle Stimme des Geistlichen, und Mr. Reeder drehte sich ihm freundlich lächelnd zu.

»Den Karo-Buben[4],« sagte er sanft. »Das ist doch wirklich ein besonders passender Name für einen, der sich fünf Jahre lang mit der einträglichen Beschäftigung des unerlaubten Diamantenkaufes in Südafrika abgegeben und fünf recht wenig einträgliche Jahre in Breakwater[5] in Kapstadt verbracht hat. Man kann sagen, dass er dort durch den dauernden Gebrauch eines notwendigen und landwirtschaftlichen Werkzeuges, des Spatens, ein Pik-Bube geworden ist und vermutlich auch noch ein Spitzhacken-Bube[6] dazu. Wenn ich mich recht erinnere, wurde er dort wegen eines hinterlistigen Anfalles auf einen Wächter ausgepeitscht. Nach seiner Entlassung aus dem Zuchthaus war er in eine Räuberei in Johannesburg verwickelt. Ich muss mich auf mein Gedächtnis verlassen und kann im Augenblick nicht genau sagen, ob er nach der Prätoria-Zentrale – die landläufige Bezeichnung für das Transvaal-Gefängnis – kam, oder ob er

---

[4] Im englischen Text doppelsinnig gebraucht, »knave of diamonds« gleich »Karo-Bube« und »Diamanten-Bube«.
[5] Name eines Zuchthauses in Kapstadt.
[6] Im Englischen doppelsinnig, »knave of spades« gleich »Pikbube« und »Spatenbube«, hier Anspielung auf Zuchthäusler, der mit dem Spaten und mit der Spitzhacke arbeitet.

entwischte. Ich glaube, mich noch erinnern zu können, dass er an einer Banknotenaffäre beteiligt war, die ich in der Hand hatte. Wie war doch gleich sein Name?«

Er sah den Geistlichen nachdenklich an.

»Gregory Dones ... Richtig! ... Mr. Gregory Dones. So nach und nach kommt mir das alles ins Gedächtnis zurück. Er hatte einen Engel auf seinem linken Unterarm tätowiert, und man sollte eigentlich annehmen, dass eine derartige Verzierung ihn auf dem engen Pfad der Tugend hätte halten, ja ihn sogar vielleicht in den Schoß der Kirche hätte bringen müssen.«

Ehrwürde Mr. Dean erhob sich, griff in die Tasche und holte etwas Geld heraus.

»Sie haben den Robber verloren, aber, wie ich glaube, nach Points gewonnen,« sagte er. »Was bin ich Ihnen schuldig?«

»Was Sie mir niemals bezahlen können,« antwortete kopfschüttelnd Mr. Reeder. »Glauben Sie mir, Gregory, Ihre und meine Abrechnung wird niemals völlig zu Ihrer Zufriedenheit ausfallen!«

Der Geistliche mit den abstoßenden Gesichtszügen zuckte die Achseln, lächelte und schlenderte fort. Mr. Reeder beobachtete ihn aus dem Augenwinkel und sah ihn im Vestibül verschwinden.

»Sind alle Ihre ›Buben‹ männlich?« fragte Olga Crewe.

Mr. Reeder nickte sehr ernst.

»Ich hoffe es, Miss Crewe.«

Ihre Augen blickten ihn herausfordernd an.

»Mit anderen Worten: Sie kennen mich nicht?« sagte sie schroff ... und dann, mit unerwarteter Heftigkeit: »Ich wünschte bei Gott, Sie würden mich kennen! Bei Gott, das wünschte ich!«

Sie drehte sich unvermittelt um und rannte beinahe aus der Halle.

Mr. Reeder stand, wo sie ihn verlassen hatte, seine Blicke schweiften von links nach rechts. Im Schatten des Eingangs, der durch überhängende, schwere Vorhänge noch dunkler wurde, sah er die verschwommenen Umrisse einer Figur. Nur einen Augenblick, dann war sie verschwunden. Er nahm an: die Haushälterin, Mrs. Burton.

Es war Zeit, nach oben auf sein Zimmer zu gehen. Kaum hatte er zwei Schritte vom Tisch weg gemacht, als sämtliche Lampen in der Halle ausgingen. In solchen Augenblicken wie diesem war Mr. Reeder von außerordentlicher Behändigkeit. Er flog herum und nach der nächsten Wand. Dort blieb er stehen und wartete, den Rücken gegen die Wandtäfelung gelehnt.

»Wer zum Teufel hat denn das Licht ausgemacht? Wo sind Sie denn, Mr. Reeder?«

Es war die weinerliche Stimme Mr. Davers.

»Hier!« sagte Mr. Reeder und ließ sich im gleichen Augenblick zu Boden fallen. Keinen Augenblick zu früh: Er fühlte etwas an sich vorbeifliegen und hörte, wie es mit einem leichten Schlag gegen die Täfelung über seinem Kopf fuhr.

Mr. Reeder stöhnte tief auf und kroch schnell und geräuschlos über den Fußboden.

»Was in aller Welt war denn das nun wieder? ... Ist irgendwas passiert, Mr. Reeder?«

Der Detektiv antwortete nicht. Näher und näher kroch er der Stelle zu, wo Daver stand. Und dann, genau so unerwartet, wie es verlöscht war, flammte das Licht wieder auf. Mr. Reeder stand vor den Portieren des Durchgangs, und die Gesichtszüge des Hotelbesitzers drückten bitterste Enttäuschung aus, als Mr. Reeder sich unmittelbar vor seinen Füßen aufrichtete.

Daver schrak zurück, seine großen weißen Zähne waren in einem furchtsamen Grinsen sichtbar, seine Augen standen weit offen. Er versuchte zu sprechen, sein Mund öffnete und schloss sich, aber kein Ton ließ sich hören. Seine Augen wanderten von Mr. Reeder nach der getäfelten Wand – aber Mr. Reeder hatte den Dolch, der in dem Holz steckte, bereits gesehen.

»Lassen Sie mich mal einen Augenblick überlegen,« sagte er freundlich. »War das nun der Oberst oder der höchst intelligente Diener der Kirche?«

Er ging nach der Wand hinüber und zog das Messer mit einiger Anstrengung heraus. Es war lang und breit.

»Eine mörderische Waffe,« sagte Mr. Reeder anerkennend.

Daver fand seine Sprache wieder.

»Eine mörderische Waffe,« wiederholte er mit hohler Stimme. »Wurde es ... auf ... Sie geworfen, Mr. Reeder? ... das ist ja furchtbar!«

Mr. Reeder sah ihn finster an.

»Ihre Idee?« fragte er, aber jetzt war Mr. Daver unfähig zu antworten.

Reeder ließ den zitternden Mann wie gelähmt in einem der großen Lehnstühle zurück und ging die teppichbelegten Stufen nach dem oberen Gange hinauf. Und wenn auch der Revolver sich nicht auf seinem schwarzen Rock abzeichnete, ... er war doch da.

Er blieb vor seiner Tür stehen, schloss auf und riss sie weit auf. Die Lampe an der Seite des Bettes brannte noch immer. Mr. Reeder schaltete die Wandbeleuchtung ein und schielte durch den Spalt zwischen Tür und Wand, bevor er sich hineinwagte.

Er machte die Tür zu, verschloss sie und ging nach dem Wandschrank in der Ecke.

»Sie können jetzt herauskommen, Brill,« sagte er. »Ich nehme an, niemand ist hier gewesen.«

Keine Antwort – Er öffnete schnell die Schranktür.

Der Schrank war leer.

»Ausgezeichnet!« sagte Mr. Reeder, und das bedeutete, dass die Angelegenheit alles andere als ausgezeichnet war.

Kein Zeichen eines Kampfes; nichts in der Welt, das das geringste Anzeichen dafür gab, dass der Detektiv Brill nicht völlig freiwillig herausgekommen und das Zimmer durch das Fenster, das noch offen stand, verlassen hätte.

Mr. Reeder ging auf den Zehenspitzen nach dem Schalter, drehte das Licht aus, legte sich auf das Bett und verlöschte auch die Nachttischlampe. Dann aber schlich er sich vorsichtig an das Fenster und spähte über die Brüstung hinweg. Die Nacht war rabenschwarz. Unmöglich, etwas zu sehen.

Die Ereignisse folgten einander etwas schneller, wie er angenommen hatte, aber er war selbst dafür verantwortlich. Er hatte die Mitglieder der Bande John Flacks zum Handeln gezwungen, und sie waren zu allem entschlossen.

Er schloss gerade seinen Koffer auf, als er ein feines Klingen, wie von Stahl auf Stahl, vernahm. Es steckte jemand einen Schlüssel in das Schloss ... er hielt seinen Browning auf die Tür gerichtet und wartete. Nichts ereignete sich weiter, und er ging leise zur Tür, um herauszufinden, was das zu bedeuten hatte. Seine Taschenlampe zeigte ihm, was vorgegangen war. Ein Schlüssel war von außen in das Schloss gesteckt und umgedreht, sodass es unmöglich war, die Tür von innen zu öffnen.

»Ich bin doch ziemlich froh,« dachte Mr. Reeder laut, »dass Miss... hm ... Margaret unterwegs nach London ist!«

Er verzog nachdenklich seine Lippen. Würde er nicht auch froh sein, wenn er in diesem Augenblick auch auf dem Weg nach London wäre? Mr. Reeder konnte sich darüber nicht ganz klar werden.

Über einen Punkt war er sich aber vollkommen im Klaren: Die Flacks würden ihm nur eine sehr geringe Schonfrist gewähren, und diese Frist musste er bis zum Äußersten ausnützen.

Soweit er sehen konnte, waren seine Koffer nicht geöffnet worden. Er nahm die Strickleiter heraus, suchte auf dem Boden des Koffers und fand schließlich einen langen, weißen Pappzylinder. Er kroch unter das Fenster, hob die Hand vorsichtig empor und schob den Zylinder in eine der Blumenvasen, die auf dem Fensterbrett standen und die er auf die Seite geschoben hatte, um Brill hereinzulassen. Als ihm dies zu seiner Zufriedenheit gelungen war, zündete er ein Streichholz an und hielt die Flamme an einen Streifen Zündpapier, das sich an dem freien Ende des Pappzylinders befand. Er konnte seine Hand gerade zur rechten Zeit zurückziehen; etwas pfiff an ihm vorbei in das Zimmer hinein und schlug auf der gegenüberliegenden Wandtäfelung mit einem kurzen Schlag auf. Aber kein Schuss ließ sich hören. Wer auch immer schoss, musste eine Luftpistole benutzen. Wieder und wieder in kurzen

Zwischenräumen sausten die Kugeln vorbei, aber jetzt brannte und sprühte der Zylinder, und im nächsten Augenblick ergoss sich ein blendendes Licht über das Gelände, das jede Kleinigkeit deutlich hervortreten ließ und das, wie er wusste, meilenweit gesehen werden konnte.

Er hörte das Geräusch flüchtender Füße, wagte aber nicht hinauszublicken. Als die erste Wagenladung Detektive die Anfahrt hinaufgesaust kam, war das Gelände verlassen.

Als die Polizei die Durchsuchung des Hauses begann, waren mit Ausnahme der Dienstboten nur zwei Personen in Larmes Keep: Mr. Daver und Mrs. Burton. »Oberst Hothling« und »Ehrwürden Mr. Dean« waren verschwunden, als ob die Erde sie verschluckt hätte.

Der dicke Bill Gordon verhörte den Besitzer.

»Hier ist Flacks Hauptquartier, und das wissen Sie ganz genau. Ich kann Ihnen nur raten, mit der Sprache herauszurücken und Ihre eigene Haut zu retten.«

»Aber ich kenne den Mann gar nicht; ich habe ihn niemals gesehen!« jammerte Mr. Daver. »In meinem ganzen Leben ist mir noch nicht so was Schreckliches passiert! Können Sie mich denn für den Charakter meiner Gäste verantwortlich machen? ... Sie sind doch ein vernünftiger Mensch? ... Ich sehe doch, dass Sie's sind! ... Wenn die Leute wirklich Freunde von Flack sind, ich habe nichts davon gewusst ... Sie können mein Haus vom Keller bis zum Boden durchsuchen, und wenn Sie etwas finden, das mich im geringsten verdächtigt, können Sie mich verhaften ... Ich verlange das in meinem eigenen Interesse ... Kann ein ehrlicher Mensch mehr sagen? ... Ich sehe, dass ich Sie überzeugt habe.«

Weder er, noch Mrs. Burton, noch irgendeiner der Dienstboten, die in den frühen Morgenstunden verhört wurden, konnten auch nur den kleinsten Fingerzeig über die Identität der

Gäste geben. Miss Crewe kam regelmäßig jedes Jahr und blieb vier, manchmal fünf Monate in Larmes Keep. Hothling war ein neuer Gast, ebenso der Geistliche. Anfragen bei der Polizei in Siltbury bestätigten, dass Mr. Davers Angaben richtig waren: Er war seit fünfundzwanzig Jahren Besitzer von Larmes Keep, und seine Vergangenheit war fleckenlos. Er selbst zeigte seine Besitztitel vor. Auf seine Aufforderung hin wurden seine Papiere durchsucht, und der Inhalt der drei Kassetten im Geldschrank unterstützten seine Unschuldsbeteuerungen.

Der dicke Bill besprach die Angelegenheit mit Mr. Reeder um drei Uhr morgens bei einer Tasse Kaffee in der Halle.

»Es ist außer Zweifel, dass sie alle Mitglieder von Flacks Bande waren. Wahrscheinlich hatte man sie in Erwartung von Flacks Ausbruch aus Broadmoore schon im Voraus angenommen. Wie sie von hier entwischt sind, mag der Teufel wissen! Seit Eintreten der Dunkelheit hatte ich auf der Straße sechs Mann auf Posten. Weder das Frauenzimmer noch die Männer sind an uns vorbeigekommen.«

»Haben Sie Brill gesehen?« fragte Mr. Reeder, dem plötzlich der verschwundene Detektiv einfiel.

»Brill?« sagte der andere erstaunt. »Er ist doch bei Ihnen? ... Sie haben mir doch aufgetragen, dass er unter Ihrem Fenster postiert werden sollte ...«

In wenigen Worten erklärte ihm Mr. Reeder den Sachverhalt, und beide gingen nach Zimmer Nr. 7. Nichts fand sich in dem Wandschrank, das auch den geringsten Hinweis auf Brills Aufenthalt geben könnte. Die Füllungen wurden untersucht, aber keine Spur einer geheimen Tür ließ sich entdecken – eine solche romantische Möglichkeit schien Mr. Reeder nicht unmöglich. Das hier war die Art Haus, in dem er erwartete, etwas Derartiges zu finden.

Zwei Mann wurden beauftragt, das Gelände nach dem fehlenden Detektiv zu durchsuchen, während Mr. Reeder und der Polizeichef ihren Kaffee beendigten.

»Bis jetzt war Ihre Annahme richtig, aber wir haben nichts gefunden, dass auch Daver seine Hände mit im Spiel hat.«

»Daver steckt bis zu den Ohren mit in der Sache,« entgegnete Mr. Reeder. »Der Messerwerfer ist er nicht gewesen: Seine Aufgabe bestand darin, festzustellen, wo ich stand, um dem Oberst den Wurf zu ermöglichen. Daver hat aber – in Vorbereitung für Jacks Ausbruch – Miss Belman nach hier gebracht.«

Bill nickte.

»Sie sollte ein Unterpfand für Ihr gutes Betragen sein.« Er kratzte sich ärgerlich den Kopf. »Auf so etwas konnte auch nur ›Klaps-John‹ kommen! ... Warum hat er aber versucht, Sie um die Ecke zu bringen? ... Warum begnügte er sich nicht damit, dass er Miss Belman in Larmes Keep hatte?«

Mr. Reeder konnte ihm keine sofortige Erklärung geben. Er hatte es mit einem Wahnsinnigen zu tun, mit einem Wesen voller unbegreiflicher Einfälle. Konsequenz konnte von Flack nicht erwartet werden.

Er strich sich über sein spärliches Haar.

»Das ist alles so verwirrend und schwer begreiflich,« sagte er. »Das Beste ist, man geht zu Bett.« Unter den wachsamen Augen eines Detektivs von Scotland Yard schlief er fest und traumlos, als der dicke Bill in das Zimmer gestürzt kam.

»Stehen Sie auf, Reeder,« rief er schroff.

Mr. Reeder – sofort wach – richtete sich im Bett auf.

»Was ist nun wieder los?«

»Was los ist? ... Der Goldtransport hat die Bank von England heute Morgen um fünf Uhr nach Tilbury verlassen und ist seitdem nicht wieder gesehen worden!«

13

Im letzten Augenblick hatten die Bankautoritäten ihren Plan geändert und in der Nacht 53 000 Pfund Sterling in Gold zum Transport an das Schiff gesandt. Für diesen Zweck hatten sie ein Militärlastauto von Woolwich angefordert; ein Dienst, der ab und zu von der Staatsbank in Anspruch genommen wurde.

Das Lastauto war von acht Detektiven, die ebenso wie der Militärchauffeur bewaffnet waren, begleitet worden. Sie waren in Tilbury nachts um halb zwölf angekommen, das Auto – ein hochpferdiger Lassavar – war um zwei Uhr morgens wieder zurück in London und dort im Hof der Bank von Neuem beladen worden und zwar unter der Aufsicht des Offiziers, des Sergeanten und zwei Mann der Wache, die vom Sonnenuntergang bis Sonnenaufgang auf dem Grundstück der Bank Dienst hat. Eine frische Abteilung ausgesuchter Leute von Scotland Yard, jeder mit einem Browning bewaffnet, hatte das Auto für die zweite Reise beladen. Der Wert der Goldladung betrug diesmal 73 000 Pfund Sterling. Nachdem die Kisten verstaut worden waren, waren sie hinterhergeklettert, und das Auto war von der Bank weggefahren. Jeder der acht Leute, die den Schatz zu bewachen hatten, war von einem hohen Beamten von Scotland Yard gemustert worden, dem sie alle persönlich bekannt warm. Das Auto war in der Commercial Road von einem Kriminalinspektor gesehen worden, gleichfalls von einem Polizeiradfahrer, der an der Vereinigung der Ripple- und Barking Road Dienst tat.

Die Hauptstraße nach Tilbury läuft in einer Entfernung von einigen hundert Yards dem Städtchen Rainham vorbei, und hier – nur wenige Meilen von Tilbury entfernt – war das Auto verschwunden. Zwei Polizisten auf Motorrädern waren dem Transport entgegengefahren, als sie von Ripple die telefonische Meldung erhalten hatten, dass der Transport dort durchgekommen wäre. Dann waren sie unruhig geworden und hatten nach Tilbury telefoniert.

Es war ein ruhiger Morgen und kein Lüftchen regte sich. In den Niederungen und tiefer liegenden Teilen des Weges lag stellenweise Nebel, und hauptsächlich in der Nähe des Flusses war die Straße von sehr dichtem, weißem Nebel bedeckt, der erst gegen acht Uhr morgens von einem leichten Südostwinde zerstreut wurde. Der Nebel war beinahe gänzlich verschwunden, als die Abteilung, die von Tilbury aus auf die Suche gegangen war, auf das einzige Anzeichen des Dramas stieß, das der Morgen enthüllen sollte. Ein älter Ford-Wagen war augenscheinlich von der Straße abgekommen, hatte in wunderbarer Weise einen Telegrafenpfahl verschont und war im Straßengraben stehen geblieben. Der Wagen war nicht umgeschlagen, war scheinbar unbeschädigt, aber der Mann am Steuer des Wagens war tot. Eine sofortige ärztliche Untersuchung ergab, dass der Mann – ein kleiner Landwirt aus Rainham – keine Verletzung irgendwelcher Art hatte. Es hatte den Anschein, als ob er auf der Fahrt nach der Stadt an einem Herzschlag gestorben wäre.

Gerade hinter der Stelle, wo man ihn gefunden hatte, machte der Weg einen tiefen Einschnitt. Der Platz war unter dem Namen Coles Hollow (Coles Loch) bekannt, und über ihre tiefste Stelle führte eine eingeleisige Brücke hinweg, die die beiden Teile des Grundstückes, durch das die Chaussee lief, miteinander verband. Der tote Landwirt und sein Wagen waren schon fortgeschafft worden, als Mr. Reeder und der Chef von Scotland Yard auf der Bildfläche erschienen. Keine weiteren Nachrichten über das Lastauto waren bis jetzt eingelaufen, aber die Ortspolizei, die den Spuren der Räder gefolgt war, hatte zwei Entdeckungen gemacht. Allem Anschein nach hatten die Vorderräder des Lastautos auf seiner Fahrt durch den Einschnitt gegen den Seitendamm gestreift, denn in dem lehmigen Boden war durch das Gegenfahren eine tiefe Aushöhlung entstanden.

»Es hat den Anschein, als ob der Lastwagen hier schnell auf die Seite schwenkte, um dem Fordwagen auszuweichen,« bemerkte Simpson, dem der Fall übertragen worden war. »Hier sind seine Radspuren und Sie können sehen, dass sie hin und hergehen. Der Mann lag wahrscheinlich schon im Sterben.«

158

»Haben Sie auch die Radspuren des Lastautos von hier aus verfolgt?« fragte Mr. Reeder.

Simpson nickte und rief einen Sergeanten der Essex Polizei, der die Wagenspuren aufgezeichnet hatte.

»Sie scheinen nach Norden in der Richtung nach Becontree gefahren zu sein,« sagte er. »Ein Schutzmann von Becontree hat nämlich erzählt, dass ein großes Lastauto aus dem Nebel auftauchte und an ihm vorbeifuhr, aber das war mit einer Plane zugedeckt und ging in der Richtung nach London. Es war auch ein Militärlastauto und wurde von einem Soldaten gesteuert.

Mr. Reeder hatte sich eine Zigarette angezündet und betrachtete nachdenklich das brennende Streichholz.

»Du lieber Himmel,« sagte er, ließ das Streichholz fallen und beobachtete, wie es verlöschte.

Und dann begann er in der närrischsten Weise auf der Erde entlang zu suchen, wobei er ein Streichholz nach dem anderen ansteckte.

»Ist es für Sie noch nicht hell genug?« fragte Simpson gereizt.

Der Detektiv richtete sich auf und lächelte.

»Armer Kerl!« sagte er leise. »Armer Kerl!«

»Von wem sprechen Sie denn?« fragte Simpson, erhielt aber keine Antwort. Mr. Reeder wies auf die Brücke, in deren Mitte ein alter, verrosteter Sprengwagen stand, einer von jener Art, wie er noch heute in einzelnen englischen Ortschaften gebraucht wird. Er kletterte den Damm empor und untersuchte den eisernen Tank, öffnete die Deckel und fühlte hinein, indem er Streichhölzer anzündete, um seine Prüfung zu erleichtern.

»Ist er leer?« fragte Simpson.

»Ich fürchte ... ja,« antwortete Mr. Reeder und untersuchte den abgenutzten Schlauch, der von seiner eisernen Rolle herunterhing. Melancholischer wie je kam er langsam herabgeklettert.

»Haben Sie sich mal überlegt, wie einfach es ist, ein gewöhnliches Militärlastauto zu verkleiden?« fragte er. »Was sagte der Sergeant: eine Plane ... und auf dem Weg nach London?«

»Denken Sie denn, dass das der Goldtransport war?«

Mr. Reeder nickte.

»Ich bin überzeugt davon.«

»Wo wurde es denn angegriffen?«

Mr. Reeder wies auf die Radspuren auf der Seite des Weges.

»Hier!« sagte er einfach. Mr. Simpson knurrte ungeduldig:

»Unsinn! Niemand hat einen Schuss gehört. Und Sie glauben doch nicht etwa, dass unsere Leute sich überwältigen lassen, ohne Widerstand zu leisten? Ja? ... Sie hätten sich gegen die fünffache Anzahl halten können, und eine solche Menge ist nicht auf der Chaussee gesehen worden.«

Mr. Reeder nickte beipflichtend:

»Und trotzdem sind sie an dieser Stelle angegriffen und überwältigt worden. Ich glaube, Sie sollten nach dem Lastauto mit der Plane suchen lassen und sich vor allem mit Ihrem Schutzmann aus Becontree in Verbindung setzen, um eine genauere Beschreibung des Wagens, den er gesehen hat, zu erhalten.«

In einer viertel Stunde brachte das Polizeiauto sie nach dem kleinen Essexstädtchen, wo der Polizist, der den Wagen gesehen hatte, Bericht erstattete. Wenige Minuten, bevor sein Dienst zu Ende war, hörte er das Gerumpel der Räder eines Lastautos, bevor dieses selbst – es war um diese Zeit sehr neblig – in Sicht kam, eines der typischen Militärlastkraftwagen. Soweit er sagen konnte, war es grau und hatte eine schwarze Plane mit den Buchstaben des Kriegsministeriums »W. D.« (War Department) und der breiten Pfeilspitze, die es als Staatseigentum kennzeichnete. Er hatte einen Soldaten am Steuer, einen zweiten neben diesem sitzen sehen. Die Rückseite der Plane war zugeschnürt, und in das Innere hatte er nicht hineinblicken können. Der Soldat hatte beim Vorüberfahren mit der Hand gewinkt, und der Schutzmann nicht mehr an die Sache gedacht, bis der Bericht über den Raub des Goldtransportes einlief.

»Ja, Sir,« antwortete er auf eine Frage von Reeder. »Ich glaube, es war beladen. Es lag sehr schwer auf der Straße. Wir sehen diese Lastautos sehr oft, wenn sie von Shoeburyness kommen.«

Simpson telefonierte nach der Polizeistation in Barking, wo man das Militärauto gesehen hatte. Aber Militärtransporte waren nichts Ungewöhnliches in der Nahe der Docks, und entweder dieser oder ein ähnlicher war beim Eingang in den Blackwall Tunnel gesehen worden. Der Polizei in Greenwich, an der Südseite des Flusses, war es nicht möglich gewesen, dieses als das Gesuchte festzustellen, und von diesem Zeitpunkt an war jede Spur verloren.

»Höchstwahrscheinlich jagen wir einem Schatten nach,« sagte Simpson. »Wenn Ihre Ansicht richtig ist, Reeder ... aber das kann nicht sein! ... Sie hätten niemals unsere Leute so unvorbereitet fassen können, dass keiner geschossen hätte, und wir haben nicht eine einzige Spur von Schießerei gefunden.«

»Es ist nicht geschossen worden,« sagte Mr. Reeder und schüttelte den Kopf.

»Aber wo sind unsere Leute?« fragte Simpson.

»Tot,« antwortete Mr. Reeder ruhig.

In Scotland Yard, in Gegenwart des ungläubigen und entsetzten Polizeichefs, gab Mr. Reeder die Aufklärung des Verbrechens.

»Flack ist Chemiker, und ich glaube, ich habe dies Ihnen gegenüber nachdrücklichst betont. Haben Sie bemerkt, Simpson, dass auf der Brücke, die über den Weg hinwegführt, ein alter Sprengwagen stand? Ich nehme an, Sie haben in der Zwischenzeit erfahren, dass er nicht dem Landwirt gehört, auf dessen Besitztum er gefunden wurde, dass dieser ihn auch nie vorher gesehen hat. Es wird wahrscheinlich keine Schwierigkeiten machen, herauszufinden, wo der Wagen gekauft worden ist. Voraussichtlich wird sich herausstellen, dass er vor einigen Tagen bei einem Verkauf von Gemeindevorräten weggegeben wurde. In der ›Times‹ hatte ich übrigens die Anzeige eines derartigen Verkaufes gelesen. Können Sie sich nicht vorstellen, wie leicht es sein würde, große Mengen eines tödlichen Gases, deren Hauptbestandteil beispielsweise Kohlensäure ist, nicht nur unter Druck in dem Tank aufzubewahren, nein, dort sogar herzustellen? ... Nehmen Sie an, dies Gas, oder ein noch viel tödlicheres, wie sich vielleicht herausstellen wird, ist dort aufbewahrt worden ... Können Sie sich nicht vorstellen, wie außerordentlich einfach es sein würde, an einem stillen, ruhigen Morgen einen Schlauch über die Brücke zu lassen, und den darunter liegenden Hohlweg mit dem Gas anzufüllen? ... Das ist, ich bin absolut sicher, auch geschehen. Was für eine Art Gas sonst noch verwendet wurde, weiß ich jetzt noch nicht, aber

Kohlensäure bedeckt jetzt noch den Boden des Hohlweges. Als ich ein Streichholz fallen ließ, verlöschte es, und jedes weitere Streichholz, das ich in der Nähe des Bodens anzündete, ging sofort aus. Wenn der Wagen glatt hindurch und den anderen Abhang wieder hinausgelaufen wäre, wären Fahrer und Insassen wahrscheinlich mit dem Leben davongekommen. So aber war der Fahrer im Augenblick betäubt, verlor die Gewalt über das Steuer, rannte gegen die Böschung und brachte so das Auto zum Halten. Höchstwahrscheinlich waren sie alle schon tot, bevor Flack und seine Helfershelfer, wer die auch immer waren, mit Gasmasken ausgerüstet, heruntersprangen, den Fahrer nach hinten in das Auto warfen und davonfuhren.«

»Und der Landwirt ...« begann der Polizeichef von Neuem.

»Er fand seinen Tod wahrscheinlich kurze Zeit später, nachdem das Militärauto schon durchgefahren war. Auch er fuhr in dies Loch des Todes hinab, aber die Schnelligkeit seines Wagens trug ihn auf der anderen Seite wieder hinaus, obwohl er da wohl schon tot war.«

Er stand auf und streckte sich müde.

»Jetzt will ich erst mal Miss Belman aufsuchen und sie beruhigen,« sagte er. »Haben Sie sie nach dem Hotel bringen lassen, wie ich Sie gebeten hatte, Simpson?«

Simpson starrte ihn in äußerster Verwunderung an.

»Miss Belman?« sagte er. »Ich habe Miss Belman überhaupt nicht gesehen.«

14

Alles ging in Margaret Belmans Kopf durcheinander, als sie in den Wagen stieg, der am Portal von Larmes Keep auf sie wartete. Die Tür wurde hinter ihr zugeschlagen, und die Droschke fuhr sofort ab. Sie bemerkte ihren Gefährten: Er hatte sich in die äußerste Ecke des Landaulets gedrückt und begrüßte sie mit einem verlegenen Grinsen. Er sprach nicht eher, als bis sie eine Strecke von dem Hause entfernt waren.

»Mein Name ist Gray. Mr. Reeder hatte keine Möglichkeit, mich vorzustellen. Sergeant Gray, C.I.D[7].« »Mr. Gray, was soll denn das alles bedeuten?... Das Instrument, was ich holen soll ...?«

Gray hustete. Er wusste nichts von einem Instrument, setzte er ihr auseinander, seine Instruktionen bestanden nur darin, sie bis zu einem Auto zu begleiten, das am Fuße der Hügelstraße auf sie wartete.

»Mr. Reeder wünscht, dass Sie per Auto nach London fahren. Haben Sie vielleicht Brill irgendwo gesehen?«

»Brill,« fragte sie. »Wer ist denn Brill?«

Er erklärte ihr, dass zwei Beamte, er und der Mann, den er erwähnt hatte, auf dem Grundstück gewesen waren.

»Aber was geht denn eigentlich vor? ... Ist da irgendwas in Larmes Keep nicht in Ordnung?« fragte sie.

Die Frage war eigentlich unnötig. Der Ausdruck in Reeders Augen hatte ihr deutlich erzählt, dass dort etwas noch mehr als »nicht in Ordnung« war.

---

[7]C.I.D.– Criminal Investigation Department –Kriminalabteilung.

»Ich weiß es nicht, Miss,« antwortete Gray diplomatisch. »Ich weiß nur, dass der Oberinspektor mit einem Dutzend Männer hier ist, und das sieht nach Ernst aus. Ich nehme an, Mr. Reeder wollte Sie aus dem Weg haben.«

Sie »nahm es nicht an«, sie wusste es ganz genau, und ihr Herz schlug schneller.

Was war das für ein Geheimnis in Larmes Keep? ... Hing das alles mit dem Verschwinden von Ravini zusammen? ... Sie gab sich die größte Mühe, ruhig und logisch zu denken, aber sie konnte ihre Gedanken nicht beieinander halten.

Die Stationsdroschke hielt am Fuß des Hügels, und Gray sprang heraus. Etwas weiter vor ihnen sah sie das Rückenlicht eines Autos, das am Rande der Chaussee wartete.

»Haben Sie den Brief, Miss? ... Der Wagen bringt Sie direkt nach Scotland Yard, und dort wird Mr. Simpson sich weiter um Sie kümmern.«

Er brachte sie nach dem Wagen, öffnete ihr die Tür und folgte dem Auto mit seinen Blicken, bis das Rückenlicht hinter einer Krümmung verschwand.

Es war ein großes, elegantes Landaulet und Margarete machte es sich in einer Ecke behaglich, zog die Decke über die Knie und bereitete sich auf die zweistündige Fahrt nach London vor. Die Luft war nicht besonders gut; sie versuchte vergeblich, das eine Fenster herunterzulassen, mit ebenso wenig Erfolg das andere. Es waren nicht einmal Scheiben in den Fensterrahmen, und diese ließen sich überhaupt nicht bewegen. Etwas verletzte sie leicht am Knöchel. Sie tastete an dem Fensterrahmen entlang ... Schrauben, ganz kürzlich angebracht. Es war ein kleiner Holzsplitter, an dem sie sich gerissen hatte.

Mit wachsender Unruhe fühlte sie nach der Klinke an der Innenseite der Tür. Eine Klinke war nicht vorhanden.

Ihre Bewegungen mussten wohl die Aufmerksamkeit des Fahrers erregt haben, denn die vordere Glasscheibe wurde heruntergeschoben, und eine raue Stimme begrüßte sie:

»Sitzen Sie still und verhalten Sie sich ruhig! Das ist nicht Reeders Wagen ... *den* habe ich nach Hause geschickt!«

Die Stimme ging in ein Kichern über, das ihr das Blut in den Adern gerinnen ließ.

»Jetzt kommen Sie mit *mir* mit ... Sie können was erleben ... Sie kennen mich doch, was? ... Reeder soll blutige Tränen weinen ... Reeder kennt mich sehr gut ... Ich wollte ihn heute Nacht fassen, aber Sie genügen auch schon, mein Schatz!«

Die Glasscheibe schloss sich. Der Wagen bog von der Hauptstraße in einen Nebenweg ein mit der Absicht, wie sie vermutete, auf seinem Wege Städte und Dörfer möglichst zu vermeiden. Sie streckte ihre Hand aus und befühlte die Wände des Wagens. Das Verdeck war aus Leder und konnte zurückgeschlagen werden. Wenn sie ein Messer hätte, könnte sie vielleicht ...

Der Atem stockte ihr fast, als ihr ein Gedanke in den Kopf kam. Sie richtete sich auf und fühlte nach den Metallklammern, die das Verdeck festhielten. Sie nahm alle Kraft zusammen, schob den flachen Haken zurück, stemmte ihre Füße gegen die Vorderwand des Wagens und zog und zerrte an dem Lederverdeck. Ein Strom frischer Luft kam herein, als das Verdeck langsam anfing zusammenzuklappen. Der geschlossene Wagen war jetzt offen. Sie durfte keine Zeit verlieren. Der Wagen lief mit einer ungefähren Geschwindigkeit von dreißig Meilen, aber sie musste die Möglichkeit einer Verletzung in Kauf nehmen. Sie kletterte über die Rückseite des Lederverdecks, hielt sich fest an der Kante und ließ sich auf die Straße fallen.

Obwohl sie sich vollkommen überschlug, kam sie wunderbarerweise ohne jede Verletzung davon, sprang auf ihre Füße und blickte, kalt vor Furcht und an jedem Glied zitternd, nach einem Weg zur Flucht aus. Die Hecke an der linken Seite war hoch und undurchdringlich. An der rechten Seite befand sich ein niedriges Holzgatter. Sie war gerade im Begriff, darüber hinwegzuklettern, als sie das Kreischen der Bremsen hörte und sah, dass der Wagen anhielt.

Während sie weiterhastete, zerbrach sie sich den Kopf, was für eine Art Land es war, auf dem sie sich befand. Es war nicht bebaut und schien Gemeindeland zu sein, da sie unter ihren Füßen den elastischen Boden und die dornigen Finger des Stechginsters fühlte, die nach ihrem Kleid griffen, als sie vorbeieilte. Sie glaubte, den Mann hinter ihr rufen zu hören, aber sie floh immer tiefer in die Finsternis hinein.

Dicht bei ihr musste die See sein. Sie spürte den herben Salzgeruch. Einmal, als sie einen Augenblick stehen blieb, um Atem zu schöpfen, hörte sie das Rauschen der Wogen, die gegen einen unsichtbaren Strand anschlugen. Sie lauschte, beinahe taub von dem wilden Pochen ihres Herzens.

»Wo sind Sie? ... Zurück! Sie verfluchte Närrin!«

Die Stimme war ganz in ihrer Nähe. Kaum ein Dutzend Yard entfernt sah sie eine dunkle Gestalt sich bewegen und konnte nur mit größter Mühe den Schrei unterdrücken, der aus ihrer Kehle herausdrängte. Sie kauerte sich hinter einen Busch und wartete und dann sah sie zu ihrem Entsetzen einen Lichtstrahl in der Dunkelheit aufblitzen. Er hatte eine elektrische Lampe und ließ das Licht über den Boden schweifen.

Entdeckung war unvermeidlich, sie sprang auf und lief weiter ... im Zickzack, in der Hoffnung, ihren Verfolger überlisten zu können. Sie bemerkte, dass der Boden unter ihren Füßen abschüssig wurde, und das vermehrte noch die Schnelligkeit ihres Laufes. Und Schnelligkeit hatte sie nötiger wie je, denn nun hatte er ihre Gestalt, die sich gegen den helleren Horizont abzeichnete, entdeckt und kam hinter ihr her ... stotternd und kreischend in seiner tollen Wut. Und jetzt schien ein Entkommen unmöglich. Sie machte einen wilden Sprung, um seinen ausgestreckten Händen zu entgehen, fühlte keinen Boden mehr unter den Füßen. Ehe sie sich noch zurückwerfen konnte, fiel sie – fiel. Sie schlug auf einen Busch auf – Schmerz und Schreck brachten sie einer Ohnmacht nahe. Und sie fiel – rollte einen steilen Abhang hinunter, vergeblich griffen ihre Hände wild um sich, um sich in den Sträuchern, im Sand, an den Grasbüscheln festzuklammern, sie fiel – hatte schon alle Hoffnung aufgegeben, rollte und stürzte, kopfüber, kopfunter, als ihr Fall plötzlich durch ein ebenes Fleckchen Erde aufgehalten wurde. Atemlos mit schmerzenden Gliedern blieb sie liegen – ein Bein hing über den Rand des Felsens, der zweihundert Fuß steil abfiel. Glücklicherweise war es finster.

Erst bei Tagesanbruch wurde es Margaret Belman klar, wie nahe sie dem Tode gewesen war.

Tief unter ihr lag die See und ein schmaler Streifen gelben Sandes. Sie blickte in eine schmale Bucht, in der sich, soweit sie sehen konnte, kein Anzeichen befand, dass sich Menschen dort aufhielten. Das war nicht zum Verwundern, denn der Strand war nur von der See aus zu erreichen. Irgendwo, auf der anderen Seite des nördlichen Felsens, musste ihrer Meinung nach Siltbury liegen. Unter ihr ein steiler Absturz über das kalkweiße Kliff, über ihr ein Schrecken erregender, hoher Abhang, den sie aber hoffte, erklimmen zu können.

Einen Schuh hatte sie bei ihrem Fall verloren, und nach einigen Augenblicken Suchens fand sie ihn so nahe bei der

Klippe, dass sie schwindlig wurde, als sie sich bückte, um ihn aufzuheben.

Das Plateau war ungefähr fünfzig Yard lang, hatte die Form eines Halbmondes und war beinahe gänzlich mit Stechginstersträuchern bewachsen. Sie fand Dutzende von Nestern, und das bewies ihr, dass dies Fleckchen nicht einmal von den tollkühnsten Felsenkletterern aufgesucht wurde. Jetzt verstand sie auch die Bedeutung des niedrigen Geländers an der anderen Seite des Weges, der augenscheinlich parallel mit der Küste einige Meilen nach Westen zu lief. Wie weit war sie wohl von Larmes Keep entfernt? ... überlegte sie, bis es ihr zum Bewusstsein kam, wie lächerlich es war, sich jetzt darüber den Kopf zu zerbrechen. Das Nächstliegendste war, dass sie sich in großer Gefahr befand, zu verhungern. Ihre Aufgabe musste sein, von dem Plateau herunterzukommen. Es gab eine allerdings recht fernliegende Möglichkeit, dass man sie von der See aus gesehen hätte. Die wenigen Vergnügungsboote, die von Siltbury ausfuhren, gingen nicht nach Westen; die Fischerflotte segelte unweigerlich nach Süden. Sie legte sich lang auf den Boden und blickte über den Abhang hinweg in der vergeblichen Hoffnung, einen leichten Abstieg zu entdecken; aber alles Suchen war umsonst. Der Hunger meldete sich, aber in all den Nestern, die sie durchsuchte, fand sie nicht ein einziges Ei.

Es blieb ihr nichts anderes übrig, als das ganze Plateau genau zu durchforschen. Nach Westen zu war ein Auf- oder Abstieg unmöglich, aber an der Ostseite fand sie einen mit Sträuchern bewachsenen Abhang, der zu einem anderen Plateau zu führen schien, das aber nicht so groß war wie das, auf dem sie sich jetzt befand.

Hinabzugleiten war verhältnismäßig leicht, größere Schwierigkeiten verursachte aber die Aufgabe, die Schnelligkeit ihres Abgleitens so zu kontrollieren, dass sie nicht über den Abhang des nächsten Plateaus hinausschoss. Mit unendlicher Mühe brach sie zwei dicke Äste von einem großen Ginsterbusch und begann, mit den Füßen voraus, sich langsam hinunterzugleiten zu lassen, während sie die beiden Äste in der Weise des Skiläufers zum Bremsen gebrauchte. Wo die Oberfläche des Abhanges aus Sand oder Lehm bestand oder wo Gestrüpp ihr zu Hilfe kam, war ihr Abstieg nicht zu schnell, aber als sie über breite Strecken von verwitterten Felsen, auf denen ihre Stöcke keinen Halt fanden, hinwegglitt, vergrößerte sich ihre Schnelligkeit in beunruhigender Weise.

Und dann bemerkte sie zu ihrem Entsetzen, dass sie ihre Richtung nicht einhalten konnte; sie konnte versuchen, was sie wollte, immer glitt sie nach der linken Seite des Plateaus, ihre verzweifelten Anstrengungen, nach der rechten Seite hinüberzukommen, waren ohne Erfolg. Das Gestrüpp wurde spärlicher. Anzeichen von einem Erdrutsch, der kürzlich stattgefunden haben musste, wurden sichtbar, von einem Erdrutsch, der vielleicht bis zum Meeresniveau hinunterlief, vielleicht aber auch jäh und verhängnisvoll am Rand eines steilen Abhanges endigen konnte. Tiefer und tiefer glitt sie, auf dem Rücken, auf der Seite, zeitweise mit dem Gesicht nach unten und fühlte, wie ihre Geschwindigkeit sich mit jedem Yard vergrößerte. Die Enden ihrer Skistöcke waren zersplittert, und schon lag das Plateau, das sie erreichen wollte, hinter und über ihr. Als sie den Kopf drehte, sah sie seine weiße Wand, die steil zu ungesehenen Tiefen abfiel.

Jetzt wurde ihr das Entsetzliche klar. Der Abhang lief um einen großen Felsen herum und fiel dann in einem scharfen Winkel in die See. Bevor sie sich noch der drohenden Gefahr völlig bewusst werden konnte, glitt sie schneller und immer schneller durch Lehm und Sand, der Mittelpunkt eines neuen Erdrutsches, den sie verursacht hatte. Riesenhafte Felsblöcke folgten ihr – um Haaresbreite wäre sie von einem zerschmettert worden ...

Und dann, wie von einem Katapult fortgeschleudert, schoss sie plötzlich in die Luft. Sie hatte einen blitzartigen Eindruck von wogendem Grün unter sich, und im nächsten Augenblick schlug

170

das Wasser über ihr zusammen. Mit allen Kräften arbeitete sie sich nach oben.

Es schien ihr eine Ewigkeit, ehe sie an die Oberfläche kam. Glücklicherweise war sie eine gute Schwimmerin, und, als sie sich umblickte, sah sie den gelben Strand weniger als fünfzig Yard von sich entfernt. Aber es waren fünfzig Yard gegen die Ebbe, und völlig erschöpft schleppte sie sich an Land und brach auf dem Sand zusammen.

Ihr ganzer Körper schmerzte sie, sie fühlte ihn wie eine einzige Wunde. Hände und Füße waren zerschunden. Als sie langsam wieder zu Atem kam, hörte sie wie ein tröstendes Geräusch das Geplätscher von fallendem Wasser. In halber Höhe der Klippe sprang ein Quell aus dem Felsen, sie taumelte über den Strand und trank gierig aus den hohlen Händen. Sie war ausgedörrt; ihre Kehle war so trocken, dass sie kaum einen Ton herausbringen konnte. Hunger hätte sie vielleicht aushalten können, aber der Durst war unerträglich. Jetzt konnte sie sich tagelang am Leben erhalten, falls man sie nicht gleich entdecken sollte.

Es war unnötig, den Strand noch lange zu durchforschen. Der Weg zur Freiheit lag offen vor ihr. Ein vom Wasser ausgehöhlter Tunnel führte durch den Uferfelsen hindurch auf einen anderen Strand. Siltbury war nicht zu sehen. Sie hatte nicht die geringste Idee, wie weit sie von dieser ersehnten Niederlassung menschlicher Wesen entfernt war, und nahm sich noch weniger Mühe, darüber nachzudenken. Als sie ihren Durst gelöscht hatte, zog sie Schuhe und Strümpfe aus und machte sich auf den Weg nach dem Tunnel.

Die zweite Bucht war größer und ihr Strand viel länger. Sie fand kleine Felsenriffe, die weit hinaus in die See liefen und über die sie mit ihren bloßen Füßen hinwegklettern musste. Die Bucht war viel länger, wie sie erst angenommen hatte, und war, soweit sie sehen konnte, ohne Ausgang; auch die Höhe der Klippen nahm nicht ab. Sie hatte erwartet, einen Pfad zu finden, der über diese hinwegführen würde, und wurde in dieser Hoffnung noch bestärkt, als sie den faulenden Rumpf eines Bootes entdeckte, das hoch und trocken auf dem Strand lag. Nach ihrer Schätzung war es ungefähr acht Uhr morgens. Als sie sich auf den Weg machte, war sie vom Kopf bis zu den Füßen durchnässt, aber die warme Septembersonne hatte ihre Lumpen – anders konnte man es nicht nennen – getrocknet. Sie hatte die Empfindungen eines gestrandeten Seemannes auf einer verlassenen Insel, und nach kurzer Zeit begann die völlige Einsamkeit auf ihre Nerven zu wirken.

Bevor sie noch das Ende der Bucht erreicht hatte, war es ihr klar, dass sie nur in die nächste gelangen würde, wenn sie bis zu einer niedrigen Felsenbarriere schwamm, die leicht überklettert werden konnte. Zu ihrer eigenen Bequemlichkeit hätte sie wohl das wenige, was von ihren Kleidern noch übrig war, ablegen können, aber vielleicht lag schon hinter diesen Felsen die Zivilisation. Sie band ihre nassen Schuhe und Strümpfe zusammen, befestigte das Bündel um ihre Hüfte, watete in die See hinein und schwamm in ruhigen Stößen auf die Felsen zu. Lange Zeit suchte sie nach einer Stelle, wo sie bequem an Land kommen könnte und fand sie endlich in einer stufenförmigen Pyramide, die leichter zu erklettern schien, als sie in Wirklichkeit war – nach mühsamem, hartem Klettern erreichte sie den Gipfel.

Hier war der Strand kürzer, das Kliff aber dagegen viel höher. Über den Kamm des Felsens hinweg, der nach der See hinauslief, sah sie die weißen Häuser von Siltbury, und dieser Anblick gab ihr neuen Mut. Der Abstieg von dem Felsgrat war sogar noch schwieriger wie das Hinaufklettern, und sie war dankbar, als sie schließlich auf einem flachen Uferfelsen saß und ihre schmerzenden Füße in das Wasser hängen ließ. Auch die letzte Strecke nach dem Ufer, die sie durchschwimmen musste, nahm ihre Kräfte aufs Äußerste in Anspruch. Fast eine Stunde dauerte es, bis ihre Füße den festen Sand berührten und sie sich endlich auf den Strand schleppte. Hier ruhte sie sich aus, bis der quälende Hunger sie auf das letzte, sichtbare Hindernis zutrieb.

172

Aber es gab noch eines, das ihr noch nicht sichtbar war. Nach einem Marsch von einer viertel Stunde fand sie ihren Weg von einer tiefen Meeresströmung verschlossen, die unter den überhängenden Felsen lief. Sie hatte doch diesen Platz schon früher gesehen ... wo war denn das nur gewesen? ... Und dann, mit einem Ausruf der Überraschung, erinnerte sie sich. Das war ja die Höhle, von der ihr Olga Crewe gesprochen hatte, die Höhle, die sich bis unter Larmes Keep hinzog. Sie beschattete ihre Augen und blickte in die Höhe. Ja, dort war der kleine Erdrutsch; Teile der Mauer, die mit weggerissen waren, ragten noch aus dem Geröllhaufen heraus, der auf der Kliffseite lag.

Auf einmal bemerkte Margarete etwas, das ihr Herz schneller klopfen ließ. An dem Rand des tiefen Kanals, den das Wasser in den Sand geschnitten hatte, war die tiefe Spur eines Schuhs, eines Schuhs mit breiter, beinahe viereckiger Spitze und einem Gummiabsatz. Die Spur war ganz frisch. Margarete suchte weiter an der Seite des Kanals entlang und fand eine zweite; sie führte zum Eingang der Höhle. Auf beiden Seiten der scharfkantigen Öffnung im Felsen lag ein schmaler, wellenförmiger Streifen Sand, den das zurückflutende Wasser abgesetzt hatte, und wiederum bemerkte sie die Fußspuren. Vielleicht ein Besucher der Höhle dachte sie. Bald würde er wieder herauskommen, und sie könnte ihm dann ihre schwierige Lage erklären, obgleich ihr Äußeres eine Erklärung eigentlich unnötig machte.

Sie wartete, aber niemand ließ sich sehen. Sie bückte sich und versuchte, in die dunklen Tiefen hineinzublicken. Vielleicht könnte sie besser sehen, wenn sie selbst im Innern und aus dem hellen Tageslicht heraus wäre? ... Vorsichtig ging sie über den schmalen Sandstreifen hinweg, aber ihre Augen hatten sich noch nicht an die Dunkelheit gewöhnt, und sie konnte nichts unterscheiden.

Margarete machte einen weiteren Schritt vorwärts und befand sich nun innerhalb des Höhleneinganges, und dann legte sich plötzlich von hinten ein nackter Arm um ihren Hals, eine

173

große Hand drückte sich auf ihren Mund. Entsetzt sträubte sie sich wie toll, aber der Mann hielt sie mit eisernem Griff. Die Besinnung verließ sie, und sie sank leblos in seine Arme.

15

Mr. Reeder war kein Mann, der leicht seine Selbstbeherrschung verlor. Aber jetzt lernte Mr. Simpson zum ersten Mal in seinem Leben kennen, dass dieser ruhige und unerschütterliche Chefdetektiv des Generalstaatsanwaltes eine Fähigkeit für Kraftausdrücke besaß, die seinesgleichen suchte. Er schleuderte dem Beamten eine Frage ins Gesicht, und Simpson nickte.

»Der Wagen ist zurückgekommen. Der Chauffeur sagte, er hätte den Auftrag erhalten, nach London zurückzufahren. Ich habe angenommen, Sie hatten Ihre Pläne geändert. Sie bearbeiten doch den Raub des Goldtransportes weiter?«

Reeder funkelte ihn über den Tisch hinweg an, und trotz all seiner Unerschrockenheit zuckte Simpson zusammen.

»Zum Teufel damit!« zischte Reeder.

Simpson sah den wahren, unverfälschten J. G. Reeder und war sprachlos.

»Ich fahre sofort zurück und werde mir mal den Kriminalisten mit dem Affengesicht vornehmen, und er soll einige Arten von Überredung kennenlernen, die seit den Tagen der Inquisition in Vergessenheit geraten sind.«

Bevor Simpson noch antworten konnte, war Mr. Reeder zur Tür hinaus und flog die Treppe hinunter.

*

Es war eine Stunde nach dem Lunch. Mr. Daver saß an seinem Schreibtisch und drehte die Daumen, als die Tür ohne Weiteres aufgerissen wurde und Mr. Reeder hereinkam. Daver erkannte den Detektiv nicht sofort, denn dieser hatte sich in einem Anfall wilden Humors seinen Backenbart abnehmen lassen und hatte dadurch eine erstaunliche Veränderung seiner äußeren Erscheinung erhalten. Und mit dem Verschwinden dieser Zier war eine bemerkenswerte Wandlung des ganzen Mr. Reeder eingetreten. Verschwunden war sein nutzloser Kneifer, der eine ganze Generation von Verbrechern fasziniert hatte, verschwunden die sanfte, um Entschuldigung bittende Stimme, das schüchterne, scheue Wesen.

»Ich habe mit Ihnen zu reden, Daver!«

»Mr. Reeder!« stammelte der Mann mit dem Koboldgesicht und erblasste.

Reeder schlug die Tür hinter sich zu, riss einen Stuhl heran und setzte sich dem Hotelbesitzer gegenüber.

»Wo ist Miss Belman?«

»Miss Belman?«

Erstaunen zeigte sich in jeder Linie seines Gesichtes.

»Großer Gott, Mr. Reeder, Sie wissen es doch! ... Sie ist doch nach London gefahren, um Ihr Daktyloskop – ist das das Wort? – zu holen ... Ich hatte die Absicht, Sie zu bitten, mir das Instrument zeigen zu ...«

»Wo – ist – Miss – Belman? ... Heraus mit der Sprache, Daver, und ersparen Sie sich einen Haufen Verdruss.«

»Ich schwöre Ihnen, mein lieber Mr. Reeder ...«

Reeder lehnte sich über den Tisch und klingelte.

»Wünschen Sie etwas?« stammelte der Hotelbesitzer.

176

»Ich möchte mit Mrs. Flack sprechen ... Sie nennen sie Mrs. Burton, aber für mich ist Mrs. Flack gut genug.«

Davers Gesicht war jetzt leichenblass.

»Ich bin einer der wenigen Menschen, die wissen, dass John Flack verheiratet ist,« sagte Reeder; »einer der wenigen, die wissen, dass er eine Tochter hat! Die einzige Frage ist nur: Weiß John Flack ebenso viel wie ich?«

Er blickte finster auf den zusammengesunkenen Mann.

»Weiß John Flack, dass, während er im Broadmoore saß, dieser schleichende Wurm von Sekretär, dieser eklige Schmarotzer und Sklave beschloss, Flacks Spuren zu folgen, dass er seinen Einfluss, sein Wissen benutzte, die unglückliche Tochter des wahnsinnigen John Flack zu zwingen, ihn zu heiraten?«

»Um Gottes willen ... sprechen Sie nicht so laut!«

Aber Mr. Reeder fuhr fort:

»Bevor Flack in das Gefängnis ging, vertraute er seiner Tochter seine berüchtigte Enzyklopädie des Verbrechens an. Sie war die einzige Person, der er vertraute. Seine Frau war eine willenlose Sklavin, die er immer verachtet hatte. Ein Jahr, nachdem Flack ins Gefängnis kam, eignete sich Mr. Daver, sein Sekretär, die Bücher an. Dann organisierte er seine eigene, kleine Bande in Flacks altem Hauptquartier, das in Ihrem Namen gekauft wurde. Seit dem Augenblick, wo Sie wussten, dass Flack einen Ausbruch plante – einen Ausbruch, bei dem Sie ihn zu unterstützen hatten – lebten Sie in der ständigen Furcht, dass er entdecken würde, welch doppeltes Spiel Sie mit ihm getrieben haben ... Sagen Sie, dass ich lüge, und ich schlage Ihnen Ihren elenden, kleinen Schädel ein! ... Wo ist Margarete Belman?«

»Ich weiß es nicht,« sagte der Mann mürrisch. »Flack ließ ein Auto auf sie warten ... mehr weiß ich auch nicht.«

Etwas in seinem Ton, etwas in dem flackernden, schiefen Blick seiner Augen brachte Reeder außer sich. Er streckte seinen langen Arm aus, packte den Mann beim Kragen und riss ihn wütend über den Tisch. Als ein Beweis seiner körperlichen Kräfte war das mehr als bemerkenswert, als eine Art Ankündigung des Entsetzlichen, was folgen sollte, hatte es eine sonderbare Wirkung auf Daver. Einen Augenblick lang lag er bewegungslos, dann riss er sich mit einer urplötzlichen Drehung seines Halses los, stürzte zum Zimmer hinaus und schlug die Tür hinter sich zu. Ehe noch Reeder einen umgeworfenen Stuhl aus dem Weg gestoßen und die Tür geöffnet hatte, war Daver verschwunden.

Als Reeder die Halle erreichte, war sie leer. Er fand keinen der Dienstboten und erfuhr später, dass diesen am Morgen gekündigt worden war, dass man ihnen ein Monatsgehalt ausgezahlt und sie mit dem ersten Zug nach London geschickt hatte. Er lief aus dem Haupteingang auf den Rasenplatz, aber der Mann, den er suchte, war nicht mehr zu sehen. Auch in der anderen Seite des Hauses war alles Suchen vergebens. Einer der Detektive, die um das Haus herum aufgestellt waren, und der Mr. Reeders hastiges Hinaustreten bemerkt hatte, kam in die Halle gestürzt und fand ihn, als er gerade die Treppe wieder herabkam.

»Niemand ist herausgekommen, Sir,« sagte er, als Reeder ihm erklärt hatte, wen er suchte.

»Wie viele Leute sind auf dem Grundstück postiert?« fragte Reeder kurz. »Vier? ... Holen Sie sie rein ... Schließen Sie jede Tür ab und bringen Sie eine Brechstange ... Ich werde jetzt eine kleine Durchsuchung des Hauses vornehmen, die mich vielleicht eine Menge Geld kosten kann. Kein Lebenszeichen von Brill?«

»Nein, Sir,« antwortete der Detektiv und schüttelte traurig den Kopf. »Armer, alter Brill! ... Ich befürchte, sie haben ihn erledigt. – Die junge Dame ist doch gut nach London gekommen?«

Mr. Reeder blickte ihn finster an.

»Die junge Dame – was wissen Sie von ihr?« fragte er scharf.

»Ich habe sie bis zu dem Auto gebracht,« sagte Detektiv Gray.

Reeder packte ihn beim Rock und ging mit ihm in die Vorhalle.

»Jetzt erzählen Sie mal und gefälligst etwas schnell, was für eine Art Wagen war es?«

»Das weiß ich nicht, Mr. Reeder,« sagte der Mann überrascht. »Ein gewöhnlicher Wagen, nur waren Laden an den Fenstern, aber ich dachte, Sie hätten das so angeordnet.«

»Was für eine Karosserie?« Der Mann beschrieb das Auto so genau, wie ihm dies – er hatte den Wagen ja nur oberflächlich betrachtet – möglich war. Er glaubte aber, es war ein halb offener Wagen mit einem Lederverdeck. Dieser Bericht war nicht mehr, als Reeder erwartet hatte – er vermehrte und verminderte seine Befürchtungen in keiner Weise. Als Gray zu seinen Kameraden zurückgegangen und die Tür geschlossen war, rief Mr. Reeder sie vom oberen Treppenabsatz in den ersten Stock hinauf. Bereits am Morgen hatte eine sehr sorgfältige Untersuchung durch die Polizei stattgefunden, die sich aber bis jetzt noch nicht auf Davers Zimmer erstreckt hatte. Es lag am Ende des Ganges und war verschlossen, als die Detektive ankamen. In noch nicht zwei Minuten hatte man die Tür aufgebrochen. Mr. Davers Wohnung bestand aus Wohn-, Schlaf- und einem sehr elegant ausgestattetem Badezimmer. In ersterem waren eine große

Anzahl Bücher, ein kleiner Empiretisch, auf dem sorgfältig geordnet ein Stoß Rechnungen lagen, aber keine Papiere irgendwelcher Art, die auf seine Verbindung mit der Bande von John Flack schließen lassen konnten.

Das Schlafzimmer war wundervoll möbliert. Auch hier war von Reeders Standpunkt aus die Durchsuchung ergebnislos.

Die Wohnung nahm eine der Ecken des alten Verlieses ein und Reeder war schon im Begriff, das Zimmer zu verlassen, als ihm, bei einem letzten Blick um sich herum, die eigenartige Stellung eines braunen Lederdiwans in einer der Ecken des Zimmers auffiel. Er ging zurück und versuchte, ihn von der Wand wegzuziehen, aber anscheinend war er an der Wand oder dem Boden befestigt. Er stieß mit dem Fuß gegen, die mit Stoff bekleidete Vorderseite. Es klang hohl.

»Möchte wissen, was er in dem Diwan hat?« sagte er.

Nach langem Suchen fand Gray einen verborgenen Bolzen, schob diesen zurück, und das Oberteil des Diwans öffnete sich wie der Deckel eines Kastens. Er war leer. »Das Verrückte an diesem Hause ist,« sagte Gray, als sie zusammen nach unten gingen, »dass man immer denkt, man ist im Begriff, eine wichtige Entdeckung zu machen, und dann ist man regelmäßig auf dem Holzweg.«

Reeder antwortete nicht; er war zu sehr mit seinen eigenen sorgenvollen Gedanken beschäftigt. Nach einer Weile sagte er:

»Ja, es passieren eine Menge merkwürdige Dinge in diesem Haus.«

Und dann kam ein Ton, der einem das Mark in den Knochen gefrieren ließ. Ein schriller Schrei! ... Der Schrei eines Menschen in Todesnot.

»Hilfe! ... Hilfe! ... Reeder, zu Hilfe! ...«

Er kam aus der Richtung des Zimmers, das sie soeben verlassen hatten, und Reeder erkannte Davers Stimme.

»Herrgott ...!«

Eine Tür schlug zu. In großen Sätzen sprang Reeder die Treppe hinauf, die Detektive hinter ihm her. Er hatte die Tür von Davers Zimmer offen gelassen, aber jetzt – in der kurzen Zeit, wo er nach unten gegangen war – war sie verschlossen und verriegelt.

»Die Brechstange, schnell!«

Gray hatte sie unten gelassen, flog die Treppe hinunter und war in wenigen Augenblicken wieder zurück.

Kein Laut drang aus dem Zimmer. Reeder zwängte die Spitze des Eisens in der Nähe des Riegels zwischen Türrahmen und Tür, drückte mit aller Kraft auf die Brechstange, und mit einem Krach flog die Tür auf. Er machte einen Schritt in das Zimmer hinein und stand dann unbeweglich, starrte nach dem Bett, unfähig zu glauben, was sich seinen Blicken zeigte.

Auf der seidenen Steppdecke, verkrampft in unbeschreiblicher Stellung, lag Daver. Seine runden, erloschenen Augen starrten nach der Decke. Mr. Reeder wusste, dass er tot war, bevor er noch die schreckliche Wunde oder das Messer mit braunem Griff, das in der Seite saß, gesehen hatte.

Reeder horchte nach einem Herzschlag, fühlte nach dem Puls an dem noch warmen Handgelenk, aber er wusste, es war Zeitverlust. Er durchsuchte schnell die Taschen des Toten und fand in der inneren Westentasche einen dicken Stoß Banknoten.

»Nur Tausender,« sagte Mr. Reeder, »und davon fünfundneunzig. Was ist in dem Paket?«

Es war ein kleiner Pappumschlag, der ein Dampferbillett Southampton-New York auf den Namen »Sturgeon« enthielt; in einer der Rocktaschen fand er einen Pass auf den gleichen Namen und vom amerikanischen Konsul visiert.

»Er war auf dem Sprung, durchzugehen – hat aber zu lange gewartet,« sagte er. »Armer Teufel!«

»Aber wie ist er bloß hier hereingekommen, Sir,« fragte Gray. »Sie können ihn doch nicht hergetragen haben ...«

»Er war noch am Leben, als wir ihn hörten,« entgegnete Reeder kurz. »Er wurde ermordet, als wir ihn schreien hörten. Es gibt einen Eingang in das Zimmer, den wir bis jetzt noch nicht gefunden haben ... Was war das?«

Ein gedämpfter Schlag, wie wenn eine schwere Tür zugemacht worden wäre. Das Geräusch schien von irgendwoher im Zimmer selbst zu kommen. Reeder riss dem Detektiv die Brechstange aus der Hand und bearbeitete die Täfelung hinter dem Diwan. Unter der Täfelung solides Mauerwerk. Dann riss er eine andere herunter, der gleiche Erfolg. Von Neuem öffnete er den Diwan. Der Boden war aus dünnen Holzplanken gefügt. Auch diesen brach er auf. Darunter nichts wie der Steinfußboden.

»Reißen Sie alles ab,« befahl Reeder, und als das geschehen war, trat er in das nackte Gestell des Diwans und bewegte es vorsichtig von einem Ende zum andern.

»Nichts!« sagte er. »Gehen Sie nach unten und telefonieren Sie an Simpson, was sich ereignet hat.« Als der Mann gegangen war, nahm er noch einmal die Untersuchung des Getöteten auf. Daver hatte eine lange goldene Kette getragen, die an einem der Knöpfe des Beinkleides befestigt war. Die Kette war

182

verschwunden, nahe am oberen Ring abgerissen, der Knopf selbst hing nur noch an einem Faden. Er war noch damit beschäftigt, als seine Hand ein dickes Päckchen in der Hüfttasche des Toten berührte. Ein abgenutztes Ledertäschchen, angefüllt mit kleinen, meist unleserlichen Notizen. Sie waren von einer ungeübten Hand und hauptsächlich mit Bleistift geschrieben. Die Schrift war groß und unregelmäßig, und jede Art Papier war für diese Botschaften verwendet worden. Eine davon war eine hingekritzelte chemische Formel; eine andere bestand aus den wenigen Worten:

»Das Haus gegenüber Reeder ist zu vermieten. Mieten oder Schlüssel in die Hände bekommen. Nachrichten an gewohnte Stelle.«

Einige dieser Notizen waren verständlich, andere wieder gingen über das augenblickliche Begriffsvermögen Reeders hinaus. Aber zuletzt kam er zu einem Streifen, dessen Inhalt ihm die Farbe aus dem Gesicht jagte.

»Belman fiel über Kliff sechs Meilen westlich Larme. Leute schicken und Körper bergen lassen, bevor Polizei ihn entdeckt.«

Mr. Reeder las, und das Zimmer drehte sich um ihn herum.

16

Als Margaret Belman wieder zu Bewusstsein kam, befand sie sich in frischer Luft und lag in einer kleinen Felsennische, die vom Eingang der Höhle unmöglich zu sehen war. An ihrer Seite stand ein Mann in zerrissenem Hemd und zerlumpten Beinkleidern, der auf sie herabblickte. Als sie die Augen öffnete, sah sie, wie er den Finger an die Lippen legte, als ob er sie auffordern wollte, zu schweigen. Sein Haar war ungekämmt und klebte von geronnenem Blut, das auch über sein Gesicht gelaufen und dort getrocknet war. Und doch lag in seinem entstellten Gesicht eine gewisse Freundlichkeit, als er neben ihr niederkniete und ihr durch die hohlen Hände zuflüsterte:

»Seien Sie ganz ruhig! ... Es tut mir leid, dass ich Sie erschreckt habe, aber ich hatte Sorge, Sie würden schreien, Wenn Sie mich sehen würden ... Ich glaube, ich sehe fürchterlich aus!«

Sein Grinsen war beruhigend.

»Wer sind Sie?« fragte sie ebenso leise.

»Mein Name ist Brill, *C. I. D* [8] .« »Wie sind Sie hierhergekommen?« fragte sie.

» *Das* möchte ich auch gern wissen,« sagte er grimmig, »Sie sind doch Miss Belman, nicht wahr?«

Sie nickte. Er hob seinen Kopf, lauschte – dann legte er sich flach auf den Boden und spähte vorsichtig um die Ecke seines Verstecks herum. Beinahe fünf Minuten lang blieb er so liegen, ohne sich zu bewegen, und in dieser Zeit war Margaret aufgestanden. Ihre Knie zitterten, sie fühlte sich körperlich elend, und ihr Mund war wieder trocken und ausgedörrt.

---

[8] C.I.D.– Criminal Investigation Department – Kriminalabteilung.

Augenscheinlich zufriedengestellt kroch er an ihre Seite zurück.

»Ich war auf Posten in Reeders Zimmer und glaubte, ich hörte ihn vom Fenster aus rufen – wenn geflüstert wird, kann man Stimmen nicht unterscheiden – ich sollte schnell kommen, er brauchte mich. Kaum war ich unten angelangt, als ... plautz!« Er befühlte vorsichtig seinen Kopf und zuckte schmerzhaft zusammen. »Das ist alles, woran ich mich erinnern kann, bis ich wieder zu mir kam und fand, dass ich am Ertrinken war. Ich musste natürlich den ganzen Morgen in der Höhle bleiben.«

»Warum ›natürlich‹?«flüsterte sie.

»Weil zur Flutzeit der ganze Strand unter Wasser steht und die Höhle dann der einzige Platz ist, wo man sich aufhalten kann. Im Augenblick ist sie für meinen Geschmack etwas zu sehr bevölkert.«

Sie starrte ihn verwundert an.

»Bevölkert? ... was soll das heißen?«

»Leise!« warnte er sie, denn sie hatte unwillkürlich ihre Stimme erhoben.

Er lauschte.

»Ich möchte gern wissen, wie sie hier herunterkommen – Daver und der alte Schuft.«

Sie fühlte, wie sie erblasste.

»Sie meinen ... Flack?«

Er nickte.

»Flack ist nur für ungefähr eine Stunde hier gewesen, und Gott weiß, wie er hier runtergekommen ist. – Ich nehme an, unsere Leute halten das Haus unter Beobachtung?«

»Die Polizei?« fragte sie immer mehr erstaunt.

»Das ist doch Flacks Hauptquartier – wussten Sie denn das nicht? – Es scheint, als ob Sie keine Ahnung hatten. – Ich dachte, Reeder – ich meine Mr. Reeder – hätte Ihnen alles erzählt.«

Es war ein ziemlich gesprächiger junger Mann, der ein wenig überschwänglich war – und aus sehr gutem Grund – dass er sich noch am Leben befand.

»Den ganzen Morgen über habe ich mich in die Höhle hinein- und hinausgeschlichen. Sie haben da oben einen Posten aufgestellt« – er nickte in der Richtung nach Siltbury. »Das ist eine Bande! Wundervoll organisiert. Heute Morgen haben sie einen Goldtransport aufgehalten und sind damit durch die Lappen gegangen. – Ich habe gehört, wie der alte Mann es seiner Tochter erzählt hat. Das Spaßige bei der ganzen Sache ist, dass er selber gar nicht dabei war, als der Überfall ausgeführt wurde, dass aber alles klappte wie ein Uhrwerk. Er hat die geschicktesten Gauner hierfür gewonnen, und Ravini ist der Einzige, der ihn je verraten hat.«

»Wissen Sie eigentlich, was mit Mr. Ravini passiert ist?« fragte sie, und er schüttelte den Kopf.

»Er ist tot, wie ich glaube. Es gibt eine Menge Dinge in der Höhle, die ich nicht, und ein paar, die ich gesehen habe ... Sie haben zum Beispiel ein Motorboot drinnen ... so groß, wie eine Kirche! ... Das Boot meine ich ... still!«

Wieder drückte er sich flach gegen den Felsen. Stimmen ließen sich vernehmen, kamen näher und näher. Vielleicht war es auch die eigenartige Akustik der Höhle, die in einem den

Eindruck erweckte, die Sprechenden standen unmittelbar in seiner Nähe. Brill erkannte die dünne, kreischende Stimme des alten Mannes und grinste, aber diesmal war es kein angenehmes Lächeln.

»Irgendwas stimmt nicht, stimmt ganz verdammt nicht! ... Was hast du, Olga?«

»Nichts, Vater.«

Margaret erkannte Olga Crewes Stimme.

»Du bist sehr brav und geduldig gewesen, mein Liebling. Ich würde nie einen Plan zur Flucht gefasst haben, wenn ich dich nicht fürs Leben versorgt wissen wollte. Für dich bin ich sehr ehrgeizig, Olga.«

Nach einer kurzen Pause:

»Ja, Vater.«

Olgas Stimme klang etwas gedrückt, aber anscheinend bemerkte der alte Mann das nicht.

»Du musst den besten Mann im ganzen Lande bekommen, Kleine. Du sollst ein Haus haben, um das dich jede Prinzessin beneiden wird. Aus weißem Marmor mit goldnen Kuppeln ... Die reichste Frau im ganzen Lande sollst du sein, Olga ... Ich habe mir alles gut überlegt. Nacht für Nacht, wenn ich in jenem fürchterlichen Hause in meinem Bett lag, sagte ich mir: ›Ich muss raus, muss Olgas Zukunft sichern.‹ Darum bin ich ausgebrochen – das ist der einzige Grund. Mein ganzes Leben lang habe ich nur für dich gearbeitet.«

»Mutter sagt –« begann das junge Mädchen.

»Pah!« Der alte John Flack spie das Wort förmlich heraus. »Ein gedankenloses Frauenzimmer! Mit dem Empfinden einer Haushälterin ... Sie hat sich also gut um dich gekümmert? ... Ja? ... Um so besser für sie ... Ich würde es ihr niemals vergeben, wenn sie dich vernachlässigt hätte ... Und Daver? ... War er respektvoll gegen dich? Hat er dir Geld gegeben, soviel du nur wolltest?«

»Ja, Vater!«

Margaret glaubte zu hören, dass die Stimme des Mädchens stockte.

»Daver ist ein guter Untergebener. Ich werde ihn zum reichen Manne machen. Auswurf der Gasse – aber ergeben. Ich habe ihm befohlen, dein Wachhund zu sein ... bin zufrieden mit ihm ... Habe nur noch eine kurze Zeit lang Geduld ... Du sollst sehen, dass sich alle meine Träume verwirklichen.«

Die Stimme des Wahnsinnigen war sanft und durch Liebe und Stolz so verändert, dass der Sprecher ein ganz anderer Mann zu sein schien. Dann kam wieder ein anderer Klang in seine Stimme.

»Der Oberst kommt heut Nacht zurück. Er ist ein vertrauenswürdiger Mann ... auch Gregory. Sie sollen wie Minister bezahlt werden ... Du musst dich noch ein bisschen gedulden, Olga! Alle diese unangenehmen Sachen werden erledigt. Und Reeder auch! ... Morgen bei Hochwasser fahren wir ...«

Der Klang der Stimmen entfernte sich mehr und mehr, bis man nur noch ein undeutliches Murmeln vernahm. Brill drehte sich nach Margaret um und lächelte.

»Kann man den übertrumpfen?« fragte er voller Bewunderung. »Verrückt wie ein ... ein Wasserhuhn. Aber er hat das schlaueste Gehirn in ganz London; sogar Reeder sagt das.

Lieber Himmel! Ich würde zehn Jahre Gehalt und alle meine Aussichten auf Beförderung dafür geben, wenn ich jetzt ein Schießeisen hätte.«

»Was sollen wir nun anfangen?« fragte sie nach einer ganzen Weile.

»Hier bleiben, bis die Flut kommt, dann müssen wir unser Glück in der Höhle versuchen. Wir würden zerschmettert werden, wenn wir hier auf dem Strand bleiben wollten.«

»Gibt es denn keinen Weg über das Kliff hinauf?«

Er schüttelte den Kopf.

»Es gibt einen Weg durch die Höhle; wir müssen ihn bloß finden,« sagte er. »Einen Weg? ... ein Dutzend! ... Ich sage Ihnen, dieser Felsen ist durchlöchert wie eine Bienenwabe. Und über kurz oder lang bricht er zusammen wie der Schaum auf einem Glas Bier! Ich habe gehört, wie Daver das sagte, und der verrückte Kerl war auch seiner Meinung. Verrückt? ... Ich wünschte, ich hätte ein Gehirn, wie er! ... Also Reeder will er erledigen? ... Die Kirchhöfe sind voll von Leuten, die versucht haben, Reeder zu erledigen!«

17

Es schien eine Ewigkeit zu dauern, bis die Flut langsam und
rauschend den Strand hinaufstieg. Die meiste Zeit befand sich
Margaret allein in ihrem kleinen Versteck, da Brill von Zeit zu
Zeit auf Erkundigung bis zum Eingang der Höhle ausging. Sie
würde ihn gern begleitet haben, aber er setzte ihr die
Schwierigkeiten auseinander, auf die sie stoßen würde.

»Bis das Hochwasser da ist, ist es ziemlich dunkel, aber dann
haben wir den Widerschein vom Wasser, und Sie können Ihren
Weg ganz gut sehen.«

»Ist denn jemand in der Höhle?«

»Zwei Kerls arbeiten da an einem Boot herum. Jetzt liegt es
noch hoch und trocken im Kanalbett, aber bei Hochwasser
schwimmt es ganz leicht heraus.«

Die ersten Wasserwirbel spülten um ihre Füße, als er aus der
Höhle kam und ihr zuwinkte.

»Gehen Sie ganz dicht am Felsen entlang,« flüsterte er, »und
halten Sie sich an meinem Ärmel fest.«

Sie folgte ihm gehorsam; sie glitten links herum und gingen
einen ziemlich ebenen Pfad entlang. Bevor sie in die Höhle
eingedrungen waren, hatte er sie noch darauf aufmerksam
gemacht, dass sie unter keinen Umständen sprechen, nicht einmal
flüstern dürfe, ausgenommen durch die hohlen Hände und direkt
in sein Ohr.

Die akustischen Eigenheiten der Höhle waren derartig, dass
auch der leiseste Laut verstärkt wurde.

Ihr Weg führte sie eine lange Zeit nach links, und Margaret
hatte die Empfindung, als ob sie durch einen Gang im Felsen

schritten; erst später entdeckte sie, welch einen ungeheuren Umfang diese vom Wasser geschaffene Höhle hatte. Nach einer Weile streckte er seinen Arm nach hinten und berührte ihre rechte Hand: ein Zeichen, dass sie nach rechts abbiegen würden. Als sie noch am Strand warteten, hatte er einen oberflächlichen Plan in den Sand gezeichnet und ihr auseinandergesetzt, dass der Rand, auf dem sie jetzt entlanggingen, keine weiteren Hindernisse enthielt. Er drückte ihre Hand zum Zeichen, dass er stehen bleiben wollte, bückte sich und suchte auf dem Felsenboden nach seinen Schuhen. Der Weg führte sie höher und höher. Allmählich begann sie, etwas unterscheiden zu können, obwohl die Höhle noch im Dunkeln lag, und sie nicht imstande war, mehr als wenige Schritte weit sehen zu können. Wieder griff sein Arm nach ihr; sie fühlte sich in eine tiefe Nische geführt, und eine Hand klopfte ihr leise auf die Schulter als Aufforderung, sich hinzusetzen.

Sie hatten noch eine weitere Stunde zu warten, bis sich ein dünner Streifen Wasser am Eingang der Höhle zeigte, und dann, wie durch Zauberei, war das Innere von einem geisterhaften, grünen Schein erleuchtet. Die größte Höhe der Decke konnte von ihrem Platz aus nicht wahrgenommen werden, da gerade über ihnen ein zerrissenes, niedriges Felsendach war. Die andere Seite der Höhle lag ungefähr fünfzig Yard entfernt, und hier schien die Felswand in einer geraden Linie von der Decke bis zu dem sandigen Boden zu laufen. Dort lag das Motorboot, ein langes, graues Fahrzeug ohne irgendwelchen Oberbau. Es lag etwas auf der Seite, und Margaret sah eine Gestalt das schiefliegende Verdeck entlanggehen und in einer der Luken verschwinden. Je höher das Wasser in der Höhle stieg, desto heller wurde das Licht. Er legte seine hohlen Hände an ihr Ohr und flüsterte:

»Wollen wir hier bleiben, oder versuchen, einen Ausgang zu finden?« und sie flüsterte in gleicher Weise zurück:

»Wir wollen es versuchen.«

Er nickte und ging geräuschlos voran. Es war nicht mehr nötig, dass sich Margaret an ihm festhielt. Der Weg, dem sie folgten, war zweifellos von Menschenhänden geschaffen worden. Alle zwölf Yard lag ein roh behauener Steinblock wie eine Art Stufe im Weg. Sie stiegen immer höher und hatten jetzt den Vorteil, durch die Grotte selbst vor den Blicken der Leute an Bord geschützt zu sein, denn zu ihrer Rechten erhob sich eine zackige Felsenwand.

Aber kaum hundert Yard weiter lief dieser Felsvorsprung mit der Mauer der Grotte zusammen, und ein weiteres Vordringen schien unmöglich. Der Gang lag im Dunkeln. Anscheinend hatte Brill den Weg bereits erkundet, denn er nahm das junge Mädchen beim Arm und fühlte sich an der unebenen Felswand entlang. Hier war der Weg schwieriger, und das Laufen auf dem scharfen Steinboden wurde zur Qual. Margaret war beinah völlig erschöpft, als sie einen unregelmäßigen Flecken grünen Lichtes vor sich sah. Diese merkwürdige Galerie schien offenbar nach dem entfernten Ende der Grotte zurückzuführen, bevor sie aber die Öffnung erreicht hatten, gab Brill das Zeichen, stehen zu bleiben.

»Setzen Sie sich lieber,« flüsterte er. »Wir können jetzt unsere Schuhe anziehen.«

Die Strümpfe, die sie sich um die Hüften gebunden hatte, waren noch feucht, und die Schuhe nass und schwammig, aber sie war doch froh, einigen Schutz für ihre Füße zu haben. Während sie sich mit diesen abmühte, kroch Brill nach der Öffnung und spähte umher.

Das Wasser, das jetzt den ganzen Boden der Höhle bedeckte, lag einige fünfzig Fuß unter ihm. Wenige Schritte weiter würden sie zu einem breiten Felsgrat bringen, der eine Art natürlichen Treppenabsatz für eine Reihe von Stufen bildete, die von der verschwommenen Dunkelheit der Decke bis zum Niveau des Wassers hinabführten. Die Stufen waren in die Seite des nackten

Felsen gehauen, ungefähr zwei Fuß breit und nicht einmal durch eine Art Geländer geschützt.

Brill wusste sehr gut, dass die Aufgabe, dort hinaufzuklettern, die Nerven des jungen Mädchens aufs Äußerste anspannen würde, und er war sich nicht einmal sicher, ob sich der Versuch lohnen würde. Dass die Stufen zu einem der vielen Ausgänge der Höhle führen würden, wusste er, denn er hatte Leute die Stufen hinunter- und hinaufsteigen und sie oben in der Dunkelheit verschwinden sehen. Möglicherweise wurden die Stufen in der Nähe der Decke breiter, aber auch dann war es eine sehr harte Aufgabe für ein halb verhungertes, junges Mädchen, das, wie er vermutete, einem Nervenzusammenbruch nahe war. Er war nicht einmal sicher, dass er selbst nicht schwindlig werden würde, wenn er versuchte, dort hinaufzuklettern. Hinter den Stufen führte ein freier Raum bis an den Rand des Felsens, der vom Boden der Höhle aufstieg, und es war seine Absicht, Margaret diesen Weg entlang zu führen. Totenstille herrschte. Weit entfernt, zur Rechten, waren die beiden Männer durch ihre Arbeit an dem Boot völlig in Anspruch genommen. Er kehrte zu dem jungen Mädchen zurück, setzte ihr seinen Plan auseinander, und sie ging mit ihm bis zu dem Beginn der Stufen. Beim Anblick der leiterähnlichen Treppe packte sie der Schrecken.

»Es ist ganz unmöglich, dass ich da hinaufklettern kann,« flüsterte sie zitternd, als er nach oben in die Dunkelheit wies.

»Ich glaube, da oben läuft in der ganzen Breite der Grotte so eine Art Balkon entlang, und von dort bin ich auch hinabgestürzt worden,« sagte er. »Ich habe allen Grund, sehr gut zu wissen, dass da unten am Fuß des Felsens das Wasser sehr tief ist. Bei voller Flut geht das Wasser bis an den hinteren Felsen – und das ist die Stelle, wo ich war, als ich wieder zur Besinnung kam.«

»Gibt es noch einen anderen Weg aus der Höhle?« fragte sie.

Er schüttelte den Kopf.

»Wenn ich das wüsste! Ich habe nur ganz kurze Zeit herumsuchen können, aber es scheint so, als ob am hinteren Ende so eine Art Tunnel ist. Es lohnt sich vielleicht, den mal zu untersuchen. – Niemand ist jetzt in der Nähe, und die Männer an dem Boot sind zu weit weg, als dass sie uns sehen könnten.«

Sie warteten noch einige Augenblicke und lauschten; dann gingen sie, Brill voran, am Beginn der Stufen vorbei und einen steinigen Pfad entlang, der, zu Margarets großer Erleichterung, mit jedem Schritt vorwärts breiter wurde.

Niemals vergaß Margaret Belman diesen unheimlichen Marsch, drohend überhängende Felsen zur Linken, rechts der steile Absturz bis zum Boden der Grotte.

Jetzt hatten sie nun das Ende dieses breiten Felsenganges erreicht und hatten die Wahl zwischen vier Öffnungen in der Felswand. Die eine lag ihnen unmittelbar gegenüber, eine zweite, zu der sie ebenfalls gelangen konnten, lag einige vierzig Fuß weiter nach rechts, während die beiden letzten anscheinend unmöglich zu erreichen waren. Brill ließ Margaret zurück und tastete vorwärts in die nächstliegendste Öffnung hinein. Mehr als eine halbe Stunde war vergangen, bis er zurückkehrte. Sein Weg war erfolglos geblieben.

»Das ganze Kliff ist vollständig mit Felsgängen durchlöchert,« sagte er. »Ich musste es aufgeben. Es ist ganz unmöglich, ohne Licht weiter zu gehen.«

Die zweite Öffnung schien mehr zu versprechen. Der Boden war eben und hatte den Vorteil, dass er in einer graden Linie mit dem Eingang der Höhle lief, und dass es so eine beträchtliche Strecke weit hell war. Margaret folgte dem Detektiv in den Gang hinein.

»Es lohnt sich, es zu versuchen,« sagte er und sie nickte zustimmend.

Sie waren noch nicht weit gegangen, als Brill etwas entdeckte, was ihm bei seiner ersten Untersuchung des Weges entgangen war. In regelmäßigen Abständen befanden sich Nischen in der Wand. Er hatte diese wohl bemerkt, aber ihr außergewöhnlich regelmäßiges Vorkommen war ihm nicht aufgefallen. Die meisten waren durch lose Steine verschlossen, aber schließlich fand er eine, die nicht in dieser Weise geschützt war, und fühlte seinen Weg um die Felsenkante herum in das Innere. Es war ein viereckiger, zellenähnlicher Raum und war in seinen Verhältnissen so regelmäßig, dass er von Menschenhänden angelegt sein musste. Er kam zurück und teilte ihr seine Absicht mit, die nächste der verschlossenen Nischen zu untersuchen.

»Die Mauern sind nicht umsonst gebaut worden,« sagte er, und in seiner Stimme war ein Klang von unterdrückter Erregung.

Je weiter sie vorwärts kamen, desto spärlicher und unregelmäßiger wurde das Licht. Sie mussten ihren Weg an der Felswand entlang fühlen, bis sie die nächste Nische erreichten. Flache Felsbrocken, aufeinandergelegt, waren im Eingang aufgeschichtet, und die Arbeit, die obersten Lagen zu entfernen, war äußerst mühsam. Margaret konnte ihm dabei nicht behilflich sein. Sie hatte sich mit dem Rücken gegen die Wand gesetzt und war in einen unruhigen Schlaf der Erschöpfung gefallen. Das Hungergefühl war beinahe geschwunden, aber ihre Kehle von wahnsinnigem Durst wie ausgedörrt. Mit schwerem Kopf wachte sie auf, als Brill sie an der Schulter schüttelte.

»Ich bin drin gewesen,« – seine Stimme zitterte vor Aufregung – »Halten Sie Ihre Hände auf! Beide zusammen!«

Sie gehorchte mechanisch, fühlte etwas Kaltes in ihre Hand laufen, beugte den Kopf und trank. Der scharfe Dunst des Weines raubte ihr fast den Atem.

»Champagner,« flüsterte er. »Trinken Sie nicht zu viel, sonst steigt es Ihnen in den Kopf.«

Sie schlürfte abermals. Niemals hatte Wein ihr so wundervoll geschmeckt.

»Es ist ein richtiges Warenhaus; Kisten voller Lebensmittel – ich nehme es wenigstens an – und hunderte von Flaschen Wein. Halten Sie Ihre Hände auf!«

Er ließ noch mehr Wein in ihre Hände laufen; der meiste lief durch die Finger, und gierig trank sie die übrig bleibenden Tropfen.

»Warten Sie hier!«

Jetzt war sie ganz wach und spähte durch die Dunkelheit nach der Richtung, in der er verschwunden war. Zehn Minuten, eine viertel Stunde vergingen, und dann leuchtete zu ihrer Freude ein helles, ruhiges Licht auf, das sie die Umrisse der Öffnung sehen ließ, durch die Brill gekrochen war. Sie hörte das Krachen und Knacken einer Kiste, die geöffnet wurde und sah die Umrisse des Detektivs, als er in der Öffnung erschien. Wenige Augenblicke später war er an ihrer Seite.

»Biskuits,« sagte er. »Zum Glück hatte die Kiste eine Aufschrift.«

»Was war das für ein Licht?« fragte sie, als sie begierig nach den Zwiebäcken griff.

»Eine kleine Taschenlampe; beim Umhertasten habe ich sie umgeworfen. Die Nische ist bis oben ran voll mit Lebensmitteln! Hier ist was zu trinken für Sie.«

Er gab ihr eine flache, runde Büchse und führte ihren Finger bis zu dem Loch, das er hineingeschlagen hatte.

196

»Konservierte Milch – deutsche und sehr gut dazu,« sagte er.

Sie trank wie eine Verdurstende, trank ... und trank, bis die Büchse geleert war.

»Das scheint so eine Art Schiffsproviant zu sein,« vermutete Brill, »aber die Lampe ist ein großer Segen. Ich will noch mal hineingehen und nachsuchen, ob ich keine Reservebatterien finden kann; die Lampe hier hat nicht mehr viel Strom.«

Sein Suchen nahm eine beträchtliche Zeit in Anspruch. Sie sah, wie das Licht ausging, und ihr Mut sank, bis auf einmal das Licht heller denn je wieder aufleuchtete. Er kletterte über die zackige Mauer, sprang herunter und steckte ihr etwas Schweres in die Hand.

»Eine Reservelampe. Da ist ein halbes Dutzend drinnen und genug Batterien für einen ganzen Monat.«

Er schlug mit einer Art Stock gegen die Felswand – es klang metallisch.

»Ein Kistenöffner,« erklärte er triumphierend, »und eine sehr nützliche Waffe ... Ich möchte gern wissen, in welcher Vorratskammer die Gewehre liegen!«

Die weitere Untersuchung des Ganges konnte nun verhältnismäßig bequem durchgeführt werden. Sie hatten die Lampen mehr als nötig, denn wenige Yard weiter drehte der Tunnel scharf nach rechts und der Boden wurde sehr unregelmäßig. Brill schaltete sein Licht ein und zeigte den Weg. Jetzt ging es wieder nach links, und er machte sie darauf aufmerksam, wie glatt die Wände waren.

»Wirkung des Wassers,« erklärte er. »Hier muss früher mal ein unterirdischer Fluss gewesen sein.«

Die Galerie drehte und wendete sich, lief bald nach oben, bald nach unten, machte jetzt eine scharfe Biegung in Form einer Haarnadel und beschrieb dann wieder eine beinah vollkommene Kurve, führte aber anscheinend nirgendswohin.

Brill ging voran und ließ den Strahl seiner Lampe über den Boden schweifen, als sie sah, wie er plötzlich stehen blieb, sich bückte und etwas von der Erde aufnahm.

»Wie in aller Welt kommt denn das hierher?«

Auf seiner Handfläche lag ein glänzender Silberflorin, am Rande etwas beschädigt, aber unverkennbar ein Zweischillingstück.

»Jemand ist hier gewesen –« begann er, und dann stieß Margaret einen Schrei aus.

»Das ist ja Mr. Reeders!«

Sie erzählte ihm den Vorfall an dem Brunnen und wie Mr. Reeder ein Geldstück hatte hinunterfallen lassen, um die Tiefe zu messen. Brill richtete das Licht seiner Lampe gegen die Decke: solider Felsen! Dann leuchtete er weiter und weiter, bis die Strahlen schließlich auf eine große, runde Öffnung trafen.

»Hier ist der Brunnen, der nie ein Brunnen gewesen ist,« sagte er grimmig; er leuchtete nach oben und blickte mit offenem Mund auf die Stahlstangen, die einige Zoll voneinander entfernt an der Seite des Schachtes angebracht waren.

»Eine Leiter,« sagte er langsam. »Wussten Sie das?«

Er stellte sich auf die Zehenspitzen und versuchte hinaufzulangen, aber die unterste Sprosse saß noch wenigstens einen Yard über seiner Hand. Jetzt machte er sich auf die Suche nach Felsbrocken, die er aufeinander legen und von deren Spitze

198

er die niedrigste Barre der Leiter erreichen konnte. Aber außer einigen nutzlosen, kleinen Stücken fand er nichts, das für sein Vorhaben geeignet war. Dann fiel ihm der Kistenöffner ein, der an einem Ende einen Haken hatte. Er streckte ihn, soweit er es vermochte, in die Höhe und sprang. Das erste Mal verfehlte er sein Ziel, dann aber fasste der Haken die Stahlsprosse, der Griff glitt ihm aus der Hand und das Eisen blieb an der Sprosse hängen. Jetzt rieb er seine Hände auf dem staubigen Boden, sammelte alle seine Kräfte und sprang zu. Er fasste es, hielt fest und zog sich mit übermenschlicher Anstrengung in die Höhe, bis seine Hand die Sprosse erreichte. Noch eine weitere Anstrengung, und Hand über Hand hatte er sich weiter hinaufgezogen, bis seine Füße auf der Eisenbarre ruhten.

»Glauben Sie, dass Sie Kraft genug haben, nach oben zu klettern, wenn ich Sie hier heraufgezogen habe?«

Sie schüttelte den Kopf.

»Ich fürchte, das kann ich nicht. Klettern Sie allein nach oben. Ich warte so lange hier.«

»Bleiben Sie von dem Schacht weg,« warnte er sie. »Fallen werde ich wohl nicht, aber es ist leicht möglich, dass ich beim Aufstieg Felsstücke herunterreiße.«

Sie fand bald, dass die Warnung sehr berechtigt war. Es entstand ein fortwährender Schauer von Erde und Steinen, als er nach oben kletterte. Von Zeit zu Zeit machte er halt, um sich auszuruhen. Einmal rief er etwas zu ihr hinunter, aber sie konnte seine Worte nicht verstehen. Es sollte wohl eine Warnung bedeuten, denn wenige Augenblicke später sauste ein Felsbrocken, so groß wie der Kopf eines Mannes, herunter und zerschmetterte auf dem Boden, während Staub und Bruchstücke nach allen Richtungen flogen.

Ab und zu spähte Margaret vorsichtig nach oben und sah den Schein seiner Lampe schwächer und immer schwächer werden. Jetzt, als sie so ganz allein war, fing sie an nervös zu werden und schaltete zu ihrer Beruhigung die Lampe ein. Sie hatte dies kaum getan, als sie einen Laut hörte, der ihr das Herz in die Kehle steigen ließ. Der Klang von Fußtritten! Es kam jemand durch den Gang auf sie zu.

Sie drehte das Licht aus und lauschte. – Die Stimme des alten Mannes! – Seine Stimme, keine andere! – Er sprach mit sich selbst. Ein Stammeln und Brummen, das mehr und mehr deutlich wurde. Und dann, noch weit entfernt, sah sie den Widerschein eines Lichtes, denn dort machte der Gang eine Biegung, und er würde nicht eher zu sehen sein, als bis er dicht bei ihr wäre.

Schnell schlüpfte sie aus den Schuhen und rannte in der Dunkelheit vorwärts – taumelnd, gleitend auf dem unebenen Weg. Nach einer Weile hatte sie ihren panischen Schrecken niedergekämpft, blieb stehen und lauschte. Das Licht war nicht mehr zu sehen, kein Laut, kein Zeichen von ihm. Sie lauschte noch einige Minuten und dann nahm sie all ihren Mut zusammen und ging zurück. Sie wagte nicht, Licht zu machen und musste erraten, wo sich die Öffnung des Schachtes befand, aber in der Dunkelheit lief sie daran vorbei und war bald eine beträchtliche Strecke von dem Platz entfernt, wo Brill sie verlassen hatte.

Wohin war Flack gegangen? ... Seitengänge gab es nicht. Sie stand vor einer der Nischen und ihre Hand lag auf der aufgeschichteten Steinwand, als sie zu ihrem Schrecken fühlte, dass diese unter ihrem Druck nachgab. Sie hatte gerade noch Zeit zurückzuspringen, als sie auf der gegenüberliegenden Felswand einen Lichtschein erscheinen sah, der breiter und breiter wurde, bis er den deutlichen Schatten einer Tür abzeichnete.

»... heute Nacht, Kind, heute Nacht ... Ich gehe jetzt nach oben, um Daver zu sprechen ... Daver macht mir Sorge ... Du bist doch sicher, dass nichts vorgekommen ist, was mich zum

Misstrauen veranlassen könnte?« »Nichts, Vater. Was sollte denn passiert sein?«

Olga Crewes Stimme! – Sie fügte noch etwas hinzu, was Margaret nicht verstand, und dann hörte man das kichernde Lachen des alten Mannes.

»Reeder? ... *Der* hat in London zu tun! Aber er kommt heute Nacht zurück ...«

Wieder eine Frage, die Margaret nicht verstehen konnte.

»Der Körper ist nicht gefunden worden. Ich wollte dem Mädel ja gar nichts tun, aber sie war sehr nützlich ... meine beste Karte ... Mit ihr hätte ich Reeder halten können ... hatte schon alles vorbereitet.«

Wieder eine undeutliche Frage.

»Ich glaube, ja! Die Flut war sehr hoch. Auf jeden Fall sah ich sie abstürzen ...«

Margaret wusste, dass die beiden über sie sprachen, aber das interessierte sie weniger, als die Möglichkeit, entdeckt zu werden. Schritt für Schritt ging sie zurück und suchte angstvoll mit Hoffen und Beten nach einer Nische, in der sie sich verbergen könnte. Und wenige Augenblicke später war das Glück ihr hold.

Flack war in den Gang getreten und sprach in den Raum zurück.

»Schon gut, ich werde die Tür offenlassen ... Einbildung! Hier ist genug Luft. Der Brunnenschacht sorgt schon dafür. Ich bin heut Abend zurück.«

Sie wagte es nicht, aus ihrem Versteck herauszublicken. Nach einer Weile verklangen seine Fußtritte, und sie spähte vorsichtig um die Ecke. Die Tür stand offen, und sie sah an der gegenüberliegenden Wand einen Schatten erscheinen, als Olga sich dem Eingang näherte. Dann hörte sie einen schweren Seufzer, der Schatten wurde kleiner und verschwand schließlich. Margaret schlich mit verhaltenem Atem näher, bis sie hinter der offenen Tür stand.

Diese war, wie sie annahm, aus starkem Eichenholz gemacht und ihre Oberfläche so geschickt mit Felsstückchen verkleidet, dass sie sich in keiner Weise von der Felswand unterschied, durch die Brill in die Nische eingedrungen war.

Neugierde ist auch in den vernünftigsten Personen vorherrschend, und so war auch Margaret – trotz der schrecklichen Gefahr, die sie laufen musste – neugierig, das Innere des Felsenheims der Familie Flack zu sehen. Mit äußerster Vorsicht lugte sie um die Ecke. Die Größe des Raumes überraschte sie, aber von seiner Ausstattung war sie etwas enttäuscht. Kostbare Teppiche hatte sie sich vorgestellt, wunderbare Möbel und seidene Behänge über den rauen Felswänden. Statt dessen sah sie einen einfachen Holztisch, auf dem eine Lampe stand, ein Stück fadenscheinigen Teppich, zwei Korbstühle und ein Feldbett. Olga stand neben dem Tisch und blickte in eine Zeitung; sie stand mit dem Rücken nach der Tür zu, und so hatte Margaret Zeit sich genauer umzusehen.

In der Nähe des Tisches standen drei oder vier Koffer, gepackt und zugeschnallt – fertig für eine Reise. Auf dem Bett lag ein Pelzmantel, und das war das einzige Anzeichen von Luxus in diesem kahlen Raum. Noch eine zweite Person war zugegen. Margaret unterschied im Schatten die gebeugte Figur einer Frau – Mrs. Burton.

Sie machte noch einen Schritt vorwärts, um besser sehen zu können, als ihr Fuß auf einem glatten Stein ausglitt. Sie fiel vorwärts gegen die Tür, die sich halb schloss.

»Wer ist da? ... Bist du es, Vater?«

Margarets Herz blieb beinahe stehen und einen Augenblick lang stand sie wie gelähmt, unfähig die kleinste Bewegung zu machen. Dann aber, als Olgas Fußtritte sich näherten, drehte sie sich um und flog durch den Gang. Sie hörte Olgas Stimme, aber sie lief und lief. Der Gang wurde heller, und mit entsetztem Aufschluchzen kam es ihr plötzlich zum Bewusstsein, dass sie im ersten Augenblick ihrer Verwirrung eine falsche Richtung eingeschlagen hatte und auf die Grotte zulief, möglicherweise dem wahnsinnigen alten Mann gerade in die Hände.

Hinter sich hörte sie schnelle Fußtritte und eilte weiter. Und jetzt befand sie sich schon in dem fast hellen Licht der riesigen Höhle. Niemand war zu sehen und sie folgte den Drehungen des schmalen Felsenrandes, der an der Wand entlanglief, bis sie an den Fuß der steilen Treppe kam. Ein lauter Schrei. Jemand auf dem Boot hatte sie bemerkt. Sie stand noch regungslos vor Furcht, als John Flack auftauchte. Er kam auf sie zu, den Gang entlang, durch den sie und Brill das Innere der Grotte erreicht hatten. Einen Augenblick starrte er sie an, als ob sie ein Gespenst wäre, hervorgesprungen aus seinen eigenen, wahnsinnigen Träumen, dann – mit einem Aufbrüllen – sprang er auf sie zu.

Sie zögerte nicht einen Augenblick länger. Sie flog die entsetzliche Treppe hinauf, Tod zur rechten Hand, aber ein viel schrecklicheres Schicksal hinter ihr. Höher und immer höher diese schmale Treppe ohne Geländer hinauf ... sie wagte nicht, um sich zu blicken, sie wagte nicht, zu denken ... sie hielt ihre Augen fest nach oben in die verschwommene Dämmerung gerichtet, wo diese unendliche Jakobsleiter auf irgendeinem festen Boden enden musste. Nicht für alles Geld der Welt würde sie hinter sich geblickt haben, oder ihr wäre schwindelig geworden. Ihr Atem kam in keuchenden Stößen, ihr Herz klopfte zum Zerspringen. Sie wagte es, den Bruchteil einer Sekunde stehen zu bleiben, um zu Atem zu kommen, bevor sie weiter flüchtete. Flack war ein alter Mann, und sie konnte ihn überflügeln, aber er war wahnsinnig ... ein Wesen von schrecklicher, unmenschlicher Energie. Die tolle Furcht verließ sie – sie zehrte zu viel von ihrer Kraft. Höher, immer höher klomm sie, jetzt war sie schon hoch oben in der Dämmerung, und als sie schon glaubte, nicht weiter zu können, erreichte sie endlich das Ende der Treppe. Ein breiter, ebener Raum, dessen felsiges Dach aus irgendwelchen Gründen durch gemauerte Pfeiler gestützt war. Es gab Dutzende von diesen Pfeilern ... einmal war sie auf vierzehn Tage in Spanien gewesen; in Cordoba war eine Kathedrale, an die sie dies große Gewölbe hier erinnerte ... Nun hatte sie jeden Sinn für Richtung verloren. Plötzlich kam sie an eine kahle Wand, rannte an derselben entlang, bis sie eine schmale Öffnung erreichte, zu der fünf Stufen führten. Einen Augenblick blieb sie stehen, um ihre Lampe, die sie krampfhaft festgehalten hatte, einzuschalten. Vor ihr war eine Stahltür mit einem großen, eisernen Griff. Die Tür stand halb offen.

Sie zog sie weiter auf, schlüpfte hindurch, zog sie hinter sich zu ... sie schloss mit einem leichten Schnappen. An der Innenseite war eine Art Stahlhaken angebracht ... als die Tür sich schloss, fiel eine Kiste krachend zu Boden. Vor ihr war noch eine andere Tür, aber diese blieb unbeweglich. Sie befand sich in einem kleinen, weißen Raum in der Form einer großen Kiste: drei Fuß breit und ungefähr ebenso tief. Sie hatte keine Zeit, ihre Beobachtungen weiter auszudehnen. An dem Griff der Tür, durch die sie hineingekommen war, arbeitete jemand herum. In ihrer Verzweiflung griff sie nach dem eisernen Wandbrett und fühlte dieses ein wenig nach rechts gleiten. Sie wusste nicht, dass dieses als eine Art Riegel funktionierte. Wieder hörte sie, wie jemand an dem Griff hantierte, hörte das Schnappen eines Schlüssels, aber das Tor blieb unbeweglich, und Margaret Belman brach bewusstlos auf dem Boden zusammen.

18

J. G. Reeder kam nach unten, und wer ihn sah, wusste, dass nicht allein das Drama, dessen Zeuge er beinah gewesen wäre, sein Gesicht so bleich und hager machte.

Er fand Gray, der auf seine Verbindung mit London wartete, in Davers Büro. Gerade, als er eintrat, läutete das Telefon, und er nahm den Hörer aus der Hand seines Untergebenen. Mit wenigen Worten erledigte er den Tod Davers und fuhr dann fort:

»Ich brauche alle Ortspolizei, die sich auftreiben lässt, Simpson, obgleich es mir lieber wäre, ich könnte Militär bekommen. Fünf Meilen von hier liegt Garnison; jede Bucht muss durchsucht werden, jede Höhle. Noch etwas: Es wäre sehr gut, wenn wir ein Torpedoboot oder so was Ähnliches bekommen könnten, um die See vor Siltbury zu überwachen. Ich bin beinahe sicher, dass Flack ein Motorboot hat – es gibt einen Kanal, der dafür tief genug ist. Augenscheinlich gibt es auch noch eine Höhle, die weit unter das Kliff läuft ... Miss Belman? ... Ich weiß nicht. Das will ich ja gerade herausfinden.«

Simpson berichtete ihm, dass der Goldtransport in Sevenoaks gesehen worden war, und es verlangte eine direkte Anstrengung Mr. Reeders, um seine Gedanken auf eine solche unbedeutende Kleinigkeit zu konzentrieren.

»Militär wird wohl am besten sein. Eine starke Abteilung muss in der Nähe der Steinbrüche postiert werden. Dann gibt es noch eine andere Höhle, wo Daver seine Wagen unterzustellen pflegte. Ich habe so eine Idee, als ob Sie heute Nacht Ihr Geld wiederhaben werden. Das allein,« fügte er etwas bitter hinzu, »wird ja die Behörden schon veranlassen, Militär zu verwenden.«

Als das Sanitätsauto gekommen war und die traurigen Überreste von Daver entfernt hatte, ging er mit einer Anzahl Maurer, die er von Siltbury hatte kommen lassen, in das Zimmer des Toten. Er klappte den Aufsatz des Diwans zurück und wies auf den Steinboden.

»Diese Steinplatte dreht sich auf einem Zapfen,« sagte er, »ist aber, wie ich annehme, auf der Unterseite durch einen Bolzen oder einen Eisenbarren festgehalten. Brechen Sie das auf.« Eine viertel Stunde genügte, um den Boden aufzureißen, und dann fand er, wie erwartet, eine Reihe schmaler Stufen, die in ein viereckiges, steinernes Gelass führten, das beinah genau so geblieben war, wie sechshundert Jahre zurück. Ein staubiger, leerer Raum, der sein Geheimnis enthüllte: Eine schmale, offene Tür führte durch einen engen Gang, den ein etwas starker Mann nur mit Schwierigkeiten durchlaufen konnte, hinter die Täfelung von Davers Privatbüro. Wer hier versteckt war, konnte jedes Wort hören, das im Zimmer gesprochen wurde. Jetzt verstand auch Mr. Reeder die flehentliche Bitte Davers, leiser zu sprechen, als er seine Heirat erwähnte. Hier hatte der Wahnsinnige die Erniedrigung seiner Tochter kennengelernt – und von dem Augenblick an war Davers Tod unvermeidlich.

Wie war Flack entkommen? ... Auch hierfür lag die Erklärung auf der Hand. Vor längerer Zeit war Larmes Keep offenbar als Sehenswürdigkeit gezeigt worden. Er fand an der Mauer eine alte hölzerne Tafel, deren Aufschrift den Neugierigen erzählte, dass dies die Folterkammer der alten Grafen von Larme war. Die nützliche Anweisung war hinzugefügt, dass die Kerker sich unmittelbar darunter befänden und durch eine steinerne Falltür erreicht werden könnten. Die Detektive öffneten diese, und Mr. Reeder sah so zum ersten Mal die Kerkergewölbe von Larmes Keep.

Die weitere Durchsuchung war weder eindrucksvoll noch aufregend. Man fand drei Wege, auf denen der Mörder hatte entfliehen können, und alle diese drei führten in das Haus zurück. Ein Ausgang fand sich zwischen Küche und Vorhalle.

»Da muss noch ein anderer Weg sein,« sagte Reeder kurz, »und den haben wir noch nicht gefunden.«

Seine Nerven waren aufs Äußerste angespannt. Er wanderte von einem Zimmer zum anderen, schüttete Kasten aus, brach Wandschränke auf und durchsuchte Koffer. Etwas fand er – den Trauschein, der in dem Futter von Olga Crewes Toilettenecessaire verborgen war.

Um sieben Uhr kam die erste Truppenabteilung auf einem Lastauto an. Die Ortspolizei hatte bereits berichtet, dass man keine Spur von Margaret Belman gefunden habe. Sie wies darauf hin, dass das junge Mädchen Larmes Keep gerade zur Zeit der beginnenden Ebbe verlassen hatte und dass sie den Strand in Sicherheit erreicht haben könnte, falls sie nicht auf einem nicht sichtbaren Felsabhang liegen sollte. Trotz allem bestand immer noch eine ganz geringe Hoffnung, dass sie noch am Leben wäre. Wie gering aber diese wirklich war, wollte nicht einmal Reeder sich selbst eingestehen.

Man hatte eine Köchin von Siltbury kommen lassen, aber Reeder begnügte sich mit einer Tasse starken Kaffees – er fühlte, dass ihm jeder Bissen im Halse stecken bleiben würde.

Er hatte eine Abteilung in dem Steinbruch aufgestellt, saß nach seiner Rückkehr in der großen Halle und dachte über den ereignisreichen Tag nach, als Gray in die Halle gestürzt kam.

»Brill!« stieß er hervor.

Reeder sprang mit einem Satz auf die Füße.

»Brill?« wiederholte er heiser. »Wo ist er?«

Gray brauchte nicht zu antworten. Unterstützt von einem Detektiv schleppte sich eine überaus schmutzige Figur mit verwildertem Haar in das Zimmer.

»Wo kommen *Sie* her?« fragte Reeder.

Im ersten Augenblick konnte der Mann nicht antworten. Er deutete auf den Boden und sagte dann heiser:

»Vom Boden des Brunnens ... Miss Belman ist noch unten!«

Brill war dem Zusammenbrechen nahe, und erst ein ordentlicher Schluck Brandy stellte ihn soweit her, dass er imstande war, einen zusammenhängenden Bericht hervorzubringen. Reeder eilte mit einer Abteilung in das Gehölz und ließ die Brunnenwinde untersuchen. »Nicht einmal stark genug, um das Gewicht einer Frau zu tragen, und das Tau langt auch nicht,« sagte Gray, der die Winde untersucht hatte.

Einer der Beamten erinnerte sich, bei der Durchsuchung der Küche zwei Sicherheitsgürtel für Fensterputzer gesehen zu haben – kräftige Riemen mit einem Karabinerhaken – und eilte weg, um diese zu holen, während Reeder Rock und Weste ablegte.

»Auf halbem Weg nach unten ist ein Zwischenraum von mindestens vier Fuß,« warnte Brill. »Der Stein brach heraus, als ich darauf stieg und beinahe wäre ich abgestürzt.«

Reeder hatte sich eine Lampe um den Hals gehängt und spähte in den Schacht hinein.

»Es ist merkwürdig, dass ich die Stufen nicht vorher bemerkt habe, als ich mir den Brunnen ansah,« sagte er, dann aber fiel es ihm ein, dass er nur die eine Hälfte der Falltür geöffnet hatte.

Gray hatte sich auch einen Gürtel umgeschnallt und stieg, als leichterer, zuerst hinab. In der Zwischenzeit war eine halbe Kompanie Soldaten auf der Szene erschienen, und durch einen glücklichen Zufall war die Abteilung, die zur Hilfeleistung abkommandiert war, eine Kompanie der Königs-Pioniere. Ein

Teil machte sich auf die Suche nach Tauen und der andere begann, einen provisorischen Aufzug zu errichten.

Die beiden Männer arbeiteten sich nach unten, ohne ein Wort zu äußern. Die Lampen waren beinah nutzlos, da ihr Schein ihnen die nächste Barre doch nicht zeigen konnte, und sie begannen bald, mit größerer Vorsicht hinabzusteigen. Gray war an dem großen Zwischenraum angekommen; während er über diesen hinwegzukommen suchte, musste Reeder warten. Die folgende Klammer war nicht zu sicher, wie Mr. Reeder herausfand, als er sein volles Gewicht auf ihr ruhen lassen musste, aber bald war man über diese gefährliche Zone ohne ein anderes Missgeschick hinweg, als dass einige größere Kieselsteine auf Reeders Kopf fielen. Es schien, als sollten sie niemals den Boden erreichen, und die Anstrengung machte sich bereits bei dem älteren Manne bemerkbar, als Gray flüsterte:

»Ich glaube, wir sind unten!« Er ließ den Schein seiner Lampe nach unten fallen und sprang dann auf den felsigen Boden hinunter. Reeder folgte ihm.

»Margaret!« rief er im Flüsterton.

Keine Antwort. Er leuchtete erst nach der einen, dann nach der anderen Seite – keine Spur von Margaret, und seine Zuversicht sank.

»Sie gehen den Gang links herunter,« flüsterte er Gray zu, »und ich gehe nach der anderen Richtung.«

Er ließ das Licht seiner Lampe vor sich am Boden entlanggleiten und eilte die sich drehende Galerie entlang. Jetzt hörte er ein Geräusch vor sich, über dessen Ursprung er sich nicht klar werden konnte, blieb stehen und verlöschte seine Lampe. Dann schlich er mit äußerster Vorsicht weiter, kam an eine Biegung der Galerie und sah in der Entfernung eine Andeutung von Tageslicht. Er setzte sich, spähte den Gang entlang und bemerkte bald eine Figur, deren Bewegungen sich gegen diesen künstlichen Horizont abhoben. Den Browning schussbereit in der Hand kroch er näher und näher an die Gestalt heran. Ganz unerwartet sprach diese:

»Olga, wo ist Vater hingegangen?«

Mrs. Burton! Reeder zeigte seine Zähne in einem keineswegs freundlichem Grinsen.

Die Antwort konnte er nicht verstehen. Sie kam von einem versteckten Platz und ihr Ton war sehr gedämpft.

»Haben sie das Mädel gefunden?«

Reeder streckte seinen Hals nach vorn und lauschte atemlos. Das »Nein« war deutlich vernehmbar.

Darauf sagte Olga wieder etwas, was er nicht erfassen konnte, und Mrs. Burtons Stimme nahm ihren alten, weinerlichen Klang an. »Was hat das nun für 'n Zweck, hier herumzusitzen? So habt Ihr mich immer behandelt ... Kein Mensch würde glauben, dass ich deine Mutter bin ... Ein Wunder, dass ich mit all dem Ärger, den ich gehabt habe, noch nicht tot bin ... Es würde mich gar nicht überraschen, wenn er mich eines Tages ermorden würde, das kannst du mir glauben!«

Das Mädchen äußerte von ihrem Versteck aus einen ungeduldigen Widerspruch.

»Wenn du der ganzen Sache überdrüssig bist, was soll ich denn sagen?« keifte Mrs. Burton. »Wo steckt Daver? ... Merkwürdig, dass Vater gar nichts über Daver erwähnt hat ... Glaubst du, dass der in Unannehmlichkeiten geraten ist?«

»Oh, zum Teufel mit Daver!«

210

Olgas Stimme war jetzt deutlich zu unterscheiden. Die Leidenschaft und Müdigkeit, die aus ihr sprach, hätte unter anderen Umständen Mr. Reeders Teilnahme erweckt. Jetzt aber nahmen ihn seine Sorgen um Margaret Belman so ganz in Anspruch, dass er sich um dies verhängnisvolle, junge Mädchen keinerlei Gedanken mehr machen konnte.

Auf jeden Fall wusste sie noch nicht, dass sie Witwe war, und Mr. Reeder bereitete diese Kenntnis eine gewisse, grausige Befriedigung.

»Wo ist er denn jetzt? ... Vater meine ich.«

Eine Pause ... sie lauschte auf eine Erwiderung, die für Reeder unverständlich blieb.

»Auf dem Boot? ... Er kommt niemals rüber ... Schiffe sind mir schon verhasst, und jetzt so ein winziges, kleines Boot wie seins ...! Warum konnte er uns denn nicht gehen lassen, als wir ihn heraushatten? ... Ich habe gebeten und gebettelt ... wir könnten heute schon in Venedig oder sonst wo sitzen und fein leben.«

Ungeduldig wurde sie von dem Mädchen unterbrochen, und auf einmal schien Mrs. Burton in der Felswand zu verschwinden. Kein Laut einer sich schließenden Tür war vernehmbar, aber Mr. Reeder erriet, was vorgegangen war. Leise und vorsichtig ging er vorwärts, bis er auf der gegenüberliegenden Wand einen Lichtstreifen sah. Er blieb bei der Tür stehen und lauschte. Die Stimmen waren jetzt deutlich genug, um so deutlicher, weil Mrs. Burton meistens das Sprechen besorgte.

»Glaubst du, Vater hat was gemerkt?« Der Ton ihrer Stimme klang sehr besorgt. »Wegen Daver, meine ich ... Das kannst du ihm doch verheimlichen? ... Er würde mich ja kalt machen, wenn er das wüsste ... Er hat so großartige Pläne mit dir – Prinzen und Herzöge und lauter solchen Unsinn! ... Wenn er nicht verrückt gewesen wäre, hätte er schon vor Jahren mit dieser ganzen Geschichte aufgehört. Gesagt habe ich's ihm oft genug, aber er hat ja niemals auf meine Worte gehört.«

»Hat überhaupt schon mal jemand auf deine Worte gehört!« fragte das junge Mädchen müde. »Ich habe den alten Mann gebeten, dich gehen zu lassen. Ich wusste ja, dass du im entscheidenden Augenblick doch nicht zu gebrauchen wärest.«

Mr. Reeder hörte, wie jemand schluchzte. Die Tränen kamen bei Mrs. Burton sehr leicht.

»Er bleibt ja bloß hier, um Reeder zu fassen,« jammerte sie. »Was für ein Wahnsinn! ... Dieser dämliche, alte Kerl! Den hätte ich selber fassen können, wenn ich niederträchtig genug gewesen wäre!«

Aus der Ferne kam der Schall eines schnellen Schrittes durch den Gang.

»Da ist Vater,« sagte Mrs. Burton. Mr. Reeder öffnete seinen Browning und zog die Patrone heraus, die bereits in der Kammer war. Lieber eine Patrone opfern und ganz sicher gehen.

Die Schritte hielten plötzlich an, und zu gleicher Zeit hörte man eine schallende Stimme vom Ende des Ganges. Man schien etwas zu fragen, und augenscheinlich ging Flack zurück, denn seine Schritte wurden leiser und leiser. Mr. Reeder kam zu der Überzeugung, dass es kein glücklicher Tag für ihn war.

Er lag lang auf dem Boden und konnte John Flack deutlich sehen. Ein Druck seines Fingers, und das Problem dieses Bösewichts würde für alle Ewigkeit gelöst sein. Der Gedanke gefiel ihm, und sein Finger krümmte sich um den Drücker, aber alle seine Gefühle wehrten sich gegen den Gedanken, kalten Blutes zu töten.

Jetzt kam jemand von der andern Richtung – Gray, vermutete er. Er musste schnell zurück und ihn warnen. Vorsichtig stand er auf und lief den Gang hinunter – – und dann geschah, was er befürchtete. Gray musste ihn bemerkt haben, denn er rief mit schallender Stimme:

»Auf der anderen Seite ist nichts, Mr. Reeder – –«

»Still, Sie Idiot!« brummte Reeder bissig, aber er erriet, dass das Unheil bereits geschehen war.

Er wandte sich um, bückte sich und blickte den Gang entlang. John Flack stand mit vorgestrecktem Haupt am Eingang des Tunnels. Noch jemand anders hatte die Stimme des Detektivs gehört. Mit einem Angstschrei war Mrs. Burton, gefolgt von ihrer Tochter, in den Gang gestürzt – der Gebrauch des Revolvers verbot sich, denn die beiden Frauen maskierten vollständig den Mann, dessen Untergang Mr. Reeder sich im Stillen geschworen hatte.

Als er endlich das Ende des Ganges, der auf die große Grotte führte, erreicht hatte, waren die beiden Frauen und Flack verschwunden.

Reeders Augen waren ausgezeichnet. Er hatte sofort das Boot erspäht, das jetzt auf seinem Kiel schwamm, und bemerkte auch bald die drei Flüchtlinge. Sie waren auf der Fortsetzung der langen Treppe, die von der Decke herunterführte, bis an den Rand des Wassers hinabgestiegen und liefen auf die felsige Plattform zu, die als Anlegeplatz für das Fahrzeug diente.

Es klatschte etwas gegen den Felsen über seinem Kopf. Ein Regen von Staub und zersplitterten Steinen – der Widerhall einer ohrenbetäubenden Explosion.

»Sie schießen vom Boot,« sagte Mr. Reeder ruhig. »Sie täten besser, sich niederzulegen, Gray. – Es würde mir wirklich leidtun, wenn ein Mann, der so gern Lärm macht, wie Sie, zu erzwungenem Stillschweigen verurteilt sein würde.«

»Es tut mir sehr leid, Mr. Reeder,« sagte der Detektiv bedauernd. »Ich hatte keine Idee – –«

»Stimmt!« sagte Mr. Reeder kurz.

Klatsch ... Klatsch!

Eine Kugel schlug links von ihm gegen die Wand, die andere pfiff zwischen Gray und ihm vorbei. Dieser lag lang auf dem Boden, ein kleiner vorspringender Felsen diente ihm als Deckung.

War Margaret auf dem Boot? ... Im gleichen Augenblick, als er sich diese Frage vorlegte, erinnerte er sich an Mrs. Burtons Worte. Als er wieder einen Blitz an Deck des Bootes aufflammen sah, schoss seine Hand nach vorn. Zwei Schüsse folgten, die von dem gewölbten Dache widerhallten. Wenn er auch die Wirkung seiner Schüsse nicht sehen konnte, war er doch schon zufrieden, dass die Kugeln auf das Boot gefallen waren.

Es stieß ab. Die drei Flacks waren an Bord. Jetzt hörte er auch das Summen und die Explosionen des Motors, als sich sein Bug drehte und nach der Öffnung der Grotte richtete. Und dann blitzte von der dunkelnden See außerhalb der Grotte ein blendendes Licht in seine Augen, das den Felsen, auf dem er lag, hell beleuchtete und die Umrisse des Motorbootes deutlich hervortreten ließ.

Das Torpedoboot!

»Gott sei Dank!« sagte Reeder inbrünstig. An Bord des Motorbootes hatte man das Kriegsschiff gesehen und erraten, was seine Anwesenheit bedeutete. Das kleine Fahrzeug drehte wieder, bis seine Nase in der Richtung der beiden Detektive lag. Von seinem Deck kam eine Explosion, lauter wie je zuvor. Der grollende Donner war in diesem geschlossenem Raum so betäubend, dass Mr. Reeder einige Augenblicke lang zu benommen war, um zu bemerken, dass er halb begraben unter Felstrümmern lag, bis Gray ihn nach rückwärts in den Tunnel zog.

»Sie gebrauchen eine Kanone ... Schnellfeuergeschütz!« keuchte er.

Mr. Reeder antwortete nicht. Seine Blicke hingen wie gebannt an der Wasseroberfläche in der Mitte der Grotte, wo etwas Unbegreifliches vor sich ging. Das Wasser sprang hoch, wallte auf. Es wurde ihm klar, was vorging. Große Felsstücke waren durch die Erschütterung gelockert und fielen von der Decke herab. Er sah, wie sich das Motorboot nach rechts legte, von Neuem drehte und auf die Öffnung zuschoss. Kaum zehn Yard trennten es noch von dieser, als mit einem Dröhnen, so entsetzlich, so schreckenerregend, so unbeschreiblich, dass Reeder wie erstarrt war, der Eingang der Höhle verschwand.

19

Im nächsten Augenblick war die Luft mit erstickendem Staub angefüllt. Mit betäubendem Krachen stürzten mehr und mehr Felsblöcke zu Boden.

»Der Eingang der Höhle ist zusammengebrochen!« schrie Reeder dem anderen zu. »Und der Einsturz ist noch nicht zu Ende.«

Sein erster Gedanke war, sich durch den Gang in Sicherheit zu bringen, aber irgendwo in diesem fürchterlichen Chaos befanden sich zwei Frauen. Er steckte die Lampe an und kroch Vorsichtig nach der Stelle zurück, von der aus er die Katastrophe gesehen hatte. Aber die Strahlen seiner Lampe konnten den staubigen Dunst kaum auf wenige Yard durchdringen.

Er kroch vorwärts bis zum Rand der Plattform und versuchte, in der Finsternis dort unten etwas unterscheiden zu können. Rings um ihn her, über ihm und unter ihm, an beiden Seiten, ein schreckliches Krachen und Stöhnen, als ob die Erde selbst im Todeskampf läge. Felsen, große und kleine, regneten von der Decke, er hörte das Klatschen und Brausen, als sie in das Wasser stürzten – ein riesiges Felsstück schlug mit entsetzlichem Getöse auf den Rand der Plattform und schnellte von dort in die Hölle unter ihm.

»Ums Himmelswillen, Mr. Reeder, bleiben Sie nicht dort. Sie bringen sich ja um!«

Gray brüllte ihm dies zu, aber J. G. Reeder fühlte sich schon den Weg entlang, der nach der Stelle führte, wo das Boot festgemacht gewesen war, und wohin es auch seiner Meinung nach treiben würde. Er musste die Lampe dicht vor seine Füße halten. Das Atmen wurde zur Qual. Sein Gesicht war mit Staub bedeckt. Die Schmerzen in den Augen verursachten ihm

Folterqualen. Beißender Staub in Mund und Nase ... aber unbeirrt kämpfte er seinen Weg vorwärts – und ward belohnt.

Aus dem dichten Staubnebel tauchte die geisterhafte Figur einer Frau auf – tastete sich auf ihn zu: Olga Crewe!

Sie schwankte. Er ergriff ihren Arm und drängte sie gegen die Felswand.

»Wo ist Ihre Mutter?« brüllte er.

Sie schüttelte ihren Kopf und stieß einige Worte hervor. Er neigte sein Ohr gegen ihre Lippen.

»... Boot ... großer Felsen ... getötet.«

»Ihre Mutter?«

Sie nickte. Er packte sie am Arm und führte sie, zog sie halb die Treppe hinauf. Dort oben fand er Gray auf ihn wartend. So leicht, als ob sie ein Kind wäre, nahm Mr. Reeder sie hoch und trug sie strauchelnd nach dem Eingang des Tunnels.

Der Höllenlärm berstender Felsen und krachender Blöcke dauerte fort. Die Luft war undurchdringlicher wie je. Grays Lampe verlöschte und die Mr. Reeders war beinahe nutzlos. Tausende von Jahren schien die kurze Strecke bis zum Tunnel zu dauern. Auch hier war die Luft voller Staub, wurde aber mit jedem Schritte vorwärts leichter. Man konnte wieder atmen.

»Lassen Sie mich herunter. Ich kann laufen,« sagte Olga Crewes heisere Stimme, und behutsam ließ Reeder sie auf den Boden gleiten.

Sie war sehr schwach, konnte aber mithilfe der beiden Männer gehen. Bei dem Eingang zu ihrer Felsenwohnung blieben sie stehen. Mr. Reeder wollte die Lampe haben, verlangte aber noch mehr nach Wasser, das, wie sie sagte, dort zu finden wäre.

Ein Schluck kalten Quellwassers bewirkte Wunder, auch bei dem Mädchen.

»Ich weiß nicht, was eigentlich passiert ist,« sagte sie, »als die Höhleneinfahrt zusammenbrach, wurden wir, glaube ich, nach dem Anlegeplatz getrieben – wir haben die Stelle immer so genannt. Ich war so in Angst, dass ich sofort heraussprang und mich in Sicherheit brachte. Kaum stand ich auf dem Felsen, als ich ein fürchterliches Krachen hörte. Ich glaube, ein Teil der Felswand muss auf das Boot gefallen sein. Ich schrie, hörte kaum meine eigene Stimme in dem fürchterlichen Getöse ... das ist die Strafe ... das ist die Strafe! ... Ich wusste, sie würde kommen! ... Ich wusste es, ich wusste es!«

Sie barg ihr beschmutztes Gesicht in den Händen, und ihre Schultern zuckten im Übermaß ihres Kummers, ihrer Schmerzen.

»Es hat keinen Zweck, zu weinen.« Mr. Reeders Stimme war scharf und streng. »Wo ist Miss Belman?« Sie schüttelte den Kopf.

»Wo ist sie hingegangen?«

»Die Treppe hinauf ... Vater sagte, sie sei entkommen. Haben Sie sie denn nicht gesehen?« fragte sie und hob ihr tränenüberströmtes Gesicht. Langsam begriff sie die tiefere Veranlassung zu seinen Fragen.

Mit zusammengekniffenen Augen blickte er sie durchbohrend an.

»Nein. – Sagen Sie die Wahrheit, Olga Flack. Ist Margaret Belman wirklich entkommen, oder hat Ihr Vater ...?«

218

Sie schüttelte wieder den Kopf, bevor er noch den Satz beenden konnte, stöhnte leise auf und wäre zu Boden gestürzt, wenn Gray sie nicht aufgefangen hätte.

»Lassen wir das Verhör lieber bis später.«

Mr. Reeder nahm die Lampe vom Tisch und ging hinaus in den Tunnel. Er hatte kaum die Tür passiert, als ein erneutes Krachen sich hören ließ. Der höllische Lärm, der von der Grotte herüberdröhnte, klang plötzlich gedämpfter.

Er blickte zurück, konnte aber nichts mehr sehen und erriet, was vorgegangen war.

»Die ganze Felsenpartie bricht in sich zusammen,« sagte er. »Wir können von Glück sagen, wenn wir hier lebend herauskommen.«

Er eilte nach der Öffnung des Brunnenschachtes voraus, und seine Augen leuchteten freudig auf. Auf dem Boden lagen einige Ringe eines neuen Taues, das aus dem Schacht herunterhing, ein Rettungsgürtel war am Ende befestigt. Zuerst sah er den dünnen Draht nicht, der von oben herabkam, dann aber fand er den kleinen Telefonhörer, den die Pioniere heruntergelassen hatten. Sein Anruf wurde sofort beantwortet.

»Wie geht's da unten? Alles in Ordnung? ... Hier oben hat man den Eindruck, als ob irgendwo ein Erdbeben ist.«

Gray legte Olga Crewe den Gürtel um die Hüften, schnallte ihn sorgfältig zu und sagte:

»Sie dürfen nicht ohnmächtig werden – verstehen Sie, Miss Crewe? ... Man wird Sie sehr vorsichtig nach oben ziehen, aber Sie müssen sich immer von der Wand abhalten.«

Sie nickte, und Reeder gab das Signal. Das Seil spannte sich, und das junge Mädchen verschwand langsam nach oben.

»Hinauf mit Ihnen!« befahl Reeder.

Gray zögerte.

»Und was wird mit Ihnen, Sir?«

Statt jeder Antwort wies Reeder auf die niedrigste Barre, bückte sich, ergriff ein Bein des Detektivs und hob ihn, indem er eine ganz unerwartete Kraft bewies, so hoch, dass er die Sprosse erreichen konnte.

»Machen Sie ihren Gürtel an der Barre fest, halten Sie sich mit den Händen an der nächsten, und ich klettere über Sie hinweg.«

Wohl selten entwickelte ein Akrobat so viel Geschicklichkeit, wie dieser Mann, der es liebte, den alten Mann zu spielen. Eile tat not. Das Eisen, an dem er selbst hing, zitterte und schwankte in seinem Griff. Unaufhörlich fielen Steine den Schacht hinunter und brachten die beiden Männer in sehr ernste Gefahr. Einige der Barren waren durch die Erderschütterung gelockert und rissen unter ihren Händen heraus. Sie hatten noch nicht die Hälfte des Schachtes hinter sich, als die Luft von einem Seufzen und Zischen erfüllt wurde, dass Mr. Reeder die Haare zu Berg stehen ließ.

Mit einer Hand hielt er sich an einer der Klammern fest und streckte die andere aus. Die gegenüberliegende Wand, die ganz außerhalb seines Bereiches sein musste, war noch nicht einmal eine Armlänge von ihm entfernt.

Der Schacht wurde von dem unerwarteten, ungeheuren Druck zusammengepresst.

»Warum machen Sie Halt?« rief Gray ängstlich. »Um mich am Kopf zu kratzen,« knurrte Reeder bissig. »Los doch!«

Sie waren einige vierzig oder fünfzig Fuß weiter geklettert, als von unten ein erneutes Krachen und Donnern heraufdröhnte, das den ganzen Schacht erzittern ließ.

Jetzt konnten sie schon die Sterne und runde Schatten – die menschliche Köpfe sein mochten – am Ende der Brunnenöffnung sehen.

»Schneller!« keuchte J. G. Reeder und entfaltete dieselbe Geschwindigkeit, wie sein jüngerer Kollege.

Bumm!

Der Schall wie von einem großen Geschütz, gefolgt von rollendem Dröhnen, kam den Schacht hinauf.

J. G. Reeder biss die Zähne zusammen. Gebe Gott, dass Margaret Belman dieser Hölle entronnen ist – oder einen barmherzigen Tod gefunden hat.

Näher und näher kamen sie der Brunnenöffnung, und jeder Schritt, den sie machten, wurde von neuem und entsetzlichem Getöse hinter ihnen begleitet. Grays Atemzüge kamen in Stößen.

»Ich kann nicht mehr weiter!« ächzte der Detektiv. »Ich bin fertig!«

»Vorwärts, Sie trauriger ...!«brüllte Reeder. War es nun der Schreck, solche Worte von einem so milden Manne zu hören, war es die Gewissheit, dass die Rettung nur noch einige wenige Schritte entfernt lag, Gray nahm sich zusammen, kletterte noch einige Stiegen und fühlte, wie Hände seine Arme packten und ihn in Sicherheit brachten.

Mr. Reeder taumelte in die Nachtluft hinaus und blinzelte auf den Kreis Männer, die im Scheine einer Naphtafackel um ihn herumstanden.

War es Einbildung, oder schwankte wirklich der Boden unter seinen Füßen? »Kommt niemand mehr herauf, Mr. Reeder?« fragte der Offizier der Pioniere, und Reeder schüttelte den Kopf.

»Dann alle weg und so schnell wie möglich!« kommandierte der Offizier scharf. »Auf das Haus zu und dann die Straße nach Siltbury hinunter. – Das ganze Kliff stürzt zusammen, ein Teil nach dem andern.

Die Fackel wurde ausgelöscht, Material und Werkzeuge blieben zurück, und die Soldaten machten sich im Laufschritt in der Richtung nach Larmes Keep auf.

»Wo ist das Mädchen – Miss Crewe?« fragte Reeder, der sich plötzlich an sie erinnerte.

»Sie ist nach dem Haus gebracht worden,« antwortete der dicke Bill Gordon, der auf einmal wie hergezaubert aufgetaucht war. »Und, Reeder, den Goldtransport haben wir wieder erwischt! Die beiden Anführer der Bande waren ein gewisser Hothling und ein anderer Kerl namens Dean, sie nannten sich wenigstens so – Sie werden ja ihre wirklichen Namen kennen. – Wir haben sie gefaßt, als sie gerade in die Höhle im Steinbruch einfahren wollten. Das ist eine große Sache für Sie – – –«

»Zum Teufel mit Ihnen und Ihren großen Sachen!« brach Reeder außer sich los. »Was für ›große Sachen‹ kann ich denn noch wünschen, Mensch, wenn ich die allergrößte verloren habe?«

Und sehr weise sagte der dicke Bill kein Wort weiter.

Die große Banketthalle war voller Polizisten, Detektive und Soldaten, als sie dort anlangten. Das junge Mädchen war in Davers Büro gebracht worden, und er fand sie hier in den Händen der drei Dienstmädchen, die man angenommen hatte, solange Larmes Keep von der Polizei besetzt war. Der Staub war von ihrem Gesicht gewaschen worden, und sie war bei Bewusstsein, aber immer noch halb betäubt, so wie Reeder sie gefunden hatte.

Sie starrte ihn lange Zeit an, als ob sie ihn nicht wieder erkannte und sich bemühte, den Teil ihrer Vergangenheit zurückzurufen, in der er eine Rolle gespielt hatte. Ihre ersten Worte waren die Frage:

»Hat man keine Nachrichten von – Vater?«

»Keine,« antwortete Reeder beinahe brutal. »Ich glaube, es ist besser für Sie, junges Fräulein, wenn er tot ist.

Sie nickte.

»Er ist tot,« sagte sie mit Überzeugung. Dann raffte sie sich zusammen, bemühte sich, eine sitzende Stellung einzunehmen und blickte auf die Dienstmädchen. Reeder verstand ihren Blick und schickte diese hinaus.

»Ich weiß nicht, was Sie mit mir machen werden,« begann sie, »aber ich nehme an, Sie werden mich verhaften – ich muss ja verhaftet werden, ich habe alles gewusst, was vorging und habe auch versucht, Sie in den Tod zu locken.«

»In der Bennet Street natürlich,« sagte Mr. Reeder. »Als ich Sie hier sah, habe ich Sie sofort erkannt – Sie waren die Dame mit dem geschminkten Gesicht.«

Sie nickte und fuhr fort.

»Bevor Sie mich wegschaffen lassen, möchte ich Sie bitten, einige Papiere mitnehmen zu dürfen, die in dem Geldschrank sind. Sie haben für niemand Wert – nur für mich.«

Er war neugierig genug, um zu fragen, was das für Papiere wären.

»Briefe ... in der großen, flachen, verschlossenen Kassette ... Nicht einmal Daver wagte es, sie zu öffnen. Sehen Sie, Mr. Reeder,« – sie atmete schneller – »bevor ich meinen – Mann kennenlernte, hatte ich eine kleine Romanze – die Art von Romanze, die jedes junge Mädchen hat, wenn sie noch unschuldig genug ist, um zu träumen und genug Glauben an Gott hat, um zu hoffen. – Ist mein Gatte verhaftet?« fragte sie unvermittelt.

Einen Augenblick war Mr. Reeder schweigsam. Früher oder später musste sie ja doch die Wahrheit erfahren, und er hatte das Gefühl, dass die grauenvolle Wahrheit ihr keine große Verzweiflung bereiten würde.

»Ihr Mann ist tot,« sagte er.

Ihre Augen öffneten sich weit.

»Hat mein Vater ...«

»Ihr Vater hat ihn getötet ... ich nehme das an. Ich fürchte, ich war die Veranlassung dazu. Ich kam zurück, um Margaret Belman zu finden, und sagte Daver alles, was ich über seine Heirat wusste. Ihr Vater muss hinter der Täfelung versteckt gewesen sein und hat jedes Wort gehört.«

»Ich verstehe jetzt,« sagte sie einfach. »Natürlich war es Vater, der ihn getötet hat – ich wusste, das wurde passieren, sobald er die Wahrheit erfahren hatte. Würden Sie mich für herzlos halten, wenn ich Ihnen sagte, dass ich froh darüber bin? ...

Ich glaube aber ›froh‹ ist nicht das richtige Wort ... Ich bin erlöst.
– Wollen Sie die Kassette für mich holen?«

Sie zog aus ihrer Bluse eine goldene Kette, an der zwei
Schlüssel hingen.

»Der erste ist der Schlüssel zum Geldschrank. Wenn Sie die
... die ... Briefe zu sehen wünschen, will ich sie Ihnen zeigen, aber
ich möchte es lieber nicht.«

In diesem Augenblick hörte er auf dem Gange draußen eilige
Fußtritte; die Tür wurde aufgerissen und ein junger
Pionieroffizier kam herein.

»Bitte um Entschuldigung, Sir,« sagte er eilig, »aber
Hauptmann Merriman hält es für notwendig, das Haus zu
räumen. Ich habe schon das ganze Personal heraus und schicke
alle schleunigst nach Siltbury hinunter.«

Reeder bückte sich und half dem jungen Mädchen auf die
Füße.

Nehmen Sie die junge Dame mit,« sagte er und, zu Olga:
»Ich will schnell Ihre Kassette holen. Vielleicht, vielleicht auch
nicht – ich bin noch nicht ganz sicher – werde ich Sie bitten, diese
vor meinen Augen zu öffnen.«

Er wartete, bis der junge Offizier das Zimmer verlassen
hatte, und fügte dann hinzu:

»Gerade jetzt ... fühle ich etwas ... milder jungen
Liebesleuten gegenüber. Das ist ein Zugeständnis, das ein alter
Mann, der liebt, der Jugend macht.«

Seine Stimme war heiser geworden und in seinem Gesicht
lag ein Ausdruck, der ihr die Tränen in die Augen trieb.

»War es nicht ... Margaret Belman?« fragte sie ganz leise, und, bevor er noch antworten konnte, wusste sie, dass sie recht geraten hatte.

Die schwere Tragik verlieh diesem Mann, dem die Jugend so fern lag, und dessen Herz immer noch jugendlich fühlte, eine besondere Würde.

»Gehen Sie, mein Kind,« sagte er. »Ich werde für Sie tun, was in meinen Kräften steht – vielleicht kann ich Ihnen viel Unglück ersparen.«

Er wartete, bis sie gegangen war, und schlenderte dann in die verlassene Halle. Welch eine Ewigkeit war vergangen, seit er hier gesessen, Biskuits geknabbert und Tee getrunken hatte, eine illustrierte Zeitung auf den Knien!

Die ungewisse Dämmerung des großen Raumes schien von Geistern der Vergangenheit belebt zu sein. Das Haus der Tränen! Diese Wände hatten mehr Kummer gesehen, bitterer und hoffnungsloser als der seine.

Er ging nach der Wandtäfelung und fuhr mit dem Finger über die kleine Scharte in dem Holz, die ein geworfenes Messer gemacht hatte, und er lächelte über die geringe Bedeutung dieses Vergehens.

Er hatte Veranlassung, sich dieser Einzelheiten zu erinnern, auch ohne den dramatischen Anstoß, den Natur selbst ihm gab. Plötzlich schwankte der Boden unter ihm, und die beiden Lampen gingen aus. Er wusste, dass die Drähte durch die Erdbewegungen zerrissen waren, eilte in die Halle und war beinahe zum Hause hinaus, als ihm Olgas Bitte einfiel. Die Laterne hing noch an seinem Halse. Er schaltete sie ein, ging nach dem Geldschrank zurück und steckte den Schlüssel ins Schloss. Während er dies tat, begann das ganze Haus wie ein trunkener Mann hin- und herzuwanken. Das Klirren von Glas, das Krachen umstürzender Schränke schreckte ihn auf, mahnte zur Flucht. Olgas Bitte unerfüllt lassen? ... Er zögerte selbst einen Augenblick. Aber ein Versprechen war für J. G. Reeder ein Versprechen. Von Neuem steckte er den Schlüssel in das Schloss, drehte ihn um, zog eine der großen Türen auf – und - Margaret Belman fiel in seine Arme.

20

Reeder hielt das halbohnmächtige junge Mädchen in den Armen und blickte ihr angstvoll in das Gesicht, das er nur im Widerschein seiner Lampe zu unterscheiden vermochte, als plötzlich der große Geldschrank ohne jedes Anzeichen zurückfiel und an seiner Stelle eine klaffende Höhlung hinterließ.

Er hob sie in seine Arme und lief durch die Vorhalle ins Freie. In der Ferne rief jemand seinen Namen und er eilte blindlings der Stimme nach. Einmal stolperte er über einen großen Riss, der sich in der Erde gebildet hatte, aber es gelang ihm, sein Gleichgewicht zu behalten, obwohl er gezwungen war, das Mädchen einen Augenblick loszulassen.

Sie lebte ... atmete ... ihr Atem fächelte seine Wange und gab ihm neue Kräfte ...

Hinter ihm das Krachen fallender Mauern, ungeheures, grauenvolles Brüllen und Ächzen, Donnern und Grollen von gleitendem Kalk, brechenden Felsen, stürzender Erde – er hörte nur den Atem seiner süßen Last, fühlte nur das schwache Schlagen ihres Herzens an dem seinen.

»Da sind Sie ja!«

Jemand hob Margaret Belman aus seinen Armen. Ein großer Soldat stieß ihn in einen Wagen, wo er lang hinfiel, atemlos, mehr tot wie lebendig, an der Seite des Weibes, das er liebte. Und nun jagte mit sausenden Rädern die Ambulanz den Hügel hinunter, der Sicherheit zu. Hinter ihm, in der Dunkelheit, zitterte und krachte das Haus der Tränen in allen Fugen. Das Werk, das Menschenhände hunderte von Jahren zurück errichtet hatten, verschwand Stück für Stück, stürzte über neu erstehende Klippen hinab, um für ewig versunken und den Blicken der Menschen verborgen zu bleiben.

Und die Morgendämmerung zeigte den Neugierigen, die von allen Seiten, mit Wagen und Eisenbahn, nach dem Schauplatz des großen Erdrutsches geeilt waren, eine einzige, graue Mauer unmittelbar am Rande des Abhanges. Ein Teil des zersplitterten Fußbodens saß noch in dem Mauerwerk und auf ihm stand das blutbefleckte Bett, auf das der alte Flack seinen ermordeten Diener gelegt hatte ...

Die Geschichte, wie Olga Flack sie der Polizei erzählt hatte, und wie sie auch in den offiziellen Berichten jener Gegend erschien, stimmte nicht genau mit der überein, die sie Mr. Reeder eines Nachmittags erzählte, als sie auf seine Einladung hin nach der Bennet Street gekommen war. Mr. Reeder, ohne seinen Klemmer und ohne den allgemeinen Eindruck von Ehrwürdigkeit, den der verschwundene Backenbart noch mehr hervorgehoben hatte, befand sich etwas im Nachteil.

»Ja, ich glaube, Ravini wurde ermordet,« sagte sie, »aber Ihre Annahme, dass ich ihn auf Veranlassung meines Vaters in mein Zimmer gelockt hätte, ist unrichtig. Ravini war ein heller Kopf und erkannte mich. Er kam nach Larmes Keep, weil er« – sie zögerte einen Augenblick – »ziemlich verliebt in Miss Belman war. Er hat mir das erzählt, und ich habe mich darüber amüsiert. Damals kannte ich seinen Namen noch nicht, aber mein Mann kannte ihn, und sicherlich habe ich ihn niemals mit der Verhaftung meines Vaters in Verbindung gebracht. Er nannte mir dann seinen Namen, und ich muss annehmen, dass irgendetwas in meinem Benehmen oder in dem, was ich sagte, ihn an das Schulmädchen erinnerte, das er viele Jahre zurück gekannt hatte. Im gleichen Augenblick, als er wusste, dass ich John Flacks Tochter war, wusste er auch, dass Larmes Keep das Hauptquartier meines Vaters war.

Er fing an, mich auszufragen. Ob ich wüsste, wo die Flack-Millionen, wie er es nannte, verborgen war. Ich war begreiflicherweise entsetzt, denn ich konnte mir wohl denken, warum Daver ihm erlaubt hatte, in Larmes Keep zu bleiben.

Kurz vorher war mein Vater aus Broadmoore ausgebrochen, und ich war krank vor Angst, dass er Davers falsches Spiel herausfinden würde. Ich muss nicht ganz zurechnungsfähig gewesen sein und war nahe daran, meinen Vater zu verraten, denn ich erzählte Ravini, dass er entflohen war. Ravini nahm das aber nicht so auf, wie ich erwartet hatte – er überschätzte seine eigene Kraft und war sehr selbstbewusst. Er wusste natürlich auch nicht, dass Vater tatsächlich im Hause war, denn er kam ja jede Nacht von der Höhle nach oben –«

»Der eigentliche Eingang zur Höhle war durch den Geldschrank?« unterbrach Reeder. »Das war eine glänzende Idee. Ich muss gestehen, der Geldschrank war der letzte Platz, an den ich gedacht haben würde.«

»Mein Vater hat ihn vor zwanzig Jahren dort aufstellen lassen,« fuhr Olga fort. »Es hat immer einen Eingang vom Verlies aus nach den darunterliegenden Höhlen gegeben. Viele von diesen sind von den alten Besitzern von Larmes als Gefängnisse oder auch als Begräbnisstätten benutzt worden.«

»Warum kam Ravini in Ihr Zimmer?« fragte Mr. Reeder. Sie müssen bitte diese ... hm ... indiskrete Frage entschuldigen, aber ich möchte –«

Sie nickte.

»Das war meine letzte, verzweifelte Anstrengung, um Ravini aus dem Hause zu bekommen – ich fasste den Entschluss dazu in jener Nacht, als ich nach dem Hause zurückkam. Sie dürfen nicht vergessen, dass ich die ganze Zeit hindurch beobachtet wurde; Daver oder meine Mutter waren fast immer in meiner Nähe, und sie durften doch nicht merken und durch sie auch mein Vater nicht, dass Ravini gewarnt worden war. Natürlich, ein Mann wie Ravini sah in meiner Einladung einen ganz anderen Grund. Er hatte sich fest vorgenommen zu bleiben, bis ich ihn um eine

Unterredung bat und ihm sagte, ich verlangte, dass er sofort nach dieser Unterredung mit dem ersten Frühzug abreiste.«

»Und was hatten Sie ihm mitzuteilen?« fragte Mr. Reeder.

Sie antwortete nicht sofort, und er wiederholte seine Frage.

»Dass mein Vater entschlossen war, ihn zu töten –«

Reeders Augen schlossen sich beinahe ganz.

»Ist das auch die Wahrheit, Olga?« fragte er leise, und sie wurde bald rot, bald blass.

»Ich kann nicht gut lügen, nicht wahr?« Ihr Ton war beinah herausfordernd. »Nun, ich will es Ihnen erzählen. Ich lernte Ravini kennen, als ich kaum mehr als ein Kind war. Er bedeutete ... sehr, sehr viel für mich, und ich glaube, für ihn war ich nicht sehr viel. Er kam häufig aufs Land, wo ich zur Schule ging, um mich zu besuchen ...«

»Er ist tot?«

Sie konnte nur mit dem Kopfe nicken. Ihre Lippen zitterten.

»Das ist die reine Wahrheit,« sagte sie schließlich. »Das Schrecklichste war, dass er mich nicht wiedererkannte, als er nach Larmes Keep kam. Ich war vollständig aus seinem Gedächtnis verschwunden, bis ich mich ihm in jener Nacht im Garten zu erkennen gab.«

»Ist er tot?« fragte Mr. Reeder zum zweiten Mal.

»Ja,« antwortete sie. »Sie schlugen ihn vor meinem Zimmer nieder ... Ich weiß nicht, was sie dann mit ihm gemacht haben. Ich nehme an, sie brachten ihn durch den Geldschrank und ...« Sie schauderte.

J. G. Reeder klopfte leise ihre Hand.

»Sie haben Ihre Erinnerungen, mein Kind,« sagte er zu dem weinenden Mädchen, »und – Ihre Briefe.«

Olga war gegangen, und seine Gedanken waren noch bei ihr und ihren Erinnerungen. Ravini musste sehr interessante Briefe geschrieben haben.

21

Margaret Belman beschloss, sich ein paar Feiertage zu gönnen, und zwar an dem einzigen Vergnügungsplatz, der sich zu lohnen oder erträglich zu sein schien.

»Es gibt nur zwei Plätze in der Welt, wo ich mich glücklich und sicher fühlen kann,« schrieb sie. »Der eine ist London, der andere New York, wo an jeder Ecke ein Schutzmann steht und wo alle Vergnügungen des Landlebens in gesteigerter Form genossen werden können. Also bitte! Können Sie die Zeit erübrigen, mich in die Theater zu begleiten, die ich auf der Rückseite aufgeschrieben habe? Können Sie mit mir nach der Nationalgalerie, nach dem Britischen Museum, nach dem Tower von London gehen? (Nein, nach reiflicher Überlegung möchte ich doch den Tower von London in mein Vergnügungsprogramm nicht einschließen; er ist zu mittelalterlich und spukhaft.) Können Sie mit mir die Kensingtongärten und ähnliche Plätze überströmender Fröhlichkeit besuchen? ... Ernsthaft gesprochen, lieber J. G. (diese Familiarität wird Sie peinlich berühren, aber ich habe alle Scheu beiseite geworfen) ich möchte wieder zu der großen, vernünftigen Menge gehören – ich bin es müde, ein einsames, hysterisches, weibliches Wesen zu sein.«

In derselben Tonart gab es noch viel mehr. Mr. Reeder nahm seinen Terminkalender und machte einen dicken, blauen Strich durch alle festgesetzten Verabredungen, setzte sich dann hin und verfasste mit großer Mühe einen Brief, der wegen seiner vorsichtigen und teilweise gespreizten Ausdrucksweise Margaret Belman in schweigende Lachkrämpfe versetzte.

Richmond-Park hatte sie nicht erwähnt und, wie man annehmen konnte, aus gutem Grund. Denn Richmond-Park im Spätherbst, wenn eisige Winde wehen und das Wild in seine Winterquartiere geht – falls Wild überhaupt in Winterquartiere geht – ist sicher malerisch, ohne aber angenehm zu sein, und ist nur dann ein Vergnügen für ästhetische Augen, wenn man der Witterung entsprechend in wollenes Unterzeug gekleidet ist.

Trotzdem aber mietete Mr. Reeder an einem trüben, grauen Nachmittag eine Autodroschke und saß feierlich an Miss Margaret Belmans Seite, als das Taxi die Clarence Lane, wahrscheinlich die schlechteste Straße ganz Englands, entlang polterte, bevor es durch das eiserne Gitter in den Park einfuhr.

Sie kamen zuletzt an eine große mit Sträuchern besetzte Rasenfläche, im frühen Sommer ein Plätzchen blühender Rhododendren, als Mr. Reeder halten ließ. Sie stiegen aus und schlenderten ziellos durch das kleine Gehölz. Der Boden fiel langsam bis zu einer kleinen, mit Moos bewachsenen, Vertiefung. Mr. Reeder setzte sich hier mit einem argwöhnischen Blick und einer Anspielung auf Rheumatismus an Miss Belmans Seite.

»Warum aber gerade Richmond-Park?« fragte Margaret.

Mr. Reeder hustete.

»Ich habe ein ... hm ... romantisches Interesse an Richmond-Park,« sagte er. »Ich erinnere mich nämlich, dass die erste Verhaftung, die ich je gemacht habe ...«

»Seien Sie nicht so abscheulich,« warnte sie ihn. »Ich finde nichts Romantisches bei einer Verhaftung. Erzählen Sie lieber etwas Nettes.« »Dann können wir ja von Ihnen sprechen,« sagte Reeder verwegen, »und gerade weil ich von Ihnen sprechen möchte, meine liebe ... hm ... Miss ... hm ... Margaret ... Margaret, habe ich Sie gebeten, mit hierherzukommen.«

Mit einer Vorsicht, als ob er ein *objet d'art* berührte, ergriff er ihre Hand und spielte linkisch mit ihren Fingern.

»Die Wahrheit ist, meine liebe –«

»Sagen Sie um Gotteswillen nicht ›Miss‹,« bat sie.

»Meine liebe Margaret« – dies mit großer Anstrengung. »Ich bin zu der Überzeugung gekommen, dass das Leben zu ... hm ... kurz ist, um einen Schritt, den ich reiflich überlegt habe, noch weiter hinauszuschieben – nämlich« – hier verlor er sich hoffnungslos in eine Reihe von »hms«, die nur ab und zu von »ehs« unterbrochen wurden.

Er versuchte es von Neuem.

»Ein Mann meines Alters und meiner besonderen Veranlagung sollte eigentlich eine derartige Angelegenheit mit größerem Ernst betrachten – wirklich, Sie werden es recht abgeschmackt von mir finden, aber die Wahrheit ist – «

Was auch immer die Wahrheit sein mochte, in Worten schien sie sich nicht leicht ausdrücken zu lassen.

»Die Wahrheit ist,« sagte sie ruhig, »dass Sie denken, Sie lieben jemand.«

Erst nickte Mr. Reeder, dann aber schüttelte er energisch den Kopf.

»Ich *denke* nicht – es ist viel mehr als eine bloße Annahme. Ich bin nicht mehr jung – tatsächlich bin ich ein überzeugter – nein, nicht ein überzeugter, aber ... hm –«

»Sie sind ein überzeugter Junggeselle,« half sie ihm aus.

»Nicht überzeugt,« widersprach er bestimmt.

Sie drehte sich halb zu ihm, sah ihm voll in die Augen, ihre Hände auf seinen Schultern.

»Sie Lieber,« sagte sie. »Sie denken daran, sich zu verheiraten, und Sie möchten, dass jemand Sie heiratet. Aber Sie fürchten, dass Sie zu alt sind, ihr junges Leben glücklich zu machen.«

Er nickte stumm.

»Ist es mein junges Leben? Denn wenn es sich um mich handelt –«

»Ja, darum handelt es sich.« J. G. Reeders Stimme klang heiser.

»Dann bitte – machen Sie es glücklich,« sagte Margaret Belman.

Und zum ersten Mal in seinem Leben fühlte Mr. J. G. Reeder, der so viele und hauptsächlich unangenehme Erfahrungen gemacht hatte, die weichen Lippen eines Weibes auf den seinen.

»Du liebe Güte!« sagte Mr. Reeder einige Augenblicke später atemlos. »Das war aber fein.«

Ende